新聞記者

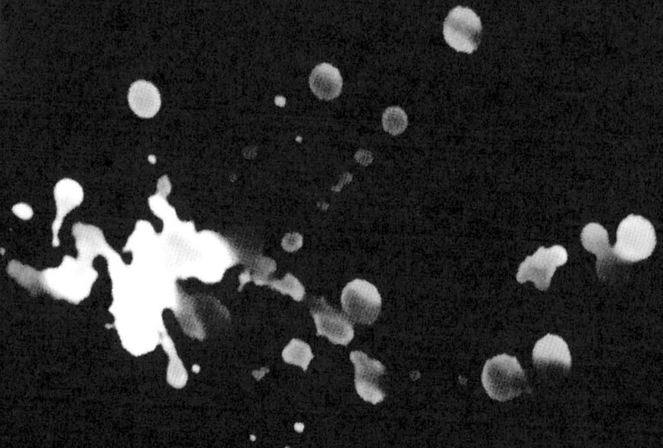

阿潑主編

轉角國際編輯、作者群——著

Journalist

目次

【下篇】日常中，記者面臨的危機

編者序

阿潑

哥倫比亞大毒梟巴伯羅・艾斯科巴（Pablo Escobar）於一九七〇年代崛起，踏入政界；一九八〇年代則與左右游擊隊或合作或分頭，殺害大量警察、司法官與政要，這個國家因此陷入數十年動盪浩劫。

記者也是這場毒販恐怖主義橫行中的受害者——有人遭恐嚇，有人被綁架，有人是斷魂。光在一九八三年九月到一九九一年一月，就有二十六名分屬不同媒體的記者命亡。《觀察家》（*El Espectador*）日報總編吉勒莫・卡諾（Guillermo Cano Isaza）便是踏上黃泉路的其中一人。

卡諾生於報業家庭，卻是從基層做起。一九五二年《觀察家》被保守派焚燒多日後，他被任命為該報社董事，啟動改革，而他的第一場戰鬥便是：反對新聞審查制度。艾斯科巴犯罪集團橫行後，卡諾在父親的建議下，於一九七九年一月開了個名為「筆記本」（Libreta de Apuntes）的專欄，以表達他的政治觀點，及對暴力、腐敗和毒品販賣的擔憂，也因此受到恐嚇威脅，但他並不畏懼，婉拒他人替自己的座車加裝保護的建議。

一九八六年十二月十七日晚，卡諾駕車離開報社。車才過馬路，兩名騎乘摩托車的殺手突然出現對著車裡的卡諾開了四槍，車子因此失控撞上燈桿。雖緊急送醫，仍是不治，卡諾在晚上七點心跳停止，離開人世。

但這還不是這個報人最終的結局——三年後，紀念他生平的一座半身塑像被炸毀；幾個月後，一輛裝有三百磅炸藥的汽車在《觀察家》報社大樓引爆；家庭律師被謀殺，卡諾家族所屬的避暑別墅也被燒毀。

「懷著同樣的熱情，他加入了規模更大、更危險的戰鬥。死亡總是潛伏在最高尚事業背後，但在真相面前，他永不止步。」諾貝爾文學獎得主馬奎斯（Gabriel García Márque）在卡諾的紀念文中，如此寫道。

儘管馬奎斯以小說家身分聞名於世，但他的新聞資歷與文學創作相齊，有超過三十年的累積耕耘。其媒體之路雖非從《觀察家》開始，但讓他躋身傑出調查記者之列的，便是卡諾主持的報社。馬奎斯諸多精彩的調查報導都是在此間完成，包括他揭露一起海難真相而被哥倫比亞政府驅逐的作品背後，都有卡諾的支持與歡呼。

「我還沒有遇過比他更抗拒公關活動、更不計個人毀譽、更迴避權力奉承的人。」

馬奎斯與卡諾相識四十多年，自陳：每當哥倫比亞有什麼大事，他都會打電話跟卡諾討論，沒有例外，一定都是這個老友接起電話，總是這句：「加博（Gabo，馬奎斯的暱稱），有什麼事嗎？」

卡諾被殺之前，曾電請人在哈瓦那的馬奎斯進行毒販相關調查報導，卻遭到拒絕——馬奎斯深知：寫哥倫比亞新聞，會招致死亡。

不久，馬奎斯在家裡舉行聚會，古巴領導人卡斯楚也在場，並分享一件有趣的事。當眾人都專心聆聽卡斯楚說話時，有人悄聲告訴馬奎斯卡諾的死訊。

馬奎斯淚流滿面。過度震驚而茫然的他，一心盼著卡斯楚趕快把話講完，因為，當時他腦海唯一浮現的念頭，便是一如既往，立刻打電話給卡諾，請他說說到底發生了什麼事，想跟他表達自己對這起死亡事件的憤怒和痛苦。

他也相信這個新聞只有卡諾能寫，而且可以寫得很棒。只是就算馬奎斯打電話給卡諾，電話那頭再不會有那個熟悉的聲音。沒有人可以回應他此刻的盼念。

而後馬奎斯回到哥倫比亞，開始寫政治評論，也成立媒體，還創建拉丁美洲新新聞學組織，為的是鼓勵調查報導，繼續說更多故事。一九九一年，他完成非虛構作品《綁架新聞》（*Noticia de un secuestro*），描述媒體人和政治人物如何被毒梟艾斯科巴綁架的細節，儘管只有寥寥兩行，書裡面，也提到卡諾。

大半生都供稿給報刊，自己也創辦媒體的馬奎斯曾說道：「比起因為《百年孤寂》或諾貝爾獎而被記住，我寧願自己因新聞報導而被銘記。我生來就是個記者……它就在我血液裡。」（I don't want to be remembered for One Hundred Years of Solitude, nor for the Nobel Prize, but rather for the newspaper. I was born a journalist... It's in my blood.）

★

新聞，並不只是資訊，它真正的價值，在於這一行從業人員有意識地挖掘、探究，而後傳播的堅持。因此，新聞工作者的責任，是務求事實真相以及新聞現場的一切可以透過自己的紙筆或鏡頭傳播出去，讓大眾知情，也讓人們記得：此時此刻這裡曾經發生了一個理應被知道的故事。

在第一線記者身處的世界，呈現的故事舞台中，主角永遠都是受訪者、新聞或故事，而不是

「自己」。人們無需知道報導者是誰，但一定要知道這個事件的重要性。唯有一個例外——當新聞工作者變成新聞當事人，或死或傷或消失或進了牢獄。馬奎斯的故友吉勒莫・卡諾就是一個例子。

然而，Netflix 會把艾斯科巴寫成主角、拍成影集，卻不會將鎂光燈打在卡諾的身上。與大毒梟的呼風喚雨相比，卡諾的存在只是為了替這個時代留下註記。但這不意味追求真相的記者被暗殺是應該的，恰恰相反，記者因公殉職過於尋常，不論死於意外、刑罰或暗殺，在世人眼裡不過是一種伴隨職業而來的風險那般。

有一段時間，我時常關注菲律賓記者協會的消息，發現記者遭到不明人士槍殺的頻率似乎過高，而凶手總是找不到，或即使知道凶手是誰也不會受到法律制裁。就跟卡諾的例子一樣。然而，菲律賓記者與卡諾的死亡，都還是能直指幕後黑手的案例，世界其他地區失蹤傷亡或人身自由失去的情事，未必都有問責的對象。特別是，加害者就是國家之時。

二〇二四年的世界自由日，保護記者委員會（Committee to Protect Journalists，CPJ）公布一份報告：二〇二三年有九十九名記者被殺，比二〇二二年增加44%，是二〇一五年以來的最高數字。這個數據顯示：因戰爭而使記者在這個世界消失的速度相當驚人。這些犧牲者多半是被以色列軍隊鎖定目標的巴勒斯坦記者。此外，環境保護相關報導比加薩或烏克蘭戰火更受到忽視，耕耘這個領域的記者同樣處於高風險狀態中，遭到襲擊或殺害的環境記者數量正在上升，僅次於戰場上的記者，且幾乎沒有法律能夠保護他們。

但新聞工作的風險，並不只有死亡，還有拘禁、監控、審查、威脅、入獄、「被消失」，或是國家的鎮壓。例如中國、香港、緬甸或是俄羅斯的記者，就面臨多種的威脅。

過往，在中國一黨專政下，偶爾有言論空間相對開放的時期，至習近平主政後，逐漸緊縮，例如二〇一五年，《南方周末》的年末新年祝詞，只因出現「憲政」二字就被刪改、《人民日報》副刊主編徐懷謙自殺、南方報業集團諸多調查記者受到壓力被迫辭職……。當時，一位媒體主管有感而發表示：輿論監督不能依賴於某位有良知的記者個體，「我們尋求的是一種良心、是一種正義、是一種公平，而我們所得到的卻是經常被打壓、是眼淚。」

作為一個新聞科系畢業、對新聞業抱有期待，並在媒體工作多年的新聞人，我對同業的工作方法與處境，始終抱持好奇，也不時以此為題，在各個媒體平台零散書寫。

正因為如此，當二〇一五年，即中國南方報業集團被打壓、中國媒體管控加劇、自由派記者陸續出走那年，在聯合新聞網之下，以國際新聞為主力的網路平台「轉角國際」成立，並以「終戰七十年」為開站專題，向我邀稿時，我便決定以二戰時期（日本）新聞媒體怎麼做、新聞人如何掙扎、媒體管制與新聞審查為問題意識，呈現戰時日本新聞自由被扼殺的後果；而當時另一個特約撰稿人、現任「轉角國際」主編林齊晧則是以戰爭時期美國新聞管制為題書寫。這組稿子，便成為這個國際新聞網站的「第一發」。

「轉角國際」以位在臺北的編輯室為核心，每日編選最該被臺灣讀者關注的國際新聞，進行深入探討，也邀請散布在世界各地的寫手以在地觀點書寫該地備受討論或值得引介到臺灣的議題。這組「終戰七十年」專題實是歷史，但某種程度也暗示這個網站平台的書寫不受「當下」時空限制，我因此既任性也順理成章地繼續寫了二戰、越戰等歷史中新聞記者堅持與掙扎的故事。

替「轉角國際」的風格、欄目、深淺奠定基礎、打造方向的，是第一代編輯張鎮宏與喬蘭雅，也是他們給予的空間，讓我能在戰爭、歷史與媒體這個範疇裡，自由書寫。

只是，這個時候，沒有人會預想得到，抗爭、戰爭接二連三在世界各地爆發，新聞媒體倒閉、記者或被逮捕拘禁或者遭攻擊死亡的文章也不斷湧現。中港地區因反送中、國安法、封城等等事件，讓轉角國際編輯們像踩在滾輪上不斷更新訊息，與此同時，中港記者與媒體的狀況、韓國總統朴槿惠荒腔走板引發的媒體版圖變動、菲律賓總統杜特蒂（Rodrigo Duterte）壓制新聞自由的手段、因科技技術而衍生的假新聞資訊戰……，讓媒體自身就成了新聞；更別說，緬甸政變再次危及記者安全、俄羅斯入侵烏克蘭、長期無法解決的以巴衝突與中東問題等等，都讓「記者」乃至「媒體」成為「新聞主角」。

這些新聞記者在第一線的處境，便是當代的故事，也能讓讀者能夠看見新聞事件中的另一種樣貌。而「轉角國際」編輯室也透過新聞編寫（轉角過去二十四小時）、帶觀點的深入討論（轉角說），實而藉著和該地記者的連線專訪，多國多角度地呈現這些記者的遭遇。葉家均、唐宓、林齊晧、許佳琦、周慧儀、賴昀、李牧宜、王穎芝等編輯都是這些報導的守護者。

除了轉角國際編輯室外，在各個新聞現場的特約撰稿人也不斷提供該地的報導，如：英國皇室與記者之間如何鬥智、香港媒體業的處境、以巴現場的實況、韓國媒體罷工潮與主張等等。像是接力拼圖一樣，告訴我們：不論先進國家、獨裁國家，不管新聞自由度高或低，堅守崗位報導真相的記者，都會遭到程度不一的人權侵害。

在這個流量為王、博取眼球的自媒體時代，「記者」在人們的口中，成了一個「小時候不讀書」才會淪落而為的職業，「記者快來抄」或是「妓者」更是鄉民譏諷新聞業的口頭禪；這也不能說是冤枉——無論資源限制、訓練不足、受編輯室控制，或是自己迷失，而讓新聞成為粗製濫造的「商品」或流量密碼，都是新聞業及其從業人員不受尊重的原因。

雖然因為網路科技進步，資訊流傳即時且快速，但在追求事實真相、深入現場調查、給予當代觀點等目標上，稱職的新聞記者與堅守新聞本業的媒體仍具有不可替代性。別說臺灣仍有不少兢兢業業的新聞人，全世界各個角落多的是為了傳遞真相、抵抗權威、奮戰不懈的新聞記者。閱聽大眾不能不知道這些被挖掘出來、以生命為代價傳遞出來的報導與資訊，是誰的犧牲與努力。

人們可以不尊重記者，但不能忽視真相傳遞者的付出。一如馬奎斯所言：他希望被記得的是自己寫的報導。那是一種源於血液的信念。無論過去或現在新聞工作者留下來的豐厚紀錄，乃至其身處的時代境遇，都是我們必須要認識進而辨識的物事。單是嘲弄記者，很簡單，但將所有新聞從業人員一竿子打翻，拒絕了解這個行業，乃至他們面臨的問題，對我們所處的時代、以及想要堅守的民主自由，並無助益。

為此，在「轉角國際」邁向第十年之際，我們從網站中挑選了四十二篇以「新聞記者」為主角、主題的文章，分成歷史與當代兩輯，再以戰爭與區域分題，並挑出不同樣態與問題的文章。換言之，本書企圖以不同向度，讓讀者再次回顧過去與今日的「新聞背後」。因為成書能選錄的文章有限，若讀者意猶未竟，可上「轉角國際」網站瀏覽更多。

選錄的文章絕大多數以帶有觀點的專題或訪談為主，但為顧及多樣性，也收錄不少「轉角過去二十四小時」的內容。儘管後者是「新聞」，受時間限制，但「過去的新聞」也是歷史，可以成為一種時代的切片。為避免資訊不足、有時間誤差，在編輯過程中調整了時間並將相關新聞稍作整併。雖然文章未表明作者，但這都是轉角國際編輯們的心血。

其中，出身馬來西亞的周慧儀是東南亞地區議題的「擔當」，除了日常的新聞編譯外，還主動訪問俄烏戰爭現場、經歷緬甸政變的第一線記者，以及諾貝爾和平獎得主、菲律賓獨立媒體《Rappler》創辦人瑪麗亞．瑞薩（Maria Ressa）。這也強化了「轉角國際」以一個臺灣媒體的立場與國外媒體工作者的連結。

因為同屬華語區，中國與香港選錄的報導並不多。但這不意味中港記者不重要，而是相較於東南亞與其他第三世界的消息與記者處境，臺灣讀者對中港現況較為了解，受限於篇幅，只能割捨。但藉此序文與本書揀選的文章，向堅毅不屈仍在奮鬥的中港新聞工作者致意。

在中港以外，除了我所寫之歷史戰爭中的記者、菲律賓與俄羅斯記者外，本書還選錄了三位特約作者的文章：其中香港獨立記者陳彥婷、駐韓獨立記者楊虔豪對新聞的熱情與洞悉問題的眼光，讓讀者能夠跟著他們的腳步，認識當地的新聞現場。定居瑞典的辜泳秝也為我們寫下世界上坐牢最久的記者的悲傷故事。需要補充的是，世界局勢不斷變化，政治勢力版圖也一直改變，這些專題故事可能只能反映一個特定時空。

但無論如何，這本書的出版，無非就是想向現在在世界各地堅守崗位的新聞記者，表達敬意；也希望讀者能夠重新認識這個行業的價值。

「新聞是一種永遠無法滿足的激情，遭遇現實才能盡情揮灑。沒有苦在其中的人無法想像那種世事難料、隨時待命的狀態；沒有生在其中的人，無法想像那種玄妙的新聞預感、搶到獨家的快感和萬念俱灰的挫敗感。」馬奎斯曾以「新聞業是世界上最好的職業」為題在一九九六年於美國報業協會演講，他說：「沒有為此而生、打算為此而死的人無法堅守一份如此不可思議、強度極高的工作。」

儘管目前我已不在新聞業，但自十八歲就學著當一名記者的我，完全認同馬奎斯所說：「新聞業是世界上最好的職業。」我相信在這本書裡的記者們，也是這麼想的，所以，願意挺身而出，甘願犧牲。

最後，我想以新聞界前輩馬星野為政大新聞系而寫的系歌，作為這些故事人物的註腳：「新聞記者責任重，立德立言更立功，燃起人心正義火，高鳴世界自由鐘。」

他們——以及受限篇幅無法放入書中的勇敢記者——的名字以及報導，都值得被記住。而這就是這本書出版的用意。

上篇

戰爭下，真相傳播的艱難

一　歷史的煙硝：從二戰到越戰

「戰爭中，第一個犧牲的是真相。」

於二戰時期領導作戰的英國前首相邱吉爾（Winston S. Churchill）更進一步擴大了其意涵，他說：「戰時，真相是很珍貴的，必須隨時由一群謊言的保鑣來陪伴它。」

二〇一五年，終戰七十年之際，轉角國際以「戰時新聞審查」為題，藉日本、美國之例，論證國家對媒體的控制，並非從戰爭開打才啟動，先前便已透過法律政策收束言論空間。儘管部分新聞記者堅持風骨，不願妥協，終究不敵大環境的壓迫而屈服。戰爭甚至成為新聞的「最佳商品」。

二〇二二年，因美國眾議院議長裴洛西訪臺，臺海情勢緊張之際，轉角國際再次以「原子彈製造與轟炸」為系列專題，談論戰爭發生前後，真相傳遞的困難。

戰爭真相，乃至原子彈造成的傷害，在戰前是祕密，在戰後是掩蔽。這樣的情況，從熱戰延伸到冷戰，包含越戰，乃至兩伊戰爭。直到今日，在不穩定的局勢中，事實的傳遞與真相的鬥爭，仍是新聞人無可避免的宿命。

儘管真相不能真正阻止戰爭的發生，但國家壓制新聞自由，及新聞人嘗試揭示真相的努力，是我們應該留下的歷史記憶。

而記者如何報導當下、如何留下紀錄，也是當代回望了解歷史的教材。記者是寫歷史的人，但歷史又如何寫記者呢？

1 走在軍國主義崛起的路上

#日本

一九三六年二月二十六日凌晨三點，《東京日日新聞》社會部記者鈴木二郎窩在值班室的被子裡。這個夜晚十分寒冷，窗外是連續四夜的積雪，簡直像座小山，對東京來說，這厚達一尺的積雪並不尋常，據聞已經打破五十四年來的紀錄，交通因此大亂。

大雪再怎麼打亂這座城市的節奏，在這街巷入眠的深夜都不是問題。鈴木二郎喝過一杯酒後，在雙層床上躺下。跟他一起值班的，還有兩位同事與兩名攝影記者。不一會兒，電話鈴聲響起，鈴木二郎彈起身來看看時鐘：四點半多一點。這個時候能發生什麼事？

電話那頭傳來激動的聲音：「現在首相官邸遭襲，而且是軍隊在襲擊！」

語音未落，電話就被掛斷，鈴木二郎懷疑是惡作劇，雖說如此，作為記者，對這訊息他無法鬆懈，必須趕到現場查證，於是連忙喚醒其他人，並與攝影白井鑒三驅車趕赴首相岡田啟介的官邸。

快接近官邸時，只見十幾名荷槍士兵排排站著，他們朝對方說：「我們是報社的。」正欲通過時，顯然是這支軍隊的首領走出來凶狠喝斥：「報社個屁！快給我滾回去。」這時，兩人才意識到事情大條，驚慌大叫：「鬧革命了。」

他們旋即返回報社；與此同時，編輯部陸續收到各地被反叛軍襲擊、高官遇難的消息，報社內騷動不已，連忙向各地方支社發布消息，各支社職員也動了起來，迅速發行號外刊。上午八點，日本內務省發出「禁止刊登報導」的通知，但號外刊早已一張不剩。

《朝日新聞》東京編輯部早上五點才收到通知，所有員工立刻被召集。編輯部主筆緒方竹虎從記者那兒收到消息，卻將「高橋大臣」誤聽為另個主筆高石（真五郎），心想：「若高石被襲擊，我也無法避禍。」等到了報社，才知道是高橋大藏大臣遭難。

九點，叛軍部隊包圍報社總部，要求報社代表出面。緒方竹虎心想：「終於來了。」隨即打電話到大阪支社：「這可能是我最後一通電話。」擔心報社人員情緒失控，爆發衝突而傷亡，他勸大家冷靜，調整了一下領帶後，走進電梯。

一名戴著中尉肩章、眼裡布滿血色的軍官站在那裡，緒方竹虎遞給他一張名片，稱自己是代表。對方朝緒方點頭致意後，沉默對峙了一會兒，那名軍官便高舉右手，看著天花板大叫：「幹掉賣國賊朝日！」

「報社內還有女人跟小孩，先把他們放走再動手吧。」緒方竹虎說。

「那就快點叫他們出來。」

緒方竹虎指示整個編輯部撤出，叛軍們隨即上樓，推倒活字箱後就走。什麼事也沒發生。但因為幾個活字受損，加上擔心刺激叛軍，該日晚報便停止發行。

儘管緒方竹虎隻身面對叛軍，卻是妥協；曾經批判軍部獨裁的《朝日新聞》的自由主義傳統，這次在槍口前沉默了。

★

世界金融的困局，在剛邁入西化的日本更是凸顯農村凋敝，人民飢餓貧困，政府卻忙著政爭，財閥特權的腐敗貪汙都激怒了國民，許多極端的激進分子將目標鎖定財團、官員，甚至是天皇，亟欲透過暗殺來解決問題，甚至不惜發動戰爭。《帝國落日》作者約翰·托蘭（John Willard Toland）以「下克上」來解釋這個問題：

這些叛亂分子並非受個人野心所驅策。在他們行動之前，已經有六波像他們一樣的人了——不過全都失敗——他們準備再幹一回，試圖透過暴力和暗殺解決日本社會的不公。傳統習性將這些罪行給予合法的藉口，日本人還為此賦予一個專有名詞：下克上。此詞最早是在十五世紀時開始使用，當時各社會階層都蔓延著叛亂，地方士豪拒絕臣服於將軍，而將軍也不聽命於天皇。

俗稱「二二六事件」的這場首相暗殺事件，並非第一次。四年前，亦即一九三二年五月十五日，在幾起政變未遂事件後，七十七歲的新任首相犬養毅遭到槍擊死亡。

為了解決滿蒙問題而成立的犬養內閣，不僅力圖鎮住在九一八事件中一手遮天的軍方，甚至公然批判法西斯主義，並不斷重申對軍部作風的質疑。這個年過七旬的老人過去一直反對出征滿洲，也始終拒絕承認「滿洲國」。然而，在五月中這個風光明媚的星期天，當人們正歡迎喜劇大師卓別林訪日的同時，一場武裝政變轟然發生。

一九三二年五月十五日上午十一點，東京《朝日新聞》社會部副部長長岡見齊進了報社，本以為今日無事的編輯室都是下棋聲。下午五點三十五分，電話鈴響，一名同事接起電話，發出無謂的「嗯嗯」「是的」回答，懶懶散散的樣子，突然身子僵直大喊：「出大事了，有人丟炸彈。」而後鈴聲不停響起，接二連三丟炸彈的訊息傳來，整個編輯部都出動了。

與此同時，剛接受牙醫治療的犬養毅，穿著和服躺在和式安樂椅上休息。幾個軍官與軍校學生闖入，對著首相開槍，這位老先生說了句「有話好好說（話せば分かる）」後，將槍手引導到飯廳，並一再重複：「有話好好說。」甚至還請其中一人把鞋脫了。

其中一人出聲：「有什麼想說的，快說。」當老人準備開口時，另一人卻在喊出「多說無益」後朝首相腦子開了兩槍。

「有話好好說」日後雖成了名言，但當時只有大阪《朝日新聞》刊出這段話——全日本，也只有這家報社勇於揭露恐怖活動的罪行。

這場史稱「五一五事件」宣告政黨內閣終結，軍方的恐怖主義獲勝，從此再沒什麼能抵擋軍部的行動。更重要的是，這種襲擊槍殺的極端手段，開啟了一個暴力統治言論的恐怖時代。陸軍甚至強迫政府發出戒嚴令，並對發布新聞的媒體威脅禁止與警告處分。

《太平洋戰爭與日本新聞》作者、靜岡縣立大學名譽教授前坂俊之評論：

這正是言論最需要承擔責任的時候，然而，就是在這種言論最需要勇氣的情況下，言論往往沉默或隨波逐流了。

前坂俊之認為軍部如此橫行的原因，就是過去報紙媒體煽動排他性民族主義、軍國主義，並指責政府在滿蒙問題上的軟弱態度、支持軍部獨斷專行的惡果。而這般惡果，導向全面戰爭。

歷史學家約翰・托蘭同樣在著作中直指，媒體的推波助瀾與煽動是軍部有恃無恐之因，最後也將日本推向太平洋戰爭之局。

★

媒體成為軍部共犯，起因於政治管制。

從明治時期起，《報紙法》就是報業的累贅，約束著媒體的行動和報導自由。如同臺灣的報禁，日本政府也藉著《報紙法》在申報、寄送樣刊、保證金等等流程上，對新聞媒體報導進行控制。處分方法更是多重且繁複，其細節規定包含：發行時有義務向內務省和地方警察廳、地方法院檢事局寄送樣刊，樣刊會被審查，若擾亂社會安寧或危害社會風俗，內務大臣可以禁止發行，必要時可扣押。

但管制的標準是什麼呢？隨著戰爭進行，不能報導的內容逐漸增加，控管也越來越嚴格。為了避免被處罰，報紙會預先將革命、共產主義等字詞，換成各種符號來自衛。一九二八年開始，這類符號的出現愈發頻繁。

惡名昭彰的《報紙法》再加上隨後緊縮的《治安維持法》，成了日本政府戰時扼住媒體咽喉的兩大惡法。除此之外，九一八事件後，還增加與滿州國相關的各種法規，裡頭有各種禁止刊登的事項。新聞審查人員員額也更加擴充，警視廳相關單位擴大規模，確保審查能夠更加嚴密，一九三二年，甚至頒布了出版警察方針：

(1)由過去的檢舉優先主義轉成執行優先主義；

(2)由過去的風俗主義轉變成風俗與社會安定並重主義。

內務省警保局編寫的《出版警察概視》中，關於九一八事件的報導取締就提出了這樣的規定：

如果由於新聞報導而洩漏了軍事上的機密，使我國對外關係惡化的話，就可能會給國運的發展帶來很大的影響，所以當局希望，在這類新聞報導的管理上，有關部門要密切配合，做到對報導監督的完美無缺。

由此可見，九一八事件可說是加速媒體自由破敗的關口。當然，因為踩地雷而被罰的情況也劇烈增多。

★

九一八的引爆點，是中國東北滿州鐵路的一部分被炸毀所致。當時日本政府與軍方一致表示，這是中國的陰謀；但實情卻是以關東軍參謀石原莞爾為中心策劃的「下克上」，希望藉此解決日本國內資源缺乏的問題。事件發生後，日本中央政府與天皇被迫認可軍事行動，戰局也漸漸擴大。

事件發生後，第一個收到消息的是《朝日新聞》的大阪支社，當時距離滿州鐵路爆炸的時間已經是四小時後，他們在十九日凌晨兩點二十分收到日本電報通信社的獨家報導（本應是新聞聯合社，但卻被當地軍隊攔截）。

事變發生時，《朝日新聞》奉天通信局局長武內文彬正在洗澡，只聽到轟一聲巨響，窗戶玻璃破碎、房子搖晃，而後是接連不絕的砲聲與槍聲。此時電話鈴聲響起，武內聽得妻子大喊：「是你的電話，說是國家大事，別泡澡了。」

武內裸身從浴室出來，向總部發了第一封電文——但事態緊急，接下來八小時內他一共發出一百一十八封電文，創下歷史紀錄。

兩點半左右，東京《朝日新聞》編輯部收到第一封電文，剛好是編輯完成排版，從印刷間回到編輯部之時，當「奉天中日衝突」等一封封電文飛過來時，他們不免緊張了起來，開始發速報。隔日，編輯部開會，決定了報導方向：「保護日俄戰爭以來，日本的原則與正當權益」。

而大阪那方，則準備了飛機，派記者飛往現場。《朝日新聞》東京與大阪都對九一八事件做了大量的報導、號外與專題，甚至還拍成紀錄片，在全日本放映、演講。

值得注意的是，九一八事件之前，日本媒體本趨向批判軍方；但事件後，立場轉變，將關東軍行動看成是自衛權的行使。其中，自由主義色彩濃厚的大阪《朝日新聞》，其轉向更為明顯。

前坂俊之分析自由派媒體的轉變原因：其一，是民族主義驅使報紙在國家困難時支持軍部，讓輿論能夠統一；其二，是「拒買運動」盛行——因過往大阪《朝日新聞》嚴厲批叛軍部的結果，讓他們遭到軍人和右翼人士抵制，在各地發起拒買運動，使他們在發行上陷入困境，對手卻日益壯大。大阪《朝日新聞》只好向利益妥協。黑道的威嚇也是令其屈服之因。

不過，並非所有媒體皆是屈服；戰後出任內閣總理大臣，戰時是《東洋經濟新報》記者、支局長的石橋湛山便十分反對殖民地政策，並主張滿蒙放棄論，他直稱整個國家都在「非法化」，九一八事件後，還不斷質問：難道放棄滿蒙，我國就會滅亡嗎？

一九三一年十一月中，石橋湛山甚至寫下一篇批判媒體屈服於軍部的社論〈真正的愛國之道——保障言論自由〉：

最近我國的不法舉止面臨著：如果走錯一步，便會跌入萬劫不復深淵的境地。如果說有什麼挽救的方法的話，恐怕只有言論自由的力量了。若言論自由被壓制，完全窒息的話，國家就不可能生存。

但沒有人聽進他的預言。

【原標題〈二戰中的日本新聞Ⅰ：窒息中的媒體之聲〉，2015/10/16 阿潑】

2 新聞媒體的堅持與屈膝

#日本

雖然媒體號稱是「第四權」，但若與當權者發生衝突時，編輯方針與報社經營便容易產生矛盾——最後，屈服的卻總是編輯原則；這種狀況，及至今日都沒有改變，遑論戰時。

當二二六、五一五等幾起政治事變剛發生時，日本全國性媒體幾乎都是立即妥協，但仍有一些地方性新聞在亂局中堅持著風骨，例如九州的《福岡日日新聞》（現在的《西日本新聞》），在五一五事件後，就進行猛烈地批判。

當時，《朝日新聞》與《每日新聞》的發行量約有兩百萬份，僅發行十七萬份的《福岡日日新聞》根本難以匹敵。儘管如此，報社主事者菊竹六鼓（淳）卻堅持以一當百，「應該說的時候說，應該寫的時候寫」。

被稱為「一個偉大的瘸子」的菊竹六鼓，兩歲時左腳受傷，儘管經歷多次手術，還是未能復原。但身體障礙，阻止不了他踏上新聞工作的路，菊竹總說：「你們可以同情我，但我不要你們的憐憫。」

菊竹這股風骨底氣歸因於清貧，「新聞記者以清貧為榮」、「新聞記者必須比裁判官還清白」，他總是拒絕宴請，對朋友的不正也毫不留情。

這種嚴以律己的態度也影響了《福岡日日新聞》的編輯經營，他刪除賽馬結果報導、不增加廣告篇幅，方方面面都展現出硬派的媒體風骨，報社上下無不對他尊敬有加。

菊竹六鼓並非石橋湛山那樣的自由主義者，在九一八事件時也支持過滿蒙權益論。但作為媒體人，對記者的分寸與原則卻不容妥協。菊竹常說：

「絕對不能在新聞報導上作假，只要報導一作假，讀者就會信以為真，影響很大。」

五一五事件發生時，首相犬養毅被擊斃，各家媒體鄉愿妥協時，只有菊竹六鼓的一支健筆不亢不懼。當時擔任編輯部主任的他下了這樣一道命令：「如同過往那樣做新聞。」

接著，他立刻寫了評論，編輯部部長上野台次讀了文章後很是感動，便對菊竹說：「我認為現在國民完全無法做出正義或邪惡的判斷，我們應該盡快向他們展示正確的結論，這評論應該刊登在晚報上。」而在這之前，《福岡日日新聞》晚報從未刊登過社論。

★

菊竹六鼓不僅對五一五事件感到憤怒，對其他媒體的沉默更是不滿。當《每日新聞》社長提出「報紙就是商品」的言論時，菊竹便批判他們失去作為言論機關的本分，出賣自己的靈魂；但這樣的堅持，也引來右翼與軍部狂肆的威脅，甚至有軍方要在報社上頭丟炸彈的傳言。

周遭的人擔心步行上班的菊竹會發生危險，請他搭車，他拒絕了。菊竹認為保護言論的責任必須拿這條命來拚搏，「這涉及日本存亡的問題。」在他寫給長女的信中提到：

我本來打算把這次機會當作一生中最重要的一次任務完成，遺憾的是，到處都是禁令，根本不能盡情寫作。我雖然可以為國捐軀，但如果連報紙都被扣押的話，想說的話就沒辦法說了，所以我只能適可而止，儘管如此，我仍做了一些該做的事，並對此感到安心。

冒著危險、堅持媒體姿態的不只菊竹六鼓，長野縣《信濃每日新聞》主筆桐生悠悠也秉持媒體人該有的批判姿態。他撰寫的社論卻激怒政府。法務大臣小山松吉在內閣會議上便說：「最近社會的不安，就是報紙不照規矩寫作。」最後，在報社壓力之下，桐生慘被逼退。

桐生意識到在這種時代，報導自由的責任不能依靠組織，只能靠個人戰鬥，於是自辦《他山之石》雜誌，決定堅持到筆被折斷、彈盡糧絕之時。然而，太平洋戰爭開打前，桐生卻因病倒下，僅留下壯烈的遺言：「我要離開這個畜生當道的世界。」

對媒體遭遇壓制的景況，《國民新聞》社會委員長谷川光太郎著文表示：「五一五事件以來，我們一直都處在不能直率表達自己的境況中。沒有誰的力量壓制，也沒有人罵我們寫的東西不合時宜，但總覺得已經逼到我嚴格自我約束、顧慮重重的地步。」

一九三三年版的《日本新聞年鑒》也有主旨類似的文章：「昭和七年的新聞界試圖與國民並肩作戰，齊心協力度過這個非常時期……；昭和八年的言論界毫無生氣，保持著奇怪的沉默……是半死不活的言論界。」

很多文章提及這背後有很多令社會不安的力量威脅著，但沒有人敢把原因寫出來。學者前坂俊之分析：九一八事件之後，報社全面支持軍部對外的強硬言論，並在「非常時期」全力協助國家的各種舉措；又因為報社支持了軍部的獨斷專行，軍部也就得到國民支持，勢力擴大後，便轉而對媒體進行恐嚇，形成惡性循環。

往後幾年，軍部變本加厲，利用媒體放出「國難」消息煽動人民，繼續壯大自己。五一五事件時，日本媒體尚能堅持抵抗的聲音，但到了四年後的二二六事件，衰弱的媒體言論卻已毫無反抗之力。因此，一九三七年，盧溝橋事件爆發後，日本政府召集媒體代表，要求他們「必須」配合政府，於是各方媒體出現一致的言論和態度，推行「暴支膺懲」運動（討伐暴力中國）。

為了更加勒緊媒體言論，軍部又在原本的《報紙法》上，多增列幾條受軍方控制的法規，讓軍方能直接對報紙下禁令。《日本新聞年鑒》記載：「以言論自由為傳統的《朝日新聞》已成為最熱烈的日本主義鼓吹者，其他的報紙更不用說了，因此，報紙對國家輿論的統一強化，所做出的貢獻是不可估量的。」

媒體不只迎合軍部，也煽動人民，例如軍歌的流行就是起因於新聞的炒作。此刻的媒體，不僅動員國民、弘揚戰爭，還投入戰爭新聞競賽。大型媒體靠飛機報導與傳送稿件，關注戰爭的民眾人人讀報，一時發行量大增；相對之下，缺乏資源的地方媒體則陷入困境。

★

除了軍部威脅外，為何媒體甘願投入煽動戰爭的報導？處於競爭關係的媒體，又為何立場一致，不做區別？答案似乎非常簡單：「戰爭是賣新聞最好的機會。」

「戰爭是擴大發行量的機會。」前坂俊之評論道。

在沒有電視的時代，《朝日新聞》和《每日新聞》兩大報都運用壓倒性的資本，派出大量特派員到戰場，詳細報導作戰情形，並擴張發行量。

如今與《朝日新聞》、《每日新聞》並列日本三大報的《讀賣新聞》也是在九一八事件後崛起的。本來快面臨倒閉的《讀賣》，在社長正力松太郎的指揮下，以九一八事件為契機，賭上報社命運發行晚報，並一舉成功，奠定了今日的權威地位。

《朝日新聞》主筆緒方竹虎在回憶錄中提到：

每一次禁止發行將造成數萬日圓的損失。而且與美國不同的是，我們對暴力的反抗性實在太弱了，狡猾的暴力集團抓住報社的弱點，知道報紙需要廣告，便恐嚇廣告商，命他們將廣告撤出。廣告主當然很怕麻煩，而報社也就受到了牽連。主要幹部沒有辦法，只好都妥協。

侵華戰爭對這些大報帶來超乎預期的利益。儘管在戰爭時期，資源有限、印刷用紙不足、物資飛漲，讓報紙不得不連帶漲價，發行量隨之減少。但侵華戰爭爆發後，減少的發行數短短一個月又漲回來，一直到年末，出現了每天天一亮，發行份數又增加的盛況。發行量增加，廣告也跟著增長，在各產業面臨戰爭困境時，報業的利潤反倒逆風高飛——即便這波戰爭財的熱潮，僅有大媒體獲益。

不過用紙不足，還是影響了報媒。隨著戰爭長期化，任何物資都以戰時經濟強化的目的被統制。一九三八年四月，《國家總動員法》公布，新聞限制再加一層，印刷報紙用紙限制令跟著被提出，「用紙限制」便也成為政府控制言論的手段。之後，《國防保安法》再追加傳播管制，媒體從此再無言論自由可言。言論的控管，一直持續到太平洋戰爭爆發，日本軍部與政府仍繼續發布各種法規，加強扼住媒體咽喉的力量。自此，日本報紙已經徹底死亡。

外交評論家清澤洌所寫的《黑暗日記》中，記下媒體的沉淪：

昨日是大東亞戰爭紀念日，收音機裡……盡是充滿感情色彩的叫囂，傍晚時，我沒有聽廣播，廣播裡說，美國是鬼畜，英國是惡魔，連家人都聽不下去，把收音機關了。

在面臨著武器需要現代化的時代，言論界依然相信神靈助力的說法……無論到哪裡，都充滿對戰爭前途的擔心。

★

一九四五年八月十五日，日本宣布敗戰。各媒體在太平洋戰爭中期就知道會有敗戰的結果，也了解後期《波茨坦公告》的協議過程，但國民卻是在日本投降當日才被告知真相——這時，大家才了解到過去讀的都是虛假的新聞，報紙上都是謊話連篇。

但也不是所有國民都這麼愚昧。日本慶應義孰大學教授小熊英二之父——小熊謙二就讀早稻田實業學校時，一名叫塩清的老師就教導他們「報紙得從下方欄位開始讀起」。

國際版特別如此。報紙上方欄位所看到的大標題，寫著德國勝利的消息，可是下方不起眼處，卻是寫著對德國不利的消息。篇幅雖小，但也是記者傳達真實報導的曖昧方式，老師告訴大家：「要讀懂新聞內在的真實，不要被新聞牽著走。」

藉由訪談自己的父親，小熊英二爬梳、分析了戰時與戰後的日本社會經濟生活，並寫成《活著回來的男人》一書，其中不時透露小熊謙二戰時就喜歡閱讀，一直到在西伯利亞當戰俘期間，仍然依賴著讀報來獲知各種訊息。但他不會盲目接受資訊，會自己思考判斷真偽。

書中提到，塞班島「玉碎」後，大家或多或少知道情況不對，幾乎可推測到日本戰敗的結果。但報紙上依然一成不變地呈現各種充滿希望的戰況。即使塞班島陷落，東條英機內閣垮台，但「沒有背景資訊，大家都不知道發生什麼情況，所以也沒留下深刻的印象」。

但也是有不迎合上意的報導，如《東京日日新聞》在一九四四年刊登了一整版〈要勝利或者滅亡，戰局終於走到這一步〉以及〈拿竹矛抵抗已經跟不上時代〉為標題的文章，促請轉變作戰方針。這則報導觸怒了東條英機，甚至還將這名執筆的記者送到戰區「充軍」作為懲罰。不過，小熊謙二不記得這個報導：「或許曾經讀過，但當時為了籌吃的東西，已經耗費所有精力，完全沒有餘裕管其他事。」

★

一九四五年八月十六日，日本宣布敗戰隔天，《每日新聞》關西總部發行的報紙，是一張薄薄的白紙。十七日，十六欄的報紙，只有十欄有內容，其餘空白，如此持續了五天。

該報關西總部編輯局局長高杉孝二郎得知日本投降後，向社長提出辭任、停刊的建議：「我們應該以最大的形式，向國民謝罪，以承擔作為大媒體一直以來謳歌和煽動戰爭的責任。」

前一日還在罵鬼畜英美、焦土決戰的編輯部，竟然一百八十度轉變，他們認為自己沒有臉做任何評論，「把以終戰昭告書為首的各種官方文告和事實如實刊登在報紙上，是我良心允許的最大限度。所以，只能以白紙發行了。」該社以社長為首的幾個重要幹部，隨之辭職。

在戰時從《每日新聞》主編當到董事長的高田元太郎表示：「極端地說，當時把戰敗的事實向國民一個勁兒的隱藏，將白的說成黑的，就是所謂的新聞寫作。報紙無論怎麼吹笛子，國民都不可能跳舞。」

「戰敗後，我們報社內外都追究了推動戰爭的責任，但我認為一旦戰爭爆發，協助戰爭就是國民的義務，因而國民是不該被追究責任的。只是對於失去新聞自由、剝奪記者尊嚴和活動自由，以及沒能防止更大損失發生，應該承擔重大的責任。基於這種認知，我們就辭職了。」

八月二十三日，《朝日新聞》也向國民謝罪：「特別是與引導國民、輿論、民意走向有著密切關係的言論機構的責任是非常重大的。因此，我們絕不會輕易原諒自己犯下的錯誤。」

同年十一月，《朝日新聞》發布〈與國民站在一起〉的文告，承擔沒有把事實告訴國民，使國家捲入戰爭的責任。社長以下，所有編輯幹部都辭職。

《朝日新聞》主筆緒方竹虎便說：「如果當時中央級報紙能坐在一起商討，在適當時機對這一動向進行預防的話，難道不能阻止它嗎？實際上，如果《朝日新聞》與《每日新聞》聯手起來，在九一八事件前就開始思考如何壓制軍部的政治干預的話，難道不是可以成功做到嗎？在日本戰敗後仔細想想，其實軍部也不是什麼了不起的東西，它只是一個領月薪的集團，對他來說，報紙會不會聯合一起抵抗，始終是最大的威脅。現在想來有點遺憾，並感責任重大。」

著有《日本最長的一日》的作家半藤一利，戰敗當時還是個中學生，他讀了十六日《朝日新聞》的報導，其中有一段寫道：「不論明天或後天，仍然繼續唱著〈海行兮〉（海行かば）吧。這是民族的聲音，是尊奉天皇的意旨，向苦難生活勇猛前進草民的聲音。日本民族並未戰敗。」

十五歲的半藤心想：報紙要負起過去嚴重鼓動之責，所以再次鞭策激勵國民嗎？對他而言，這是一個剎那間的翻轉。

半藤一利在其所著的《昭和史》中，詳細地記錄戰敗後，日本社會的轉變與討論，提到：戰後日本接受駐日盟軍引導，進行土地、教育等改革，新聞亦然。無論〈有關言論和新聞自由備忘錄〉或〈有關日本新聞法備忘錄〉的發布，在在顯示，新聞仍被控管中，只是這次的審查檢閱者，是駐日盟軍總司令部（GHQ）——有人甚至認為，GHQ對新聞的控制比戰時日本政府還要嚴格。

在戰爭期間那樣敲鑼打鼓煽動戰爭的新聞界，以八月十五日為分水嶺，突然一變開始說教：從此，日本人必須以民主主義方式來生活。

半藤一利認為奇怪，且引用作家高見順的日記：

新聞媒體，對以往的新聞態度，絲毫沒有向國民謝罪的樣子，沒有刊登任何一篇道歉的文章。一方面刊登內容變成截然不同的報導，一方面依舊擺出訓誡的態度，還是布告性質的，仍扮演政府的御用角色……有關敗戰，新聞媒體沒有責任嗎？無可救藥的厚顏無恥……。

這段敘述雖與真實有些偏差，因為日本媒體確實曾「委婉」地表達歉意與改變之意，但半藤等人的意見足以顯見，國民並未感受到媒體的歉意，況且，才這麼一天，就立刻一百八十度轉變態度，更讓人覺得荒謬，甚至感覺到日本媒體不過從看軍方臉色變成看盟軍臉色而行而已。

二戰結束至今，日本媒體是否更開放、更自主，甚至擺脫政治操作呢？我的日本朋友都是搖頭的：「媒體不可信」，特別是福島核災後，他們更是認清受到政府與財團控制的媒體，根本無力揭露核電風險與災難，反倒是協助政府隱瞞真相。

但這種說法，日本學者小熊英二並不完全同意。他認為戰後媒體受到政治控制者鮮少，「只是大眾媒體已經無法反應這個社會。他們已經跟不上了。」這很難說是戰爭留下的影響，但在全世界都是不變的事實。

【原標題〈二戰中的日本新聞II：陣亡於戰爭的報導風骨〉，2015/10/17 阿潑】

3 原子彈落下前

#美國

一九四五年八月六日凌晨兩點四十六分，「艾諾拉．蓋號」（Enola Gay）在天寧島的跑道上緩行向前，而後猛然升起、飛進夜空時，《紐約時報》（*New York Times*）科學版記者威廉．勞倫斯（William L. Laurens），正站在「北機場」塔台上關注著這架巨型轟炸機的起飛情況。曼哈頓計畫副指揮官湯馬士．法雷爾准將（Thomas Farrell）就站在他的旁邊。

「艾諾拉．蓋號」是B－29超級空中堡壘轟炸機，對戰爭時期的日本人民而言，B－29是空襲的大怪物，朝他們的屋舍田地投下一顆又一顆的炸彈，但「艾諾拉．蓋號」的使命與她的伙伴不太相同，承擔這次任務的第五〇九大隊，除了大隊長保羅．蒂貝茲（Paul Tibets）之外，絕大多數隊員儘管接受了祕密訓練，仍不清楚目的，直至「艾諾拉．蓋號」接近硫磺島時，聽到保羅．蒂貝茲從對講機下的指令時，他們才明白嚴重性。

此時，保羅・蒂貝茲說的是：當日本進入目標視線，對話皆要錄音，「這是為了記錄歷史，所以請記住你們的用字。我們正攜帶著一顆原子彈。」此前，大多數機組人員從未聽過這個詞，因而感到毛骨悚然。

即使並不知道自己將面對什麼，機組人員仍如常工作。副駕駛羅伯特・路易斯（Robert Lewis）在「艾諾拉・蓋號」飛到三萬兩千英呎的轟炸高度時，應記者威廉・勞倫斯的要求，在飛行日誌上寫下：「各位，目標不遠了。」

看著「艾諾拉・蓋號」起飛的威廉・勞倫斯，或許比機組人員更清楚，他們將是見證歷史之人。

★

一八八八年生於蘇聯時期立陶宛的威廉・勞倫斯是猶太人，其於一九〇五年俄國革命後，被母親裝進一個大醃漬桶中，偷運出境，最後落腳美國。取得法學學位的他，於一九二六年當上記者。四年後，他加入《紐約時報》團隊，主跑科學新聞。

一九三九年二月，威廉・勞倫斯參加一場哥倫比亞大學物理學會議時，聽著物理學家恩里科・費米（Enrico Fermi）與尼爾斯・玻爾（Niels Bohr）針對原子裂變（atomic fission）發表演講，旋即意識到人類的命運將會出現改變……

有「原子能之父」之稱的恩里科・費米在獲得諾貝爾物理學獎後，從義大利移民到美國，與哥大同僚一起進行核分裂的實驗，進一步驗證連鎖反應的可能。這些科學家發現：用一個中子轟擊鈾原子，會造成鈾235原子分裂，並產生兩個中子，同時釋放出能量。他們意識到這樣一來，新產生的中子又可以繼續轟擊其他鈾235原子，繼續產生更多中子和能量，這樣的連鎖反應繼續進行數十次後，產生的能量非同小可。

當時威廉・勞倫斯一邊聽一邊在紙上計算，發現連鎖反應進行八十次後，產生的能量會巨大到驚人的地步——這絕對是世界上最強大的反應爐。此時，他驚覺這會是一件「大代誌」，而自己竟成為這場科學史上最重要會議的見證者。

原子裂變的發現是劃時代的，這場會議對威廉・勞倫斯而言，或許也是人生的分界點，至少他的妻子佛羅倫斯（Florence D. Laurence）曾如此形容他的改變：「從那天晚上起，原子就和我們一起生活了。」

此後，威廉・勞倫斯陸續發表幾篇與原子能有關的報導。儘管當時對於鈾的報導不算少，但他寫在《星期六晚報》上的文章〈原子放棄〉（The Atom Gives Up），令曼哈頓計畫負責人萊斯利．格羅夫斯將軍（Gen. Leslie Groves）留下深刻印象。

曼哈頓計畫是首枚核子武器建造的祕密行動。該計畫於一九四二年正式啟動之前，歐洲許多科學家已在原子能應用原理上有些收穫，但也擔心這些研究成果將為納粹德國所用，從而打造出毀滅性武器——其中，躲避納粹迫害而逃亡美國的科學家們，尤其憂慮，便組成一股勢力，力圖說服美國政府高層面對這項危機。

美國原子能發展就在這個背景上，由總統羅斯福於一九四一年秋天批准研究計畫後，交給陸軍接手。至日本偷襲珍珠港、美國宣戰的半個月後，核子武器研發專區才開始動工，名為「曼哈頓工程特區」（MED）。這項研發計畫之所以取名曼哈頓，實是一種掩耳盜鈴法，基於保密立場，故以當時負責設立工程特區的麥紹爾上校（J. L. Marshall）紐約辦公室位址命名。

曼哈頓計畫初始進行時，除了總統羅斯福外，政府高層與國會都被蒙在鼓裡——羅斯福去世，接任總統的杜魯門方才知曉。且直到一九四五年二月雅爾達會議召開之前，美國國務院也才獲悉此事。儘管情報不時遭到洩漏，曼哈頓計畫決策者仍執行最高度的保密計畫，即使是計畫參與者，也只曉得自己負責的部分。為此，高層還實施嚴密的新聞管制*。

格羅夫斯認為曼哈頓計畫的新聞發布，應該由專業人員來進行，便向《紐約時報》總編輯艾德溫・詹姆士（E. L. James）提出借調需求，並強調：借調期間，此人不得享受《紐約時報》的任何權利或特權，但不會限制他使用雙重名義，只是所有報導均將分送所有新聞同業，該項報導將不屬於個人或某一報社獨有。格羅夫斯特別指名了威廉・勞倫斯。

「在討論細節時，為了保密起見，我們決定威廉・勞倫斯仍列名為《紐約時報》支薪，但其所需費用則由MED（曼哈頓工程特區）負擔。」格羅夫斯要求詹姆士對威廉・勞倫斯的任務保密，但也未曾過問報社是否有人知情。

而威廉・勞倫斯在走訪曼哈頓工程相關地區，了解全盤情況後，自一九四五年春天起，接手草擬新聞稿的工作。例如，在原子彈於阿拉莫哥多試爆前數週，他就在臨時委員會（Interium Committee）†指導下，協助準備白宮新聞稿件——但稿件發布前均需經國防部長及總統核定。

---

*據格羅夫斯所言，新聞審查處給予相當的協助。該處是由前克里夫蘭新聞報總編輯霍華德（N. R. Howard）與普萊斯（Byron Price）所領導。他們會協助新聞處理。而曼哈頓計畫的新聞管制原則約分以下三項：凡可能洩漏重要情報的任何消息都禁止刊載；凡對計畫的任一方面可能引起注意之消息均禁止刊載；凡敵人或具有科學發展知識之人所注意的報章雜誌中，禁止刊載任何報導。

†一九四五年春天，經戰爭部長史汀生推薦，由總統杜魯門委派九位文職官員組成。他們的任務是草擬重要的戰後立法草案，協助白宮新聞發促，並對美國未來原子能所需進程提供意見。

「稿件內容當然需經嚴密管制。」格羅夫斯在他的著作《現在我可以說了》（*Now i can tell*）中強調。

★

原子彈製造過程困難重重，最終於一九四五年七月十六日凌晨於美國新墨西哥州阿拉莫哥多（Alamogordo），完成「三位一體」（Trinity）試爆計畫。曼哈頓計畫決策團隊清楚他們的任務是發展原子彈，以盡早結束戰爭。因此，當「成品」在新墨西哥沙漠轟開成蕈狀時，在一萬碼距離外觀看爆炸情況的法雷爾在回到基地帳棚時，忍不住對格羅夫斯說：「戰爭結束了。」

「是的，」格羅夫斯回應他：「只要我們在日本丟下一顆、兩顆，戰爭就結束了。」

此時，歐洲戰場已終結，僅剩下亞洲戰場需要收拾。美國軍方與科學家對於是否該使用原子彈有不同意見——依據負責原子彈設計與開發的科學家羅伯特·奧本海默（Robert Oppenheimer）的估計，一顆原子彈能殺死兩萬人，這數字令戰爭部長（United States Secretary of War）亨利·史汀生（Henry Lewis Stimson）很驚訝——他只想摧毀軍事目標，而不是平民的生命。臨時委員會成員意見各自不同。最終能拍板定案的，只有一個人——總統杜魯門。

此時，全美國，乃至全世界，只有威廉．勞倫斯一位記者確實知道發生了什麼事。就在試爆前三天，他忍不住提醒《紐約時報》總編輯艾德溫．詹姆士：這個祕密武器的爆炸性影響將遠超過任何人的想像，當這則新聞被報導出來，「在這件事發生的這天，世界將會變得不一樣。文明中的一個新時代將就此展開。」

但他沒有在第一時間寫下這則獨家報導。他選擇協助曼哈頓計畫團隊「遮掩真相」——儘管在無人之地，但原子彈爆炸能量之巨大，不免會驚動居民與媒體。當美聯社不顧勸阻，堅持要發新聞時，團隊先發制人發出由威廉．勞倫斯草擬的新聞稿，宣稱原因是火藥庫不慎爆炸，「由於毒氣彈爆炸，其所含毒氣受天氣影響，陸軍當局須採取必要措施，暫將少數居民予以撤離。」因為新聞審檢的關係，除了有西部地方報紙頭版報導此事，以及華盛頓早報簡略刊登幾行訊息之外，美國東部各媒體皆無刊載。

遲至兩個月後，當原子彈已毀掉日本的兩座城市，威廉．勞倫斯的報導才發出：

原子時代開始於一九四五年七月十六日清晨五點半，就在距離新墨西哥阿拉莫哥多五十英里航程的半沙漠地帶，就在這地球新的一天黎明將起之際。

在那偉大的歷史時刻，足以與許久以前人類首次生火，並開始走向文明相比。這鎖在物質原子中心的巨大能量，第一次釋放出這星球尚未曾見過的爆發烈焰，照亮天地的短暫時刻，似乎就是許多超級太陽的永恆光芒。

從威廉．勞倫斯的遣詞用字中，不難看出他對這一刻的發生，有多麼興奮。他在報導中對美國科學家領先德國表示驕傲，隱喻他們是邊界的開拓者，是探索新大陸的先驅者。

「三位一體」試爆成功的同時，美國總統杜魯門與英國首相邱吉爾正在德國波茨坦舉行會議，討論降服日本的事宜，並商決是否該讓史達林加入戰場。因為試爆結果出乎預期成功，杜魯門也將這個成果和邱吉爾分享，似乎也在這個時候，他心有決定：要在日本投擲原子彈，以盡快結束戰爭。

★

同年八月六日，當第一顆原子彈炸落廣島時，威廉．勞倫斯來不及登上觀測機，只能觀察起飛前的準備工作。儘管早在五月十六日，他已就在日本投下原子彈一事，替總統杜魯門擬好演說稿，不過不被格羅夫斯核准，因此，八月六日當日，杜魯門的演講與白宮發出的新聞稿，是由戰爭部長辦公室主導完成。聲明文告中強調廣島被轟炸的原因，以及原子彈的威力。

然而，作為與美國軍方合作的新聞人，威廉．勞倫斯仍克盡職責地發送原子彈原理或組織說明，並佐以小故事的新聞稿給媒體。除了滿足新聞媒體報導所需，也可以防止記者過強的好奇心與窺探。

「三位一體」試驗時，威廉．勞倫斯僅作「公共服務」，沒有發出自己掛名的獨家，在第一顆原子彈落下後，他依然沒有發稿——他針對廣島的報導，是在一個月後與其他西方記者同時刊登。當美國準備投下第二顆原子彈時，他搭乘隨同轟炸機出發的儀表機，親見長崎遭第二顆原子彈轟炸，才發出現場報導，但刊登出來，也是一個月之後的事。

★

這篇報導為威廉．勞倫斯奪得第二座普立茲獎。對此，格羅夫斯下了這樣的註腳：「當時，他是唯一的新聞通訊員，他所發的審稿需經安全檢查始可發布。這些新聞電稿使他獲得了當年普立茲獎的最佳新聞報導。這是理所當然的。」

然而，從當代對於新聞記者的標準以及倫理要求，威廉．勞倫斯就算在科學報導上達到諸多成就，都無法否認他在當時失去了新聞客觀與獨立性。新聞學者、亦是知名戰地記者貝弗利．基弗（Beverly Ann Deepe Keever）便著書批評：在電視時代之前，《紐約時報》具有相當大的影響力，但威廉．勞倫斯與《紐約時報》，卻於此時與美國政府產生共生關係，隻手形塑了這個原子彈發展的黎明時期，協助人們接受這前所未有的毀滅性武器的誕生，也依據情況，決定報導幅度，乃至於不報導。

對於威廉．勞倫斯的質疑始終不斷，二〇〇五年，進步派媒體人艾米．古德曼（Amy Goodman）和她的兄弟大衛．古德曼（David Goodman）以〈廣島掩飾（The Hiroshima Cover-Up）〉一文，要求普立茲獎主辦單位撤銷威廉．勞倫斯的第二座普立茲獎，原因是這位本應客觀公正的記者，與軍方有著共生的關係，替政府做不當的遮掩——與其他隻身挺進災區採訪，並設法突破美國新聞審檢限制的記者相比，威廉．勞倫斯因為特權而獲得普立茲獎並不公平。尤有甚者，在澳洲記者威爾弗雷德．伯切特（Wilfred Burchett）發出報導，強調原爆造成的輻射傷害後，威廉．勞倫斯竟發布另一則報導反駁輻射致死的觀點。

不過，也有科學專欄作家及歷史學家替威廉．勞倫斯說話。他們認為在原子彈發展時期，這個記者的見聞都來自軍方或政府給予的資訊，在對核輻射及其造成的災難認知有限的情況下，就連科學家都要親赴日本，才知道其嚴重性，威廉．勞倫斯不可能比專家知道的更多，更不用說，在戰爭這種非常時期，這樣做真的不道德嗎？

「我們是為了生存而戰，」就其代表《紐約時報》與軍方合作一事，威廉．勞倫斯的同事、後擔任《紐約時報》總編輯的亞瑟．葛伯（Arthur Gelb）便曾替他叫屈，直言當時是戰爭時期，人們會有恐懼，也會被情緒左右，「勞倫斯知道他將成為見證原子彈發展的歷史學家，他視這個指派為一個記者所能獲得的最具新聞價值的任務。」

在「原子能時代」開始之初，一個科學記者會受原子能發展吸引，自然可以想像。威廉．勞倫斯也曾說，自己就像普羅米修斯一樣，從科學的奧林匹斯山，汲取火焰，將其傳遞給人們。

研究核武器的科學史學家艾力克斯．維勒斯坦（Alex Wellerstein）對於威廉．勞倫斯當時的書寫可以理解，也認可他終生投入在核彈、氫彈（勞倫斯稱為地獄炸彈「The Hell Bomb」）的研究書寫中，且之後再未與政府有所合作的態度。但他也不免形容威廉．勞倫斯「一半是小販，一半是記者，是個百搭牌（wild-card）」，很難想像他這樣的人會被允許參與今日的核武器計畫。

而另一科學作家馬克・沃佛頓（Mark Wolverton）更是在專欄文章中替威廉・勞倫斯打抱不平，稱他日後甚至因為報導太平洋政府的氫彈試爆，而被聯邦調查局調查；在他看來，威廉・勞倫斯一直都在做一名科學記者該做的事，如勞倫斯自己所言：「對於科學記者來說，記錄科學的某種發展是不夠的。他還必須有一種社會意識，一種社會意識。」

正是因為這種社會意識，驅使勞倫斯擔心納粹取得先機而投入原子能寫作，到了晚年又提醒大眾這個發展可能摧毀文明。但無論世間如何評價威廉・勞倫斯，都已經無法否定他在某種程度上，確實終生都與「原子」「炸彈」生活在一起了。

【原標題〈見證原爆的新聞人（上）曼哈頓計畫的勞倫斯⋯⋯交換真相的販子？〉，2022/08/04 阿潑】

4 戰爭時期美國的新聞檢查

#日本 #美國

那些尚未痊癒的不幸患者，身邊籠罩著原爆所影響的「神祕氣場」。

……許多盟軍俘虜和日本平民都得到這種神祕莫測的「X病」。

……患者的嘴唇緊閉、僵硬發黑，無法說出清楚的字句，雙腿與手臂上都有一塊塊紅色的小斑點。在其身旁一個約十五歲略胖的女孩，身上也有相同的紅色斑點，鼻子還凝結著血塊。

——節錄自一九四五年九月八日，喬治．韋勒（George Weller），長崎報導

一九四五年八月六日、九日，兩顆原子彈分別落在廣島與長崎。蕈狀雲穿過白色雲層、向天際攀升。按照隨軍記者威廉．勞倫斯的目擊，蕈狀雲既非煙霧，也非火團，而是「一個活生生的

新物種，在世人的面前駭然誕生。」

不是所有的美國記者都能像《紐約時報》的勞倫斯這樣，「有幸」獲得特權，在此歷史時刻隨軍機完成獨家採訪。特別是，這涉及最令官方與外界敏感的原子彈。原爆以後，廣島與長崎二地便受到駐日盟軍總司令部的管制。素以作風強硬聞名的麥克阿瑟（Douglas MacArthur），嚴格限制新聞媒體進入受災區域採訪，以免原爆後的景象影響大眾輿論。記者如欲一探究竟，只能乖乖配合軍方的戰時新聞政策。

★

要求戰地記者像乖寶寶一樣站好聽命，談何容易？《芝加哥每日新聞報》（*Chicago Daily News*）的記者喬治．韋勒（George Weller）就是為了採訪，甘願冒險違規的人之一。一九四五年九月四日，韋勒突破封鎖線，一路從日本厚木直驅進入鹿兒島縣的鹿屋；他佯裝成美國軍官，利用小快艇、鐵路和車輛等交通方式，終於在九月六日成功潛入長崎，成為第一個在原爆後踏上長崎的美國記者。

韋勒取材的目光，多半停留在爆炸後的廢墟、各地醫院，以及戰俘收容所等地。針對長崎的報導集中於九月八日至九日。韋勒在當地醫院中，親眼目睹受災居民的慘狀。他記錄了現場的荷蘭軍醫、同時為盟軍長崎港口第十四收容所指揮官溫克少尉（Jakob Vink）的觀察：許多盟軍戰俘和日本平民都為「某種疾病」所苦，他們發燒、嘔吐，白血球與紅血球的數量急遽下降，有大量內出血和落髮，且患者嘴唇發黑僵硬，無法清楚言語。由於沒有確診病因，又推測與輻射線脫不了關係，只好暫時先用一種令人困惑、透露著恐怖的代稱——「X病」（Disease X）。

據韋勒的現場紀錄，當地醫生都對史無前例的「X病」束手無策，每天都有病患死亡。雖然有的人撐過兩、三週時間，但仍恐懼自己的生命將隨時消逝：

……這裡的醫生有充分足夠的現代藥物，但是他們卻向盟軍駐長崎的觀察員坦承，這些症狀已超乎他們能力所及。患者即便身體外觀完整，仍然一個接著一個在醫生們眼前死去。（九月九日，喬治．韋勒，長崎報導）

現場能做的事，除了繼續照顧病患，就是等待九月十一日美國派遣的二十五人調查團，期盼這些人能找出解決辦法。對那些在地獄門口徘徊煎熬的患者，韋勒在報導最後寫道：「但是他們全都死了——死於原爆，而且沒有人知道為什麼。」韋勒不明白原因，醫務人員也是。

但是，真的沒有人知道為什麼嗎？

★

韋勒在長崎待到九月十日，後又自長崎往返福岡及九州北部等地，前後總共滯留近三個星期。採訪期間韋勒的腳部受傷，二十六日才隨海軍的醫療船離開長崎。此趟旅程韋勒撰寫了大量採訪筆記，包含戰俘與醫務人員的訪問、建築物與地形被害的情形，以及關於「X病」的紀錄。

雖然韋勒私自潛入被封鎖的長崎，但他沒有把長崎報導搶先發布在《芝加哥每日新聞報》，而是依照規定先將原稿送交給駐日盟軍總司令部，等待新聞審查。韋勒並不認為自己的報導有什麼「大問題」；甚至在他的導言裡，相當政治正確地肯定美國投下原子彈的決策。但結果，韋勒將近兩萬五千字的原稿、紀錄以及相關攝影照片都被強制沒收，禁止發表。根本的原因在於報導中的「X病」，可能會造成美國輿論對開發核子武器的反彈。

倘若這宛如人間煉獄的慘狀公諸於世，正在強力譴責納粹大屠殺的美國，又當如何面對世人？

韋勒對自己報導被封殺感到難以置信。扣壓新聞的元凶，指向駐日盟軍總司令麥克阿瑟，但他亦無可奈何。軍方動作其實有脈絡可循，當時的韋勒可能不曉得，在他進入長崎之前數日，另一位澳大利亞籍記者威爾弗雷德・伯切特也在九月二日偷偷潛入廣島，並且將他舉目所見生機滅絕的景象，以「原子瘟疫」（The Atomic Plague）為題，登上倫敦《每日快報》（*Daily Express*）九月五日頭條。伯切特無視新聞審查規定，直接發稿回倫敦，引起軍方極度不滿。他們指責伯切特打擊美軍士氣，甚至扣上為敵宣傳的帽子，麥克阿瑟亦下令禁止伯切特入境日本。

韋勒始終認為，美國軍方（特別是麥克阿瑟）毀了自己心血，企圖掩蓋真相。一九七八年，戰爭結束三十三年後，韋勒與伯切特這兩位分別首次登上長崎、廣島的特派記者，聊起當年採訪的觀察。韋勒向伯切特表達恭喜與敬意，廣島的報導能順利刊出，並對自己被封殺的報導耿耿於懷：

> 我四處尋覓，訪問了醫生和其他醫務人員在內的目擊者們。我寫下兩萬五千字，而且像個優良的、篤實的特派記者一樣，把稿子回傳給麥克阿瑟的總部來轉發——然後檢查員就把它們全部抹煞了。

後來定居義大利的韋勒，在二〇〇二年以九十五歲高齡逝世。他過世後，消失的長崎報導，卻有戲劇性的發展。韋勒的兒子安東尼（Anthony Weller）偶然在韋勒家中，發現原本以為軼失的長崎報導複本，用複寫紙打字，A4大小共七十五張，紙張也隨著時間推移而變色。

據安東尼推測，可能連韋勒本人都忘記有複本在身邊。安東尼將這批塵封六十年的長崎報導，選在二〇〇五年原爆六十週年公開。他說，從這份複本內容可以看出父親態度的複雜。起初韋勒認同「原子彈是精準的攻擊」，但從他的敘述來看，卻存在著某種弧線，將他的態度轉向省思：「我們的世界究竟怎麼了？」

★

韋勒將長崎報導發給駐日盟軍總司令部審查，也許會被譏笑過於老實。所謂的新聞自由，雖擁有《美國憲法第一修正案》作為後盾，但面對國家安全意識高漲的戰爭時期，似乎仍銬上一層枷鎖。自由比國家安全更重要嗎？也許美國的答案是：「看情形。」

美國於一次大戰時曾訂定《間諜法》、《叛亂法》，以及《對敵通商法》等，用以限制人民的言論思想與新聞自由。政府可以直接干涉印刷出版、郵件通訊，乃至新聞採訪。此種因應戰時的新聞審查，到太平洋戰爭又死灰復燃，而且操作更加細緻。

珍珠港事件爆發後，美國軍方即展開嚴密的軍事新聞檢查。國會亦迅速通過《第一戰爭權力法》，賦予總統檢查各類新聞與通訊內容的權力。羅斯福政府於一九四一年十二月十九日成立新聞檢查局（Office of Censorship），由美聯社新聞主編拜倫（Byron Price）擔任局長；隔年一月十五日頒布《新聞戰時行為準則》（Code of Wartime Practices for the American Press），嚴格規定出版品不可刊登有關軍隊、飛機、船艦、武器、軍事設施、天氣狀況等可能影響戰爭的「不適當」資訊。準則效力所及亦包括新聞廣播，後來還被譏諷是美國新聞記者的聖經。

有這些機構還不夠。一九四二年六月羅斯福又以行政命令成立「戰時新聞局」（Office of War Information），這次請來《紐約時報》的資深記者戴維斯（Elmer Davis）擔任局長，協調政府各部門和民間機構的戰爭新聞發布，同時肩負戰爭宣傳工作。

美國這種對「新聞處理」（news management）的策略日益普遍。有些比較敏感的新聞研究者認為，早從華盛頓時期，白宮就天天想著如何控制新聞界；不過政府各部門真正有系統、全面性的，基於「國家安全」跟「總統特權」二者考量進行的新聞處理工作，還是要從二次大戰算起。

戰時利用「國家安全」的理由，來操作新聞發布、扣壓新聞報導，對政府而言十分便利。《時代雜誌》、《生活》創辦人亨利・魯斯（Henry Luce），就對羅斯福政府的新聞管制策略頗為不滿。他認為華府的處理方式，改變了政府與媒體間的相處關係，進而引起何謂「新聞自由」的疑慮。

亨利・魯斯乃於一九四二年建議芝加哥大學展開相關調查，等到了一九四四年，他進一步邀請芝大校長羅勃・哈欽斯（Robert Hutchins）出面，籌組成立「新聞自由委員會」（Commission on Freedom of the Press），研究民主體制與媒體功能。魯斯曾語重心長地說：「新聞自由，並非不言自明之事。」

像韋勒的長崎報導被扣壓、封殺的這種案例，魯斯認為還不算是最大的威脅。真正可怕的是一個大政府如何巧妙地利用公關操作，一面掩蓋消息，一面釋放資訊，引導新聞界塑造人們所能感知的世界觀。

在國家安全意識的面前，似乎一切箝制都很合理。樂觀的人也許認為，戰後情形就不會那麼糟了，但事實卻正好相反。太平洋戰爭結束後，韋勒的報導也未曝光；麥克阿瑟強硬的新聞管制，在後續登場的韓戰中持續發威。一九四五年後，以國家安全為旗幟的瘋狂浪潮，將社會帶往面對國際衝突的、冷戰的心靈世界。後來掀起的麥卡錫主義，更在「新聞自由」上打了一個大大的問號。

回頭看韋勒的長崎報導，若非其子安東尼的巧妙機運，讓報導重見天日，珍貴的採訪紀錄與其呈現的新聞脈絡，終將石沉大海。美國自太平洋戰爭結束至今，仍持續涉入國際戰事；韋勒變色的原稿影本，依舊是追問新聞自由的範例。

誠如魯斯所言，「新聞自由，並非不言自明之事」，而是需要出聲捍衛、明白指出問題的事。

【原標題〈封鎖太平洋：美國的戰時新聞檢查〉，2015/10/16 林齊晧】

5 接管日本，控制新聞

#日本 #美國

那是一顆原子彈，駕馭了宇宙的基本力量。這股連太陽都要從中吸取能量的力量，已經釋放到那些在遠東發動戰爭的人身上……七月二十六日之所以要在波茨坦發表最後通牒，就是要使日本人民免遭徹底毀滅。日本的領導人立刻拒絕了這份通牒。如果，他們仍不接受我方條件，那麼將還會再有一場毀滅之雨。這樣的毀滅之雨是地球上從未出現過的。

——八月六日美國總統杜魯門聲明文告

八月六日上午，第一枚原子彈投落廣島後，各報社接獲通知：總統要於十一點發布一項重要聲明文告。白宮記者已經很熟悉這類通知，因此沒有特別重視，但當總統的新聞祕書站起來，宣讀最初幾句話，讀到「超過兩萬噸黃色炸藥的威力」時，記者們立刻意識到情況不同，爭相往出口的長桌推擠，以便拿到新聞稿，而後又搶用電話向報社報稿。新聞界對這個訊息很是震驚，幾乎都以全版報導回應其重要性。

然而，在太平洋彼岸的廣島，儘管城市接近毀滅，死傷遍野，整個日本也只有《朝日新聞》在版面一角，以簡單的字句揭露前一日的重大事件：「燃燒的廣島」、「看起來似乎受到一些傷害」——如此輕描淡寫除了日本政府與媒體在第一時間皆無法確定傷害規模以及事件真相，也是因為當時日本仍處在戰時新聞審檢制度下，為了不影響國民的戰鬥意志，受害情況必須從簡處理。因此，就連美國白宮的聲明也未見報端。日本官房長官迫水久常之所以明白那是一枚原子彈，還是同盟通信社收到白宮聲明，打電話來向他報告的。但即使他與外務大臣東鄉茂德都認為這是終結戰爭的好時機，軍方仍不為所動。

★

美國總統杜魯門從照片中見到廣島原爆後的慘狀，並非無動於衷，但依然決定投下第二顆原子彈。在此之前，美方印製了一千六百萬份傳單提醒日本人民：美國擁有摧毀性炸彈，若有存疑，可以去了解廣島情況，並要求疏散撤離。

但美國傳單還沒散發，日本媒體即先行警告：《日本日報》表示敵方為了盡快結束戰爭，使用了威力空前無比的新式炸彈，並以〈違反人道精神的道德暴行〉的社論標題大肆批評。

恰巧就在美國於長崎投下第二顆原子彈當日（八月九日），《朝日新聞》針對美軍使用「新型爆彈」進行非人道復仇，提出批評；兩天後，亦即八月十一日，再以「慘虐」二字形容原爆，但原爆實際造成的傷害與災害影響，仍無法從報導中獲得。

必須強調的是，儘管《朝日新聞》控訴連連，長崎原爆的新聞仍未見諸報端。遲至事件發生第三天，亦即八月十二日，才有訊息揭露，一樣寥寥數語：「（受害的情況）預計相對小」。

直至八月十五日，日本宣布投降後，政府對於廣島、長崎的報導限制才算解禁，然不幸的是，伴隨美國招降與占領而來的，是駐日盟軍總司令部（GHQ）在日本實施的審檢制度——原爆現場的實況及其影響的議題，再次被打入新聞禁區。

GHQ於日本實施的審檢制度，起於一九四五年九月，終於一九四九年九月。最初是九月十日駐日盟軍總司令（the Supreme Commander for the Allied Powers，SCAP）所發布的SCAPIN-16：防止透過報刊、無線電廣播或其他出版方式傳播不符合事實或擾亂社會安寧的新聞。然而此令也明確表示「應當對言論自由施行最小的限制」，亦即，只要言論是表達真實，不妨礙公共治安即可。然而，《朝日新聞》卻在此令之下，因九月十五日、九月十七日的兩則新聞，遭到禁止營業的處罰——其中一則新聞，即是日本政治人物鳩山一郎對於美國使用原子彈的批判。

《朝日新聞》於九月十八日遭罰，隔日，駐日盟軍總司令再發布SCAPIN-33，正式實施「出版檢閱制度」（press code），規定：不得對同盟國、占領（美）軍批判，也不能引起人們對他們的不信任。

實施審檢制度的機關為民間審閱隊（the Civil Censorship Detachment，CCD），此組織隸屬負責情報的參謀二部（G2）之下，其任務是對日本國內各類媒體形式與藝文內容就禁止原則與要點進行審查。關於原爆的報導，自是其中一部分——直至一九五二年，美軍占領結束，一般國民才有機會看到有關廣島與長崎的災難照片展示，歷史學家約翰．道爾（John Dawer）即表示：正因如此，唯一的核戰爭體驗國的國民，在核時代的早期歲月裡，比起其他國家的人民對原爆的後果更為無知，也更少有自由公開討論他們的機會。

對同盟國來說，日本如此是自作自受——一九四五年九月，隨著戰時新聞限制解除以及戰俘營的解放，日軍對於盟軍戰俘的非人道對待成為輿論焦點，也激起西方的憤慨。戰爭成敗左右了是非對錯的選邊，儘管美國創造了一個可怕的怪物，一夕之間奪去超過十萬人的生命，還有更多人性命危在旦夕，但這樣的事實與真相，在這戰爭結束、急忙算帳的朦昧時刻，似乎不會成為桌上議論的卡牌之一。

儘管追查真相、報導事實是新聞記者的職責，然而，當麥克阿瑟出席東京灣受降儀式，跟著盟軍一起進入日本的記者們，卻選擇相信盟軍的說法而不跨出東京——因為海陸轟炸，日本本土交通線斷，出入東京很是困難；但即使盟軍不這麼說，這數百名記者仍是會服膺於「主流新聞」的判斷，留在密蘇里號戰艦上報導日本正式投降的實況。

唯有兩名記者例外。澳洲記者威爾弗雷德．伯切特聽聞廣島原爆的消息時，便很想親赴現場採訪，於是與美國海軍陸戰隊的先遣隊一起在東京灣的橫須賀登陸（比盟軍還早上幾天），到達東京後，再想方設法前往廣島。這時，他身上只有七天份的口糧、一台打字機與一把黑雨傘。儘管曾被警察拘捕、懷疑，但經警察局長引導，伯切特才能前往收容原爆患者的醫院採訪，並坐在距離震源不遠處的碎石上用破舊的 Baby Hermes 打字機寫出自己的見聞，最後在日本記者中村的協助下，以摩斯密碼的方式向通訊社發出一千餘字的報導。

伯切特的這則題為〈原子瘟疫〉的報導，幾經波折，才讓審檢員放水通過，得以原封不動於九月五日倫敦《每日快報》頭版上刊登。這文章曾被視為第一篇廣島原爆的現場報導，伯切特也因此成為談述原子彈輻射與放射性落塵影響的第一位記者（後被證明並非第一篇也非第一人）：

「因為投下的原子彈爆炸負傷的人，會因不可思議的後遺症而亡。在缺乏明確的原因下，健康受到損害，失去食慾、落髮、身體浮現紫色斑點。而後是口耳鼻相繼出血。」

伯切特除了描述廣島市內的慘況、提到放射線對土壤與環境的影響外，也在原爆收容所探查，並採訪醫生後，描述放射線對人體造成的影響。

而威廉．勞倫斯於同一天（九月五日）於《紐約時報》發表的報導，僅只是強調廣島受到的破壞，以及橫屍遍野，每日死亡百人的慘況——威廉．勞倫斯與軍方合作了半年，是原子彈的見證者，卻遲至九月，才發出他個人的第一篇原爆報導。

伯切特抵達廣島時，新聞審檢制度還未實施，然其報導發布後，引起美國高層的憤怒。九月七日，他才抵達東京，便發現美國官員在帝國飯店舉行記者會反駁他的報導，穿著邋遢的他直赴現場，與未曾到訪廣島的官員們對質。

「恐怕你已經成為日本政治宣傳的犧牲品了。」曼哈頓計畫副指揮官法雷爾准將說完，坐了下來，記者會結束，走路跌跌撞撞的伯切特也被送到醫院——他的白血球濃度低於正常值。

隔日，《泰晤士報》以頭版文章反駁伯切特提及之輻射致死問題：「日本人繼續他們的宣傳，旨在創造我方勝之不武的印象，從而試圖為自己製造同情。……因此，一開始，日本人描述的『症狀』聽起來就不真實。」此文作者即為威廉・勞倫斯，他引用日本放射科醫師的說法，強調在原爆後，日本的核科學家與放射線專家就已到廣島進行採驗，但美國專家尚未進入研究，因此，當下能取得的只會有日方專家的說法。威廉・勞倫斯在此時，仍是美方的喉舌。

此外，就在伯切特報導見報這一週內，曼哈頓計畫高層更多次公開抨擊輻射危害人體的說法，負責人萊斯利・格羅夫斯少將與其副手法雷爾准將在《紐約時報》發表的聲明，直言伯切特的報導是「日本宣傳」，斷然否認原爆會在人體殘留輻射副作用。

必須強調的是原子彈的成功開發及驚人的威力，是當時威廉・勞倫斯的科學信仰；透過原子彈來鞏固和平，則是美國與同盟國堅信的正義價值。而伯切特的報導風向，顯然與當時的西方主流格格不入。

伯切特的報導就如此被邊緣化，但他的險路並未因此到達終點：就醫期間，他的相機不翼而飛——內有廣島現場與受害者的照片——而其入境採訪證也被撤銷，遭到驅逐出境。儘管與他一起在太平洋戰爭中相處的海軍朋友介入並改變了這個決策，伯切特最後依然離開日本。

★

也是在這個時間，美方組了一個包含廣播電台、通訊社及《紐約時報》在內的記者團前往廣島「快閃」採訪。他們於九月三日抵達廣島時，看到伯切特還很驚訝，想著自己的「獨家」就如此沒了，卻也沒有深入採訪，就迅速離開這座城市。當伯切特的報導見報後，GHQ便開始禁止同盟國記者進入日本採訪，限制核話題的討論。而審檢制度也於此際於日本境內開展。

新聞工作者的國族身分，對其報導原爆的角度與立場，是否有所影響？從伯切特與勞倫斯兩個不同國籍身分的記者身上，似乎難以得到充分驗證，更別說勞倫斯一開始的立足點就與他人不同，幸運的是，還有一個美國記者同樣對原爆現場深感興趣，幾乎與伯切特同時離開東京，但目標則是長崎——即是《芝加哥每日新聞報》記者喬治．韋勒。

日本遭到原子彈轟炸時，喬治．韋勒正在重慶。他在太平洋戰爭爆發後，隨美國陸軍行動，因其戰爭報導而得到普立茲獎。八月下旬，韋勒到達日本，在採訪完受降儀式後，即因關切原爆受難者的遭遇，經由鹿兒島往長崎前進——此前，他已知道有劇團演員因廣島原爆死亡的故事。但長崎受到管制，韋勒只好偽裝成軍人的身分以突破重圍。與伯切特相同，韋勒亦發現了輻射的副作用，並以「X病」來描述它。

喬治．韋勒每天可以寫完一到四篇的報導，但稿子都在通往東京的列車上遭日本憲兵攔截後，送到美軍司令部主任檢閱官手上。《芝加哥每日新聞報》也未曾刊載。直至韋勒二〇〇二年去世後，家人發現他於長崎採訪的稿件，便將這五萬五千字稿件集結出版。

儘管喬治．韋勒與其家人認為，這是「麥克阿瑟」治下的審檢制度所為，但日本學者繁澤敦子卻指出，韋勒的稿子其實有順利通過日本審檢員的檢視，因為他們當時對於核輻射仍一無所知，所以真正扼殺長崎原爆現場報導的，是美國外部或自我的審檢機制。

「美國的軍隊與新聞，猶如一起撫育成長的兄弟關係。」美國傳播學者麥可斯．威尼（Michael S. Sweeney）從美國獨立戰爭開始爬梳的新聞史中指出：即使美國憲法保障新聞言論自由，但一直到二次大戰結束，都有新聞審檢的制度，即使沒有外在的制度限制，新聞媒體也有自我審檢的反應與壓力。他以珍珠港事件後記者的反應為例，「國內記者一部分出於愛國心，一部分不願背負違法的責任而服從自主審檢規定，隨軍記者與讀者也不想要破壞與軍隊高官的感情，而自我審檢。」

一九四七年韋勒也以〈如何成為一個審檢員〉（How To Become A Censor）一文，批判審檢制度對於公眾知情的有害性：「原本可以在政治上有所了解的那一刻被錯過了、被壓制了。理解的可能性將無法重返。……適時審查的目的是為了灌輸這個簡單的觀念——它可能未曾發生。」

他還提到自己認識的一個審查員在戰爭時期受到新聞審檢相關訓練，以便在日本投降之後能派上用場——這個身材高大精瘦的中校，將韋勒在長崎採訪書寫的成果一發又一發地打入黑暗中，當戰爭都已結束，他仍將這份文件深鎖在「歸檔且遺忘」的上層抽屜裡，直到所有心血都報廢。

必須補充的是，儘管韋勒對長崎居民承受的痛苦印象深刻，並基於新聞記者的職責詳盡報導，但他從不對美國投擲原子彈的做法表示任何意見，小心翼翼地保留自己的評論——事實上他對毀滅與浩劫的觀念隨著採訪的推進而不斷修正：一開始他接受的是官方的說法，後來見到美國戰俘又有不同的想法。

韋勒認為記者的任務是發現真相，但美國人卻時常簡化政治，只想尋找情感上、政治上的是非對錯，但這並非記者的工作。不過，對於長崎的遭遇，韋勒始終感覺複雜，例如，他會在文章中誠實表達自己「雖感到遺憾，卻無後悔」的感受——因為，日本軍隊在戰前戰後的毫無悔意令他惱火，他也替戰爭中死傷的無辜百姓叫屈。於是反問：若是日本先發明了原子彈，難道不會使用嗎？為何要叫嚷「不公平」？

話雖如此，韋勒仍認為一碼歸一碼，就算他是個美國人，也不會原諒麥克阿瑟與美國政府對於長崎民眾的忽視，在缺乏醫療援助的情況下，不該死去的人們死了。他在一九八四年的信中寫道：「每個將軍都想要名流千史，但麥克阿瑟和其他人的不同之處，在於他會不擇手段……『他的四年戰爭』竟是由兩顆於他毫不知情下準備、未經他指揮的炸彈轟炸而打贏，這件事讓他暴跳如雷，麥克阿瑟決定盡全力從歷史上消抹——或至少是藉由審查制度而弄得模糊不清——平民百姓深受輻射效應的重要人類教訓。」

伯切特的感受不同，但他對於歷史的教訓亦有其想像。他在一九八〇年七月九日寫給朋友的一封信上提到在造訪廣島後，他感覺自己見到的二次大戰的最後時刻，將會成為第三次世界大戰上百城市的命運。如果這還不會使一個記者朝正確的方向去形塑歷史，又有什麼能做到，或應該做到的呢？

【原標題〈見證原爆的新聞人（中）漠視人間煉獄的「新聞審檢制度」〉，2022/08/05 阿潑】

1945 年 8 月 9 日，原子彈爆炸後長崎上空的蘑菇雲。（公共領域）

6 一個記者，兩個國家

#日本 #美國

我在八月二十二日早上五點抵達廣島，尋找我那住在廣島城郊的母親……換句話說，原本擁有三十萬人口的城市已經消失。（略）然而，當我在這些廢墟殘骸中行走時，只想著母親是否還活著，我已意識到廣島市已被一顆原子彈的巨大力量所摧毀……（略）我母親的房子也是這種情況，但我發現她是安好的。她說自己於八月六日早上見到閃光時，正在城市東南方三．二公里外的親戚家菜園除草。

她立刻將臉朝下撲倒在地。她說聽到可怕的爆炸聲而起身後，看到城市各處都升起直至天際的白煙。她說自己隨後盡可能快跑回家，因為不知道接下來還會發生什麼事。神奇的是，她並未遭到原子彈的紫外線（ultraviolet rays）灼傷。

——中島覺（Leslie Satoru Nakashima）

過往，世人多以為廣島原爆第一位現場報導者，是威爾弗雷德．伯切特，事實上，合眾通訊社東京通訊員中島覺（Leslie Satoru Nakashima）才是史上第一人，他也是首位提及核輻射副作用的記者——其於八月二十二日進入廣島，五天後發出〈我所見到的廣島（Hiroshima as I saw）〉一文，該文提及死亡人數超過十萬，「每天都有人因為輻射而死。」而他自己甚至也受到核輻射影響，「我可能吸進了鈾，因為我感到食慾不振，並且十分疲倦。」

儘管該篇報導出現在《芝加哥每日新聞報》、《洛杉磯時報》等十餘媒體版面，但這僅千字不到的文章，卻遭諸媒體迴避掉敏感敘事；《紐約時報》僅置於第九版，並以配稿暗示日本仍在進行政治宣傳。中島覺的報導或許正因為如此失去其應得的歷史地位與新聞價值。

然而，比起威爾弗雷德．伯切特及喬治．韋勒這些出於「記者本能」隻身挺進廣島、長崎現場的記者，中島覺的目擊報導，則帶有私人目的，因此文章也以「我」為出發點——中島覺是一九〇二年出生於美國夏威夷考艾島（Kauai）的日裔，亦即「二世」（Nisei），父母皆是廣島移民，在戰爭時期帶著兩個幼子回到故鄉，故原子彈落下時，他的家人正在廣島。

這些「二世」的父母在戰爭爆發前，前往美國開創新機會，在日本襲擊珍珠港、美國加入戰場後，因為具有雙重身分，而出現認同與歸順的掙扎，被迫在美國與日本之間做出選擇，形成一種來回移動的趨勢與軌跡。中島覺的父母亦然，他們認為當時的日本已成為帝國，或許有較好的發展機會，便做出回流的選擇。

中島覺的日籍妻女也在廣島——原爆發生兩週前，他才將自己的妻女送去父母身邊而已。因此，比起追逐新聞，他更渴望知道的，是親人的安危。

★

正是因為中島覺的日本血統，讓他得以跨過日美兩國的封鎖線，進入廣島，但同樣也因其身分，讓這個記者處於日美兩大強權對抗的困境，產生國籍認同與衝突的問題。

中島覺面臨的問題，也是太平洋戰爭爆發後所有日裔美國人共同的處境：他們要不被送往集中營拘禁，要不就是面臨美國國內族群羞辱；就算回到日本，亦會被當成他者，遭到霸凌。留在美國的可能加入美軍打仗，或是成為語學兵監聽日方通訊，返回日本的則可能被日本政府徵召上戰場，有時甚至有兄弟在戰場上以敵軍身分相見的景況。

例如日本作家山崎豐子所寫的小說《兩個祖國》，又或者美國歷史學家帕蜜拉・羅特那・坂本（Pamela Rotner Sakamoto）調查多年完成的非虛構作品《白夜：兩個祖國、五個手足、三代日裔美國家庭的生命故事》，都是描述戰時日裔美國人的處境——這些「二世」必須要透過效忠「祖國」，甚至進一步參戰，才能保全自己。但諷刺的是，若兄弟各自效忠一個國家，就可能在戰場上以敵人姿態相見。

值得玩味的是，山崎豐子是於一九七八年夏威夷大學工作時得知戰時日裔美人的遭遇，萌生研究念頭，帕蜜拉的起點雖是東京，但故事中的福原家族最後落腳於夏威夷檀香山。

更重要的是，山崎豐子的小說透過男主角天羽賢治作為美國戰略轟炸調查團（U.S strategic Bombing survey）一員的身分到達廣島，呈現這座城市遭到原子彈毀壞的樣貌；其情人椰子則是出身廣島，在戰後隨家人返回故鄉，遭到原爆副作用傷害，最終死亡；帕蜜拉筆下的福原一家來自廣島，同樣在戰時回到這座城市，見證到災禍的發生。

如最開頭所述，中島覺的經歷，也大致雷同：父母自廣島移民夏威夷，於戰時將兩個孩子帶了回去（中島家有十一個小孩），並在故鄉遭遇原爆；而他那些留在夏威夷的兄弟，則面臨了被拘捕至集中營的危險。

看著這些作品，研究了中島覺的經歷後，我不由得好奇：為何這些故事的集合點都是廣島？

書中都已清楚指出：一九二〇年代初，就有超過兩萬五千名來自廣島的合法移民住在美國，遠超過日本其他地區。廣島是日本知名的「移民縣」。山崎豐子在《兩個祖國》中，也有類似的暗示：

椰子或許已經死了——查理看著刊登在《華盛頓郵報》上可怕的蘑菇雲，忍不住抱住了頭。在此之前，同盟國盟軍翻譯部內紛紛傳言，美軍完全沒有空襲廣島，是因為很多日本移民都是來自廣島，而且日裔語言兵中，也有很多人的老家在廣島，美國政府高層特別手下留情，如今才知道這種揣測太可笑了。美軍之所以之前完全沒有轟炸廣島，只是因為想測試原子彈的威力。

此外，根據統計，在廣島原爆發生之際，有超過三千名日裔美國人居住在廣島市，另有超過一萬名日裔美國人居住在廣島縣。這代表有成千上萬的日裔美國人及其家庭遭遇廣島原爆轟炸或承受其後果。

「我們是第二代日裔美國人，卻被美國丟下的原子彈炸傷，真是慘無人道啊，我痛恨美國。」

《兩個祖國》中，出生在西雅圖的美琪，四歲時便被送回廣島與祖父母同住，始終無日本國籍，面對原爆不免憤恨：

在戰爭期間，為了怕別人知道我是第二代日裔美國人，我盡可能離群索居，不和別人打交道。對我來說，祕密警察比空襲可怕好幾倍。沒想到，我卻因為美國丟下的原子彈，被奪走了身為女人的生命。我不僅頭髮沒了，陰毛也沒了，就連月事……。

相較而言，中島一家算是相對幸運。不過，中島在報導中僅提及母親與其他日裔美國人，卻未提到父親。人在檀香山的弟弟們讀到兄長的報導後，已心裡有數：父親死了。

★

十九世紀末，中島覺的父親中島與之助以契約工身分前往夏威夷考艾島。由於當時夏威夷迅速擴張的蔗糖園亟需勞動力，夏威夷國王卡拉瓦拉（Kalākaua）與日本明治天皇簽訂了合作協議，引進日本移工。根據統計，約有兩萬八千六百九十一名「官約移民」前往夏威夷，其中有四成來自廣島，主要是單身男性，合約有三年。這些日本移工打算趁這三年賺取足夠的財富返鄉，出身廣島仁保的中島與之助，也是其中之一。

中島與之助是前往夏威夷的第一批「官約移民」，但他並不孤單，除了弟弟同行外，還有許多同鄉。他生長的仁保是個小漁村，居民原以捕魚為生，但宇品港的興建讓村民失去生計來源，只好搭上前往夏威夷的移工船。據國際政治關係學者袖井林二郎的研究：第一艘開往夏威夷的移工船上的九百四十五名移民中，有兩百二十人來自廣島縣，其中就有一百五十人來自仁保。

中島與之助的弟弟三年約滿即返鄉，而他自己則留了下來，與因婚嫁從廣島移居而來的タケノ結婚生子，成家立業，開了鐵匠鋪，當起了鐵匠。但中島夫婦始終無法取得美國國籍。*雖說如此，中島家的孩子卻補足了遺憾——一九二四年，日本《國籍法》修正之前，出生於日本的移民後代，因屬人主義自然擁有日本國籍；夏威夷於一八九八年後即採屬地主義，之後出生的孩子，即具美國國籍。中島覺恰好在這個時代過渡期出生，具有雙重國籍，從而有了政經地位向上流動的機會，不僅不需像父母那樣只能勞動一生，還可以藉著教育躋身中產階級行列。因此，中島覺中學時代就移居檀香山（Honolulu）求學，並且加入了棒球隊。

然而，第一次世界大戰過後，美國興起了一股排日運動，保守派發動廢除雙重國籍的主張；

幾乎同時，美國日本協會領導人向帝國議會建議修改日本《國籍法》，讓在美國出生的「二世」及其父母擁有放棄日本國籍的權利。一九二五年七月七日，二十三歲的中島覺失去了日本國籍。

但這對中島覺來說沒有什麼問題，他認為自己就是美國人，日後還在報導中承諾自己「會為這個國家而戰」，別無二心。此時，他已高中畢業，經歷過幾份簡短的工作後，成為《檀香山星報》的記者。

一九三三年，他在《檀香山星報》工作期間，前往日本、滿州、朝鮮旅行，而中島與之助與妻子也在此時返回廣島。

中島覺在旅行途中寫下他的東方見聞，陸續於《檀香山星報》刊登。儘管其遊記書寫生動，卻也不乏對日本帝國的讚揚，甚至，稱讚滿州國鐵路的興建是重要的「人道工作」。這樣的報導方向，引起夏威夷韓裔的不滿，他們批評中島覺的言論危險且具破壞性。

＊一七九〇年，美國國會規定外國人歸化入籍只限於「自由的白人」，從而排除了奴隸。將近一個世紀後，到了一八七〇年，美國南北戰爭結束五年後，先前的奴隸才有資格成為公民。但是，從一八六八年開始就合法移民到夏威夷的日本人，和中國人一樣，仍然被排除在外。

但正也是因此類報導，讓《日本時報》總編輯主動邀請他留在東京工作——像中島覺這樣帶著西方背景的日本人，格外受到擴張中的帝國重視，因為這些「二世」可以憑藉流利的英語，向世界宣傳日本帝國的偉大。

中島覺接受了這個工作。幾年後，他又轉為美聯社東京支局通訊員——也是美國通訊社第一位日裔新聞記者。他的事業本該一帆風順，卻因日本偷襲珍珠港頓時陷入困境——儘管中島覺是在日本娶妻生子，卻因不具日本國籍，使他不得不每年申請特別許可，才能留在日本，且在美國宣戰後，美聯社東京支局立刻遭到關閉，支局長與其他工作人員被日方拘禁。

★

十二月八日，就在日本轟炸珍珠港不久，特別高等警察突擊中島的住所，搜遍每一面牆，以及屋內任一寸角落，他們拿走中島覺的打字機與相機，卻沒有逮捕他。中島覺雖保有自由，但特別高等警察的持續監控與騷擾伴隨著他。

此時，中島覺留在夏威夷的弟弟妹妹，對美國人來說也是「敵人」。依據帕蜜拉的書寫，珍珠港事件發生後幾個小時，聯邦調查局幹員便展開「獵人行動」以追捕所謂的「日裔顛覆者」。

聯邦調查局的掃蕩行動與對美國對日本態度轉趨惡劣同時發生，日本移民在經濟競爭上的潛在威脅，在這個當下具象化成迫在眉睫的日本侵略。驅逐日裔與日本移民的趨勢日漸加強。如同山崎豐子的小說，也如同帕蜜拉的調查案例，中島覺留在夏威夷的弟弟，高中畢業後，不得不加入美國軍隊，以示效忠。

而在太平洋這岸的中島覺也必須做出選擇，「我發現自己處於一個進退不能的境地。他們說我是日本人，所以我不能出國。但他們也說我是美國人，所以我找不到工作。」為了擺脫困局，中島覺不得不回復其日本國籍，儘管他依然保有美國國籍，但成為日本公民一事，即意味著他將被育養自己成長的國家視為敵人。

一九四二年二月，中島覺開始在同盟通信社的外務部門工作。這家通訊社在當時被認為是可與路透社競爭的國際新聞機構。

同盟通信社成立於一九三六年，可以說是因應軍國主義日本的國家言論統制而生——儘管日本政府多次強調同盟通信社是「全國參與的報社的自治型共同機構」，絕非新聞的統制機構，但事實上，同盟通信社每年都接受政府大量的補助金，並接受內閣總理大臣簽署的《援助金指示書》，其中規定了報導的目的與方向。

「我鄙視這份工作，但我無法辭職，因為沒有其他養家餬口的管道。」中島覺給前老闆的信中說道：每個月僅領到三百日圓的低薪，只做日文與英文的翻譯與複印工作，顯得微不足道。而其他「二世」之所以受僱，也僅是因為具備英語能力，但不受信任，也無法得到任何需要負責的工作。與此同時，警察繼續監視並跟蹤他。

如前所述，中島覺在天皇宣布投降、戰爭終於結束後，前往廣島確認親人安危，並發出了現場報導。隔年二月，亦即戰後，他前往橫濱的美國領事館想取得返回夏威夷的許可卻遭拒——依據一九四〇年的《國籍法》（Nationality Act of 1940, Section 401(a) of Chapter IV），他在讓自己取得日本國籍的同時，就已失去美國公民身分。然而，這一切都是當時環境所迫，非他自身所能選擇。於是，中島覺僅能在東京度過餘生，所幸，他再度回復美聯社駐外記者的職務，直到一九七三年退休。

然而，自一九四五年踏上被原子彈摧殘的廣島開始，年復一年，中島覺都會在廣島原爆紀念日或其他相關機會，前往廣島，持續追蹤這座城市的變化。「雖然廣島已從灰燼中重生，但三十五年前我親眼目睹的破壞景象卻在我眼前閃現。」

中島覺認識的人們都仍帶著痛苦的回憶，因此，他在文章中如此總結：我和這些倖存者都會同意，廣島原爆經驗絕對不能再發生（There must be no more Hiroshima's）。」

【原標題〈見證原爆的新聞人（下）日裔美籍記者中島覺與他的「矛盾獨家」〉，2022/08/05 阿潑】

7 美國麥卡錫主義下的效忠

#美國

本人並非共產主義者。
本人過去、現在都不曾參與過任何有關共產主義的社團組織。
本人從不閱讀有關共產主義的書籍刊物。
本人宣誓效忠國家並堅定支持美國憲法。
本人……

——流行於一九五〇年代美國的「忠誠宣誓」

二次大戰讓人恐懼，但戰爭結束未必讓人解脫，伴隨冷戰而來的恐共潮人心惶惶，要害一個人最簡單的方法就是指控對方為共產黨的同路人。證據只要看起來像、聽起來像就好，有本事大家上公開聽證會接受質詢，請被指控的人好好說明一下自己哪裡不是共產黨。

美國便曾經歷過這樣一個時期——因共和黨參議員麥卡錫主張政府遭共產黨滲透，同時創造輿論並「抹紅」他人，而掀起全國性的反共浪潮。這段主張與作為，被稱為「麥卡錫主義」。

好傻好天真的人會說：「政治歸政治、藝術歸藝術」，所以什麼恐共獵巫、麥卡錫主義才不會侵襲單純的影視圈。結果正好相反，美國影視圈在戰後沒幾年就掀起赤色風暴，一九四七年「眾議院非美活動調查委員會」針對好萊塢影視從業人員展開各種調查、傳喚與訴訟，要肅清那些「在好萊塢灌輸共產主義訊息和價值觀」的人。

但這期間也有許多人堅持《美國憲法第一修正案》賦予的言論自由權力，不願配合作證、或對任何政治立場表態，此即「好萊塢黑名單事件」；但這些「不友善的證人」卻也鋃鐺入獄，對好萊塢造成巨大的壓力。

時任美國電影協會主席的強斯頓（Eric Johnston）在《紐約時報》刊登一則抗議聲明：「在恐懼的氛圍中，拍不出好電影。」

但光憑這句話仍無法平息赤色恐慌的浪潮，為了保住演藝生涯，因此「友善的證人」出現了

——米老鼠之父華特・迪士尼（Walter Disney）說他的片廠曾有工人罷工，讓米老鼠角色受到共產主義的威脅；影星羅伯・泰勒（Robert Taylor）也跳出來指責，好萊塢不應該關心政治，但是必須要來拍一拍反共電影。

在恐懼的氛圍中，或許真拍不出好電影，但拍出了反共宣傳片，以及投射社會恐慌的作品。例如一九五二年的《紅色火星》（Red Planet Mars）、一九五三年《火星入侵者》（Invaders from Mars）。一九五四年《火星魔女》（Devil Girl from Mars）透過紅色的外來者滲透寧靜安康人類社會的故事，反映當時的社會心理的深層恐懼。

名列黑名單的電影從業人員中，僅只有10％的人能夠重拾工作。影視產業老闆怕惹事，影視圈內有嫌疑的都先自動排除，「非美活動調查委員會」（The House Un-American Activities Committee）的矛頭還沒到，自己先效率神速地搞起了自我審查。

「你是共產黨員嗎？」「你同情共產黨嗎？」成為當時最驚駭的問卷調查。媒體另一大勢力——新聞界，也知道自己將大禍臨頭。

一九五〇年十二月，美國哥倫比亞廣播公司ＣＢＳ向電視台裡的員工配發「忠誠調查表」（Loyalty Questionnaire），簽署填答問卷以示自己的思想行為是個堂堂正正的美國人、保證百分之百的忠誠：

您至今為止參加過共產黨、或信奉共產主義的社團組織嗎？

您曾加入過任何法西斯團體嗎？

您參加過任何牴觸美國憲法、企圖進行政權更替的團體嗎？

調查表格中，還要填上個人基本資料、家庭概況等瑣碎事項。並附帶一份各種共產主義、法西斯相關社團清單，讓填答者「好好回想一下」。

像這樣的調查並非只有特定的媒體集團才會做，而是以各式各樣的形式出現在民間企業，甚至大學院校裡。ＣＢＳ大動作向員工配發調查單，引起內部眾多不快；需要拋頭露面的主播、主持人和新聞記者們被要求政治正確是可想而知，但連看似「人畜無害」的娛樂線工作者、乃至行政庶務人員都比照辦理，才讓一些人醒覺：原來就算自己不吭聲，政治也會找上門。

喬治．克隆尼自導自演的電影《晚安，祝你好運》（Good Night, and Good Luck）就是從ＣＢＳ這段往事開始說起。

可以不填寫嗎？可以，但已經有好幾位職員被ＣＢＳ解僱了。可以不配合嗎？可以，但是這份調查是ＣＢＳ總經理直接與聯邦調查局ＦＢＩ局長胡佛（John E. Hoover）的「最新合作項目」。大家自己看著辦。

ＣＢＳ新聞部當中，有一些天生反骨的記者，他們曾歷經二戰洗禮、在社會上也算頗有名氣，聯合起來反對簽署忠誠調查表。其訴求是憲法保障的基本人權與言論自由。這些新聞工作者期望能有一位指標性人物來相挺，那個人就是ＣＢＳ當家記者兼主持人愛德華．蒙洛（Edward R. Murrow，電影《晚安，祝你好運》的故事主角）。

蒙洛一向被視為自由派人士，於二戰時期專業的新聞廣播與深度調查報導奠定他在新聞界的地位，為業界先驅與表率。蒙洛簽或不簽忠誠調查，茲事體大；ＣＢＳ中有不少人相信，蒙洛不大可能向這種東西妥協，何況他一直以捍衛自由、堅持專業倫理的形象活躍著。

結果蒙洛簽下去了。不只如此，他還要大家跟他一起簽。

蒙洛逐一找了那些反對簽署的同事及部屬，試圖以他在ＣＢＳ當中的實質影響力說服大家完成忠誠調查。蒙洛妥協的理由是：「你沒有選擇。如果你不簽，我就沒辦法保護你。」為了保住大家的飯碗（甚至是性命），他只好暫時屈服大環境的壓力。蒙洛的決定自然引起爭議，同業批評他的僥倖心理、見風轉舵，也有人批判蒙洛昨是今非，只會說一些漂亮話，如今面對真正考驗時卻成了軟腳蝦。

蒙洛身邊親近的新聞工作者最後都配合了忠誠調查。與他自二戰就共事的記者薩瓦雷德（Eric Sevareid）認為，這是一種等待時機反擊的戰略，他可以理解蒙洛採取的對策。也有對蒙洛極度不諒解的人，特別是已經名列黑名單、受到恐共獵巫之害的朋友，如威廉・夏伊勒（William L. Shirer，《第三帝國興亡史》、《法國陷落》的作者），憤恨蒙洛在擔任ＣＢＳ主管時，沒有盡責周全地保護部屬免受麥卡錫主義的無妄之災，更想不到他最後也躲到一張忠誠調查的背後去。

這些批評未必苛刻，但從蒙洛當時所處的位置而言，他的妥協也不能說是不合情理。只是簽署忠誠調查後，就能保平安了嗎？屈服於政治正確的自我表白，就能從此高枕無憂？

遵循蒙洛的腳步一起簽署忠誠調查的薩瓦雷德，其主持的新聞廣播節目隔年就被停播了，只因他在節目中屢次批評參議員麥卡錫，讓ＣＢＳ公司受到投資主和贊助商的強力施壓。公開批評麥卡錫就有被抹紅的風險。

蒙洛的一名部屬伯德特（Winston Burdett）則在忠誠調查時，坦承自己參加過共產黨，不過一九四二年因妻子被黨內同志殺害從此退出組織活動。蒙洛在事情延燒之前趕緊將他調派到ＣＢＳ羅馬分社避風頭。

那蒙洛自己呢？事實上從一九四五年戰後到一九五〇年忠誠調查的壓力進到ＣＢＳ的這五年間，蒙洛自己就公開在新聞廣播中批評黑名單事件、麥卡錫現象，但只屬零星的砲火，而非全面進攻。

讓蒙洛首次感到心驚的事件，是他的舊友勞倫斯・杜根（Laurence Duggan）離奇墜樓死亡。勞倫斯是蒙洛年輕時在ＩＩＥ國際教育協會（Institute of International Education）的朋友，一九四八年時任美國國務院南美業務主管的勞倫斯，遭人指控為共諜，接受ＦＢＩ調查期間被發現從辦公大樓墜樓身亡，是他殺亦或自殺，結果未明。

傷心的蒙洛在廣播上為其辯護：「勞倫斯・杜根是我認識最傑出、熱心奉獻且忠貞愛國的公僕之一。他絕對不是共產黨員。」已死之人仍有勞生者為其作政治表態。經過一陣調查，美國司法部為勞倫斯共諜案平反，但蒙洛的行動讓CBS的贊助商老闆揚言撤資，FBI也開始留意蒙洛的一舉一動。

第二起案件則不只讓蒙洛心驚，更是恐怖降臨。同為CBS新聞主播的唐・海倫貝克（Don Hollenbeck）是蒙洛親近的同事，他公開附和對麥卡錫主義的批判，後因不堪其他媒體多次批評他是無恥狡詐的共產黨人，最後在家中自殺。海倫貝克同樣在忠誠調查中宣誓了自己的愛國忠貞，但這仍沒有成為他的保命符。

在這個集體歇斯底里、政治巨靈作祟的時代，屈服能保全什麼？頑抗又能掙脫什麼？

★

蒙洛其實有很大的機會名列黑名單、被人抹紅。農工家庭出身的他，學生時代常在伐木場打工，當時身邊圍繞著一群伐木大叔，還碰巧就是偶爾搞搞勞工社運的「世界產業工人聯盟」（Industrial Workers of the World）成員。大學畢業後他在IIE國際教育協會工作，又碰巧去承辦了一次美國和蘇聯交換學生的業務；二戰期間因工作緣故結識不少左派學者、社會主義人士，往來也算融洽。

CBS忠誠調查的三年後，蒙洛才真正展開對麥卡錫主義的一系列反擊。一九五四年三月透過電視專題新聞報導的形式，直接針對麥卡錫本人做出批判。當然麥卡錫並沒有錯過打擊蒙洛的機會，他指責蒙洛「政治立場表態模糊」，懷疑他心理認同不是美國人，最好把他從電視台換掉。

一九五四年四月六日，蒙洛在他的電視新聞專題節目中完整播出麥卡錫的個人發言，節目播出的同時，蒙洛立刻發表了一份預先擬好、長達七頁的聲明，澄清自己的政治立場，這份聲明稿也在隔週的四月十三號播出濃縮版，由蒙洛一人在鏡頭前獨白：

……麥卡錫針對我的忠誠做出魯莽而毫無事實根據的抨擊，麥卡錫每次遇到不同意他的人，就企圖將對方打成共產主義者，這只是他的一貫手法而已。

……參議員麥卡錫指控我是「世界產業工人聯盟」的一員，參加他們的社會主義勞工運動，根本搞錯了。我從來沒申請加入過組織，過去與我一起在伐木場工作的夥伴，能為我證明我與他們沒有任何隸屬或親密關係。

參議員又指控，英國社會主義學者拉斯基（Harold Laski）教授在他的著作中寫著「本書獻給蒙洛」，這是真的。拉斯基是我的好友，他已經過世了。他是社會主義者，但我不是。拉斯基是個文明人，不會強迫你要先贊同他的政治理念，才與你交流或建立友誼。我不同意他的政治觀點，而拉斯基在他的序言中也寫得很清楚，他會特意將這本書獻給我，不是因為政治主張的原因，而是他由衷地景仰我在倫敦的戰時新聞廣播。

蒙洛解釋了所有被質疑的問題，試圖一邊證明自己的「清白」、一邊反擊麥卡錫。幸運的是，麥卡錫在不久後倒台了，以蒙洛為首的團隊將之視為新聞界的勝利；自忠誠調查以來的四年間，承受的屈辱、犧牲的代價，似乎在此刻出了一大口氣。

揚眉吐氣了嗎？事件落幕後不到一年，蒙洛的節目就被CBS直接大砍時段，逐步將他冷凍。在僅有的節目時段裡，蒙洛仍盡力製作教育議題、土地爭議、黑人民權運動方面的專題，直到一九五八年遭到停播為止。麥卡錫的幽靈雖然遠去，背後更高層次的政治巨靈仍無孔不入地影響著媒體運作。

一九六一年蒙洛從CBS離職。箇中原因有很多，其中之一是蒙洛在美國廣播電視新聞主管協會RTNDA的大會上發表演說，揭露政治與媒體醜陋的勾結，批判當今社會大眾寧可娛樂至死，也不屑一顧真正值得關心的議題。

集新聞人、公共知識分子於一身的蒙洛，離開了奉獻二十六年的媒體。意外出手相救的是甘迺迪政府，在蒙洛離職的同年邀請入閣，擔任美國新聞總署USIA的負責人，而蒙洛欣然接受了。

這樣的決定，有人高興也有人不滿。蒙洛的新聞老戰友們特別不悅，好好一個新聞人幹嘛進到政治圈裡為國喉舌？還有一個不開心的人——FBI局長胡佛。縱使蒙洛過去做過幾次忠誠表態，胡佛也沒有相信他，同時懷疑這種處處批判政府的新聞人是否真的對國家運行有益。

因此，蒙洛再一次進行忠誠表態，這次是在出任USIA公職的聽證會上，面對共和黨與民主黨的質詢：

我們必須努力向友邦與中立國家傳遞我們的真誠，包括那些對我們的政策與理想懷有敵意的國家。我們的工作必須建立在真實的基礎上。我們深信，吾人正與世界各地的共產勢力進行著激烈而無情的競爭，我們不會只是反擊他們的謊言與破壞而已，我們要持續不斷地重申對自由的信仰。

政治無窮盡，表態表不完。

當蒙洛說「不會只是反擊共產勢力的謊言與破壞」時，讓人聯想到當年他大力批判的參議員麥卡錫。一九六一年開始的「USIA署長蒙洛」，基本上已服膺於甘迺迪政府的意向，他與過去的「CBS記者蒙洛」之間，也存在著一些理念上、作為上的差異。

最諷刺的結局是，甘迺迪遇刺後，蒙洛的政治生涯也告終，因為繼任的總統詹森與蒙洛政治立場不合；只是這一次年邁的蒙洛不再表態，選擇告老還鄉退休。

要評價蒙洛這位歷史行動者是複雜而困難的，我們應當理解的是他所身處的時空、扮演的角色，在無數的選擇、策略背後的動機與脈絡。

【原標題〈美國赤色忠誠調查：本人道歉，本人並非共產黨〉，2016/07/20 林齊晧】

8 電視上的戰爭

#越南 #美國

一九六八年在近代史上是重要的一年，革命、學運、嬉皮與各種意識形態像野火燎原一般席捲整個世界，影響持續到今天。對美國來說，也是關鍵的一年，反戰運動與伴隨反戰而來的文化創作在這一年遽升，甚至影響且改變了政治、選舉與政黨勢力。變動的起點就是年初發生在越南的「春節攻勢」（Tet offensive）。

「春節攻勢」與順化戰役，至今都是越南人不敢面對、暢談的「黑歷史」，是一個自己人攻擊自己人，兄弟相殘的傷痕；對美國乃至於世界來說，則是一場攤開可見的狼狽：一九六八年一月三十一日，農曆春節前夕，北越罔顧休兵三日的協議，發動七萬大軍突擊南越（越南共和國）、美國與聯軍所在點，共約一百多個城鎮，意圖摧毀他們的指揮系統。而美國大使館一開始就被襲擊。這場突擊只是一場導火線，真正火拚的戰場在順化等地，戰爭擴大且持續了一兩個月，死傷超過萬人，絕大多數都是無辜的平民，甚至有不少人是慘遭屠殺、處決。

一九五二年生於河內的鄭明河（Trinh T. Minh-ha）在自己的著作中回憶春節攻勢後的越南生活：「俗話說，敵人總在夜裡攻擊，這句話聽在南北越民眾耳裡，再真切不過的了。」

就和大多數越裔美國人的移動路徑一樣，鄭明河兒時被家人帶著逃離共產黨，生活在西貢，又在戰火不可收拾之際，移居到美國。儘管離開戰場，終於能躺在安穩的床上，卻連著幾個月無法入眠，直到有一天外頭響起了槍聲，她才有種「回家」的感覺。

畢竟，大半個二十世紀都在戰火裡的越南，從國家到歷史都千瘡百孔，不同戰役與敵人在這塊土地上劃下各種傷痕——

美國最令我感到陌生的，是它廣袤無垠的漫長夜晚，綿延不斷的寂靜籠罩大地。靜默讓我強烈感覺到自己的與眾不同，一個住在異邦的陌生人。對當時的我來說，所謂正常的土地應該是戰火蔓延、四分五裂的焦土，周遭天天充斥著武器隆隆聲，就算天黑也不肯稍歇。夜晚砲火聲稀疏一點，卻更叫人害怕，因為在睡夢裡，砲火可能趁著人脆弱無防的情況下席捲而來。

越戰的起點，一般被畫在一九五五年十一月一日，從美國總統杜魯門為了防堵共產主義蔓延，在中南半島設置美國軍事援助顧問團（MAAG）開始算起，越戰的發生，也是基於對共產勢力擴張的恐懼。一份一九五〇年由國家安全委員會提交的備忘錄提到：就像一排多米諾骨牌一樣，一旦有一個國家淪陷到共產主義陣營，下一個國家就會接踵而至，因此，保證第一個國家免於淪陷非常重要；而另一份在一九五二年提出的祕密備忘錄也寫明：「共產主義控制整個東南亞會危及美國在太平洋沿岸諸島地位的穩定，並將危害美國在遠東的根本安全利益。」

失去越南的影響非同小可，因為失去的是美國的利益，對美國來說，這當然是一個不容質疑的公理。

況且，如果東南亞赤化，日本就可能遭到「俄國隱蔽式侵略」。將日本抓在掌心的美國，必須阻止這個國家走向獨立的經濟外交政策，為了達到這個目的，他們得讓日本恢復成「某種南向帝國」，讓它依賴東南亞且納入美國主宰的世界體系中。當時的華府認為，如果共產主義在東南亞獲得勝利，就很難阻止日本逐步赤化……。因此，二戰後，美國持續援助法國控制中南半島，因為只要法國撤出東南亞，情況將不可收拾，那麼，「美國就不得不謹慎考慮要占領該地區」。

但初期，美國僅只是派遣軍事顧問前往越南，或者透過中情局進行各項破壞，沒有意願出兵。直到甘迺迪出任總統，方轉成實質的軍事行動。因此，約從一九六五年起，新聞媒體上不斷播放充滿叢林、稻田與直升機的戰爭畫面。這個時候的美國人看著千里外的戰爭，相信這個強大的國家與武力終究會獲得最終勝利。然而一九六八年這場突擊製造了高潮：即使在戰場上是北越落敗，但在戰場外受挫的則是美國，政治和輿論自此扭轉。

包含喬姆斯基（Noam Chomsky）在內的大多數學者，都認為這場「春節攻勢」是越戰的轉折點，華府權力階層開始擔心這場戰爭是個過分昂貴的事業，且預示美國國內抗議浪潮、規模會節節升高。確實，如他們所料，國內的反戰呼聲高漲，致使當時美國總統詹森（Lyndon Johnson）宣布不再競選總統，而宣布參選的尼克森（Richard Nixon）也高呼要使越戰「越南化」，保證將美國帶出這戰爭的泥沼（雖然當選後他讓戰爭升級）。

這個「逆轉」恐怕源於「媒體」，尤其是電視新聞——這已是電視機普及的時代，越戰也就成為歷史上第一個「電視上的戰爭」（first television war），或說是「客廳裡的戰爭」（living room war），甚至是「客廳裡的文化戰爭」——因為人們不斷在電視前面談著嬉皮、革命、喜劇演員或享樂主義，以及由此而生的討論。

曾在越戰現場跑新聞的史學家卡諾（Stanley Karnow）曾寫道：自越戰開始以來，美國人都坐在電視機前觀看這場戰爭，也習慣一種熟悉且不斷重複的影像模式，例如大批游擊隊員從直升機裡跳出來、穿過叢林與稻田到遙遠的村莊裡去，有時候他們或掉進坑洞或誤入陷阱，或是用火把來嚇唬藏匿的大猩猩；儘管許多畫面描繪著雙方傷亡的苦痛情景，或是各種戰鬥的考驗，但大致上傳輸出來的還是一種遠程的、單調且重複的掙扎著的現實——

一九六八年一月三十一日傍晚，節目突然被改變。

美國人在這一刻從那時開始看到一個不同於以往的戰爭。卡諾形容這場突襲像一大串鞭炮那樣在南越四處引爆，雖然那場大使館襲擊被當年參與的美軍形容只是規模上「微不足道的野戰排行動」（piddling platoon action），卻扭轉了美國大眾對越戰的想像，讓美國和全世界都目瞪口呆——攻擊下的屍體殘骸與慘不忍睹的景象跟著晚間新聞的播放，在美國人家裡的彩色電視機裡呈現，而美國軍方則只能跳腳罵北越狡猾。

原本戰爭中的死亡畫面過多，使人麻木，不論什麼照片都不會引起太多注意，但也就是在「春節攻勢」形成的緊張暴力情勢下，一張前南越國家警察首長阮玉鸞（Nguyen Ngoc Loan）伸直手臂，朝著一個雙手遭反綁的「嫌犯」太陽穴舉槍的照片，登上全世界報紙頭版，影像也傳送到每個家庭電視機裡，人們彷彿都感受子彈穿過頭顱的凶殘，並產生強烈的反感。《紐約時報》事後做出反省：對於毫無理由的野蠻行徑，這些畫面立刻造成一種嫌惡，且廣泛認為此種蠻行貌似是場毫無必要性戰爭的象徵。

在這之前，儘管有不少反戰示威，甚至抗議自焚，可公眾的情緒還是遠離於此。大多數美國人只覺得總統詹森對這戰爭不夠投入，他們的態度像是在說，「對我們來說，你的錯誤是涉入越

前南越國家警察首長阮玉鸞舉槍朝著一個雙手遭反綁的「嫌犯」。
（達志影像）

南問題裡。但我們都已經在那裡了，就讓我們贏吧，要不就讓我們離開。」

根據一九六七年底的一份民調，約有44％的美國人贊成從越南撤軍，但有55％之多民眾希望有更強烈的做法，像是使用核武之類的，但在春節攻勢後，有53％的民眾要求加強武力，就算跟蘇聯和中國為敵也在所不惜，只有24％希望傷痕平息。但有趣的是，越來越多反省聲音出現了，約有65％美國人相信：「我們在越南遇到的麻煩，起於我們的軍隊被要求去打一場我們不可能會贏的仗。」對於打勝仗的把握，也從51％掉到32％。

詹森的民調本來就不高，或許因為政治經濟政策，也或許因為越戰，但在他上任初期，還有八成民眾支持他，到一九六七年，已下降到四成。春節攻勢更是給他一個重擊，讓他從48％的支持率掉到36％，認同他對越戰處理方法的民眾從40％掉落到26％。國民對他的信任度崩跌，作為一個國家領導人該有的公信力更是蕩然無存。更重要的是，詹森已經被中產菁英與意見領袖拋棄，輿論也背向他。《華爾街日報》在當時提出警告：「如果美國人還沒有做好準備，那他們現在應該準備接受這件事：在越南的付出可能是個厄運。」

美國最受信任的記者、CBS晚間新聞主播克朗凱（Walter Cronkite）自西貢返美後，拒絕做出勝利的預測，反而明確指出「樂觀」是個錯誤，「比以前更確定的是，在越南的流血經驗將會在僵局中結束。」而克朗凱也不過就是反應美國觀眾的意見而已。

詹森對克朗凱的轉向很是訝異，他認為，如果失去了克朗凱的支持，美國中產階級就不會站在他那邊。當時已經有四萬多名美軍死在戰場上，二十五萬人受傷。不管詹森在哪裡露面，都有示威活動等著他——LBJ，你今天又殺死了多少孩子？

反戰聲浪在這年中急遽升高，並在民主黨全國代表大會期間爆發。上千名反戰群聚集芝加哥對越戰發動示威抗議，有一群人甚至找了一頭豬來，宣布推選豬當總統，一邊學豬叫，一邊高呼「胡志明」。最後以軍警鎮壓而起的暴力衝突收場——當然，這個血腥畫面也在全世界的電視機裡出現，「全世界都在看」這樣的口號成為經典。民眾的耐心被打碎，要求美軍立刻撤出越南戰場，而菁英仍希望可以帶著尊嚴地和平落幕（peace with honor）。芝加哥這場暴力衝突，是日後越戰結果的預示。

無論如何，春節攻勢都是一個捲動一九六八年美國各種變化與風暴的起點，而一九六八這年，也被視為造成美國社會嚴重分歧的開始，政治影響甚至延續到今天。

但對置身於戰火中的越南人，一切都很明確。春節攻勢後，戰爭再也不只是發生在鄉村、山間、叢林等偏遠之地，而是進入了南越城市，鄭明河回想那時候的南越，城市全天宵禁，總是斷電，人們只能靠白飯跟水維生，沒有半點可換食物的錢財，睡眠嚴重不足。鄭家因位在國家警察總部隔壁，時常遭到襲擊，只好躲進廁所擠在沙袋裡面——如果那時沒有聲響一片肅靜，就代表戰鬥逼近，只要一爆發，心跳聲也能聽得一清二楚。鄭明河說，戰爭時期他們全身上下像是只剩一隻耳朵，而聽力也變得十分敏銳，可以聽到砲火、警報、爆裂或是受傷者的哭嚎聲。

「這隻耳朵需要時間適應和平的聲音與幽靜。」

從尼克森當選到五角大廈文件公布，反戰如旋風一樣席捲整個國家，這場戰爭終於在美國撤軍、一九七五年西貢陷落而停止。但是，越南的戰火並沒有就此平息，還延續了很多年。而至今，美軍還在亞洲乃至於全世界維持他們想要的「和平」。

【原標題〈1968，春節攻勢五十年：扭轉歷史的越戰記憶〉，2018/01/30 阿潑】

9 揭露政府的謊言

#美國

電影《郵報：密戰》（The Post）的第一個場景是越南戰場，第一句台詞則出自一個無名士兵之口：「那個人是誰？」

丹尼爾．艾斯伯（Daniel Ellsberg），他替蘭斯代爾（Edward Lansdale）工作。

導演史蒂芬．史匹柏（Steven Spielberg）俐落地在幾分鐘之內，帶出故事發生的關鍵：越戰與艾斯伯，但這兩個因素也迅速的在幾個鏡頭後退成背景——整部電影中，艾斯伯出現的次數不過三，時間不到五分鐘。但我們還是有足夠的線索理解這個人的樣貌：艾斯伯在蘭德公司（RAND）工作、曾赴越戰現場，知道國防部長麥納瑪拉（Robert McNamara）對越戰悲觀，不滿政府的謊言，於是私下帶出機密文件影印後，交付媒體。

這個機密檔案，即是「五角大廈文件」（Pentagon Papers），也是這個故事圍繞的核心，《郵報》以簡明且清晰演繹解釋這份文件由來：昔日積極主戰的麥納瑪拉，在一九六七年開始信心動搖，想知道美國介入越戰是否有正當性？這場戰爭的真相究竟如何？於是派人私下進行調查——艾斯伯即是其中一名研究員——兩年後，一部四十七冊、七千頁，約兩百五十萬字的《越戰報告書》（即五角大廈文件）完成。

這份報告確實回應麥納瑪拉的疑問：甘迺迪與詹森政府一直都沒說實話，虛報死傷人數，他們不看好越戰，卻因為美國顏面而不得不更投入戰爭。這份資料太過敏感，以致成為被封存的最高機密。

對於一部以媒體為主角的電影來說，《郵報》讓渡不少篇幅給這枯燥的歷史背景和文件內容，由各個角色說出的「真相」。這些在今日看來似乎已是眾所皆知的越戰知識，當時卻無人可知，因此，文件的每段內容，都是「爆點」。

然而，正是以媒體與新聞自由為主軸，研究者與洩密者的動機與手段，就模糊不清，我忍不住好奇：身為國防部長，麥納瑪拉為何這麼做？作為軍事顧問的艾斯伯又為什麼甘冒入獄的風險洩密？

由「反戰分子」定義艾斯伯，似乎簡化了這場內部洩密案的行動複雜度與轉折。我在艾斯伯的自述中讀到這段文字：

從一九六四年中期到一九七五年戰爭結束，整整十一年，我跟其他美國人一樣，身心都投入到越戰中，戰爭伊始，我只認為越戰不過是個問題，後來意識到越戰可能會演變成一個僵局，最後我才認識到這是一場道德和政治災難，是一宗罪行……

在那段時間裡，我無時無刻不在尋求各種方法，以避免衝突不斷升級，因為我在一九六九年後期所進行的活動，一九七三年初期我受到聯邦政府的刑事訴訟，可以說，我個人以及其他人所追求的目標和以此所做的努力，均以失敗告終。人們對打贏這場戰爭所做的努力讚賞不已，但對於那些為結束越戰所做的努力嗤之以鼻——有人視其為失敗的嘗試，有人認為那只會裹足不前，還有人認為那是一次錯誤的道德實驗。

艾斯伯在《吹哨者的自白》這本書裡，完整揭露這段期間的諸多細節與心路歷程——他原本是個不折不扣的「鷹派人物」，精通冷戰，反對共產主義，尤其專事「遏止蘇聯的核彈威脅」，希望美國的介入，能讓蘇聯支持的共產黨在越南失去領導地位。當時的他僅關心戰爭勝負，無視作戰的對象與原因，這在當時理所當然，因為這種觀點是二戰與冷戰的遺產，而人們普遍認可。

然而，當艾斯伯於一九六一年成為美國駐南越軍事顧問團一員後，很快就發現美國不可能獲勝，這種判斷根本不需要會越南語，也不用通曉亞洲歷史文化，就可以下結論，就像一般人不太需要具有專業知識，也能知道魚什麼時候會腐臭變質那樣，只要到了越南，一切都明顯可知。然而，回到美國後的艾斯伯，僅是跟上司討論「失敗的事態無法扭轉」，認為對越南的研究會以失敗告終，就沒有多做什麼了。他們打算「置身事外」。

當然，艾斯伯不可能真的「置身事外」。當時在助理國防部長麥克諾頓（John McNaughton）底下工作的他，常常得面對長官對外說謊或含糊其詞——即使後來為蘭斯代爾工作也一樣——例如有次一架偵測機在中國墜毀的事故發生，他們就必須在十分鐘之內編造六個「謊言」。艾斯伯在麥克諾頓麾下學到：要嚴以律己，不可向其他政府官員洩密，還要考慮周到、善於撒謊。這種能力會產生某種保密機制，總統因此能執行自己的祕密外交政策，「保密程度之高，可能是那些消息靈通的人士，如記者或國會議員無法想像的。」

艾斯伯在書裡寫道：人們以為，在華盛頓或一個民主政權中根本無法保守祕密，不管這個祕密有多敏感，你都可以在第二天的《紐約時報》上看到相關說法，但他認知到的現實並非如此，媒體上刊登的都是政府捏造的故事，是用來蠱惑、誤導記者和廣大讀者，混淆視聽正是保密程序的一部分。當然，美國畢竟不是集權國家，有些機密最後還是會昭示大眾，但即使這些資訊與人民息息相關，政府不但不會主動告知美國公民，還會塵封起來，一封就是十幾年。

作為政府一員，我親眼目睹國會、記者與大眾是如何輕而易舉地被愚弄，所以我一直無法尊敬他們，也不認為這些人可以領導國家，採取更有效的政策，正因如此，當政府散布謊言，繼續愚弄大眾時，我要不保持緘默，要不直接參與或表示接受，總之，對於決策者們關心的真正問題，廣大國會議員、新聞記者和公眾一無所知。當時政府內部普遍認為，這些人愚昧無知，所以理所當然，應該由我們來處理關乎國家安全的大事。

這個時候政府內部都知道對越南決策有問題，但反對的聲音很微弱。艾斯伯沉默接受這一切，他的頂頭上司麥克諾頓也不斷告誡他「忠誠」的重要，而所謂的忠誠，就是「處處為你的上司著想」，上司的利益應該凌駕國家利益之上，如果提供的絕佳建議使上司或總統為難的話，就要三思而行。

一九六六年，再赴越南的艾斯伯感覺情況變得更糟了，麥納瑪拉也有同樣的感受——就像《郵報》開頭——艾斯伯被麥納瑪拉叫到機艙後面，由他向總統助理報告狀況，為他這個國防部長的觀點背書：向越南投入十萬軍力，什麼也沒有改變。然而，下了飛機的麥納瑪拉卻對媒體表示相反意見，「我剛從越南回來，我可以很欣慰地告訴你們，我們在各方面取得長足進展。旅途上的所見所聞，大大地鼓舞了我。」

電影的下個鏡頭，就是艾斯伯將五角大廈文件帶出影印，暗示麥納瑪拉的發言是洩密的引火線。但真實是，回到美國後的艾斯伯向麥納瑪拉提出備忘錄，批判美國政府支持阮文紹、阮高祺，提議支持文職官員競選，由他們與北越談判，締造和平契機。

麥納瑪拉不但同意他的意見，也希望能阻止戰線擴大——兩個月前，他早已向總統報告和談撤退的戰略，也提交備忘錄，卻引起激烈反對。麥納瑪拉的影響力就是在這個時候消退，官位岌岌可危。

一九六七年夏天，艾斯伯察覺到，越南問題源於政府高層對內部人員的欺騙心知肚明，卻聽之任之，最後將總統等高官帶入誤區；與此同時，麥納瑪拉則準備進行越南問題的歷史研究，試圖對現下的情況提出解釋。這研究就是前頭提到的越戰報告、五角大廈文件。

在這之前，艾斯伯一直以為是顧問或前方帶回來的報告盲目樂觀，致使總統等高層做出錯誤決策。直到研究完成後才發覺事實全然相反，每個錯誤的決斷都跟政府的悲觀主義有千絲萬縷關係，但他們卻刻意將一切真相隱藏起來。因為總統本人，就是問題所在。

當我親手拿到泰勒交給總統的建議書，親眼看到他下的判斷時，以前的困惑全迎刃而解，所有媒體報導都與現實不符，所有官方的聲明都是騙人的謊話。

之後，艾斯伯試著將一些機密文件交給議員或官員，揭露總統隱瞞欺詐的行為，他也將關於春節反攻的資料給《紐約時報》的尼爾．希恩（Neil Sheehan），讓他報導報導。

如果戰爭是非正義的，那麼也就意味著，美國人或自一九五〇年以來受美國人資助的傀儡政府殺害越南人，這也是違背道義的。除了屠殺，我再找不到其他的詞來對此加以形容。這是大屠殺，難道結束這樣一個屠殺政策不是當務之急嗎？

這是艾斯伯讀完五角大廈文件的感受，也心生一種迫切的使命感。這個時候的他不僅希望避免戰爭升級，還渴望全面結束戰爭。

當時美軍對中南半島的轟炸有增無減，只要媒體質疑，五角大廈就會提出解釋，而後大眾就會被說服。五角大廈文件的研究結束在一九六八年三月、尼克森接任總統職務前，對尼克森政權而言，這份文件不過就是「歷史」，於他並無威脅。艾斯伯不認為這會改變尼克森對越南的態度，所以，還是進行體制內的遊說。

艾斯伯遊說議員和關係者的過程中，不斷受挫，即使如此，他仍然沒有考慮過面向公眾，直到看到美國特種部隊在越南實行暗殺的新聞，驚覺屠殺沒有停止，而政府依然謊言連篇，於是動念影印五角大廈文件：「再也沒有人能讓我說謊、再也沒有人能要求我說謊，再也沒有人能告訴我，因為有人讓你這樣做，所以撒個謊無所謂，再也沒有人可以說出上述那番話，再也沒有人可以認為我必須遵守他的命令。我也不準備聽從任何人的命令。再也沒有人可以對我指手畫腳。」

一九六九年九月三十日傍晚，艾斯伯開始執行計畫。這四十七卷文件占據保險櫃的兩個抽屜，足足八英尺高，他必須很謹慎地將這些文件帶出影印，但他還是沒有放棄遊說政府——與蘭德的同僚聯名寫公開信，投書《紐約時報》，呼籲美軍在一年內撤軍。但這個行動激怒了其他同事，批判他們不負責任、缺乏職業道德，破壞他們與國防部的關係。艾斯伯因此受邀出席公聽會，反覆論述自己的主張。

最後，艾斯伯發現自己無路可走了，於是，再次找上《紐約時報》的希恩。當時，除了大衛．哈伯斯坦（David Halberstam）外，記者中就屬希恩最反戰，更別說他與艾斯伯合作過。但希恩在跟他會談後，表示要回報社尋求同意，但拖了好一陣子都沒有下落。他說，報社內部遲遲無法決定這件事，所以派他先去做別的題目，但他還是希望先拿到一些文件，等待時機——很久之後，艾斯伯才明白，希恩根本不需要他的同意，也不用那些副件，他們老早在一個月前就偷偷潛入艾斯伯的飯店，取走千頁文件去影印，再火速訂好希爾頓飯店的房間，埋頭研究、撰寫評論。

後來發生的事，大家都知道了——一九七一年六月十三日，《紐約時報》以頭版刊登的獨家新聞震撼全美，也引發尼克森政府與媒體的對峙狀態。如同電影結局那樣，媒體勝訴，新聞自由在這起事件中被確立，「五角大廈案」成為美國新聞史的里程碑，而自由派大法官雨果．布拉克

（Hugo Black）所寫的判詞自此成為經典：

只有一個自由和不受箝制的新聞界，始能有效地揭露政府的欺騙手段⋯⋯。

儘管尼克森政府並沒有為此道歉，越戰也沒有因此終止，但這七千頁的五角大廈文件證明白宮對人民的欺瞞，並在反戰怒火上再澆一大桶油。而在這起事件中扮演關鍵性角色的艾斯伯，則成為華府的眼中釘，尼克森不但派人潛入精神科醫師辦公室，盜取艾斯伯的病歷，還竊聽他的電話，為的就是要「詆毀他的形象與可信度」。當然，起訴是免不了的。這個時候，尼克森政府仍擔心他手上還有其他機密。

接著發生的事，大家也知道——隨著水門案爆發，尼克森陷入醜聞，也影響法院對艾斯伯的判決：

沒有任何調查可以提供令人滿意的答案，因為政府一直在向民眾隱瞞其所做的違法行為，因為政府一直在告訴法院，相關文件和紀錄已經丟失或銷毀⋯⋯針對被告的指控招致了非常嚴肅的法律問題，所以我傾向結束本案。

而尼克森也不免進行反駁，他說：「在國家安全這樣的問題上，我們居然被擊垮了。惡名昭彰的小偷成了國家英雄，逃脫法律制裁，《紐約時報》因竊取文件而獲得普立茲獎……他們竟然指責我們是小偷，要將我們繩之以法，怎麼會走到今天這般境地呢？」

但這並非整個事件的結局。結局是，國會首次投票反對總統進行的戰爭，美國國會通過對財政控制，收回九年前下放給總統的權力，國會正在停止美國發動的轟炸。越戰，終於結束了。

【原標題〈懦弱謊言戰爭：結束越戰的五角大廈文件〉，2018/03/30 阿潑】

二　當代的烽火：俄烏戰爭及以巴衝突

戰爭未曾停止，大大小小烽火在世界各個角落此起彼落升起，在這個時代，閱聽者因網路科技更新胃口變大，知道更快更多，堅守第一線的記者的見證與真相報導，更格外珍貴。

從二〇二二年二月，俄羅斯入侵烏克蘭，至二〇二三年秋天，哈瑪斯政權突襲以色列，都依靠第一線記者的報導，才能將消息傳播出去。但戰爭雖然區分敵我，記者卻有情懷，戰場上的記者、乃至於必須選擇敵我一方的媒體，都處在風險中，也會掙扎。

透過俄羅斯獨立記者與媒體，及各個戰地記者的經歷，我們得以深入思考更多關於戰爭的問題。

在戰爭中，真相會被犧牲，但也可能因為真相，戰爭中的記者願意選擇犧牲——不論是自由、家鄉、安全，或是自己的生命。

依據推動全球新聞自由與捍衛記者權利的保護記者委員會（Committee to Protect Journalists，CPJ）公布初步調查，截至二〇二四年五月十五日，以哈戰爭已造成至少一百零五名記者與媒體工作員死亡，包括一百名巴勒斯坦人、兩名以色列人與三名黎巴嫩人。這些數字並非冷冰冰，透過轉角特約作者的同行與悼念，讓我們看見真正的戰場是怎麼回事。

1 謊言與良心的戰爭

#俄羅斯

「身為新聞人，我以我的工作為恥……」俄羅斯對烏克蘭發動侵略後，遭到國際經濟封鎖而趁勢全國「鐵幕化」鎮壓資訊的俄羅斯媒體，奉命傳達著克里姆林宮的「被害世界觀」以及「烏國民眾夾道歡迎俄軍王師」的平行宇宙新聞。

但在一片「一九八四」（註：喬治・歐威爾〔George Orwell〕呈現獨裁政權的小說）的氣氛中，俄羅斯最大、收視最廣的官媒電視第一頻道（俄語：Первый Канал），在晚間九點新聞的黃金時段遭到一名「造反編輯」亂入直播，她高舉著反戰標語，站在主播身後呼籲大家「出來反對戰爭！不要相信你們眼前所見的『洗腦內宣』」——五秒鐘後，直播畫面就被切到俄羅斯民眾被西方制裁的悲憤新聞。這名造反編輯馬上被逮捕關押，平靜地面對俄羅斯政府對自己「侮辱俄羅斯國軍罪」的控罪，以及恐達十五年牢獄的鎮壓重刑。

第一頻道爆出的「反戰插播」事件，發生在二〇二二年三月十四日、莫斯科時間週一晚間九點三十五分左右，黃金時段的王牌新聞節目《時代》，正在播出俄羅斯官民如何反制、報復西方經濟制裁的新聞。此時，一名身著黑衣的女性，突然走到新聞主播的後方，調整了一下位置後，在全國直播鏡頭前亮出了自製的抗議海報：

No War! 停止這場戰爭，不要相信新聞宣傳——俄羅斯官媒正在對你們睜眼說謊！

事發當下，整個攝影棚與全國的轉播氣氛瞬間凍結，唯第一頻道的王牌主播安德列娃（Yekaterina Andreeva）故作鎮定，毫無反應地等導播把畫面直接切到新聞影片，並趁著攝影棚內沒有畫面的空檔，派人把這名闖入直播現場的「不愛國人士」壓制抓走、報警處理。

但這短短五秒鐘的反戰示威，已讓俄羅斯輿論相當震驚，因為這名抗議者是第一頻道的新聞編輯瑪莉娜·歐薇斯揚尼科娃（Marina Ovsyannikova）——這是明明知道自己必定會被政府嚴懲鎮壓、判處十五年以上重刑，卻仍要公開挑戰克里姆林宮的「捨身抗議」。

歐薇斯揚尼科娃被捕後，雖然立刻得到俄羅斯人權團體的緊急支援、希望為她提供即時的法律服務，但律師團隊與朋友親屬卻完全無法掌握歐薇斯揚尼科娃的去向——莫斯科警察局否認「帶人回局裡」，第一頻道則表示「被告已遭警方帶走不便多談」，就算內部職員透過管道呼救強調「歐薇斯揚尼科娃人還被關在新聞大樓裡」，救援律師團都無法與當事人接觸，亦掌握不了歐薇斯揚尼科娃的安全狀況，也不知她是否遭到逼供認罪硬吞重刑。

就在人權團體焦頭爛額的同時，歐薇斯揚尼科娃的社群網路上卻出現了一段自己預先錄好的「自白影片」，在短短一分多鐘的自白裡，神色堅毅清楚的歐薇斯揚尼科娃如此表示：

在烏克蘭發生的絕對是犯罪，而俄羅斯就是這場戰爭的侵略者。造成這場入侵慘劇的最大主謀者，就是那個男人：弗拉基米爾・普丁。

我的父親是烏克蘭人，我的母親是俄羅斯人，但他們從來不曾視彼此的民族為血仇……就像我配帶著這條項鍊一樣，俄羅斯必須停止這場自相殘殺的不義戰爭。

很遺憾地，過去幾年來，我一直為第一頻道工作。我的工作就是製造並傳播克里姆林宮的洗腦宣傳——現在的我深以為恥——我的工作讓人民相信電視螢幕上的離譜謊言，然後一步步地把俄羅斯民眾推入「集體殭屍化」的夢魘。

在二〇一四年克里米亞危機時，我們什麼也不說、什麼也不做，這默許一切開始失控。接著當克里姆林宮用化武毒劑差點殺死納瓦爾尼（俄羅斯頭號異議領袖）時，我們都待在家裡、沒人抗議——我們就這樣一路無言地看著這個暴政政權一步步泯滅了人性，然後現在整個世界都唾棄背離了我們，為了普丁的「一人戰爭」，未來十代俄羅斯人，都將背負著罪惡感沉重而洗不去的恥辱標記。

我們，身為俄羅斯人民，一直都該是充滿理想與聰明——如今，只剩下我們俄羅斯人有辦法阻止這個政府的瘋狂一切，請求大家上街抗爭吧！不要害怕，只要團結起來，這個政府就無法逮捕我們每一個人！

俄羅斯獨立媒體《梅杜莎報》報導：被自家電視台報警逮捕的歐薇斯揚尼科娃，直到隔日清晨三點都還「下落不明」，各大官媒不僅都拒絕對外說明狀況，事發的第一頻道更徹夜開始「清算檢舉所有員工的『政治背景』」；同時，莫斯科警察與FSB也不斷恐嚇阻撓、不讓救援律師團接觸或知道歐薇斯揚尼科娃的當前狀況，甚至連歐薇斯揚尼科娃的前夫——任職於另一家普丁系官媒《今日俄羅斯》（RT）的新聞員工——也都被政府下達了封口軍令。

在過去這二十多年普丁統治時代，俄羅斯的新聞與政治自由雖然逐步緊縮，但在「生活穩定多美好」的社會宗旨之下，絕大多數的俄羅斯民眾都默默接受與「新沙皇普丁」締結的這份無限期社會契約，就算近年來結構性貪腐、寡頭裙帶侵吞國產的竊盜統治……讓俄羅斯社會的生活壓力越來越大，但社會上的大人們，卻仍逆來順受地認可這一切——就像是二〇一七年三月，全俄羅斯數十萬人響應納瓦爾尼反貪腐抗爭上街遊行，而遭到鎮暴警察全境驅散時，一名年輕的十七歲俄羅斯少年所說的新聞名言一樣：

俄羅斯人大多是無所作為的……大家都是沙發上的智者，聽到「政治參與」只會感動地微笑。

從二〇二二年二月二十四日俄羅斯發動入侵烏克蘭的「特殊軍事行動」後，二十天以來，全俄羅斯已知至少有一萬四千九百一十一人因反對戰爭而被政府逮捕——根據普丁總統在三月初緊急宣布的全新刑法，所有俄羅斯人只要發布「與俄羅斯國防部不一致的『特殊軍事行動』資訊」，都可被判最高十五年的有期徒刑；公開表態、或教唆群眾「反對俄羅斯軍事行動者」，也將因為汙辱俄軍，而遭判最高五年的有期徒刑。

★

「由於俄羅斯刑法規定不能報導『戰爭』，所以媒體處理這則直播入侵事件時，只好把反戰標語碼掉，僅留下不犯法的那一句：『您收看的全是謊言！』」

與十五年不義重刑對賭，在官媒王牌新聞節目《時代》直播中出鏡示威反戰、對整個俄羅斯高喊「您收看的全是謊言！」而被警察強抓逮捕的「造反編輯」瑪莉娜·歐薇斯揚尼科娃。在歷經十四小時的人間蒸發後，於被捕隔日晚間終於「暫時獲釋」。

消息傳開後，許多俄羅斯的官媒同行、國際輿論，都欽佩聲援歐薇斯揚尼科娃的「捨命勇氣」，因為短短五秒鐘的反戰插播，尚不知能否喚醒俄羅斯民眾，卻幾乎注定毀滅她的未來人生；但在烏克蘭側，卻也有不少批評質疑直到二十四小時前都還在為俄羅斯戰爭機器上油宣傳的歐薇斯揚尼科娃，只是俄羅斯媒體圈「諉過洗白」的套招表演，「只要侵略戰爭還繼續殺人，俄羅斯政府體系裡就不存在真正的『良善俄羅斯人』。」

烏克蘭輿論的憤怒質疑，有其因戰爭血仇而累積的委屈、不滿與情緒，畢竟在全世界為這個

「善良俄羅斯編輯」鼓掌叫好的同時，成千上萬個烏克蘭平民卻仍在俄軍無差別轟炸的火海裡嘶喊、哭號，滿心疑惑地失去了最愛、失去了生命。但把整個國家的責任，推到一個已經捨去一切的覺醒者身上，真的合理嗎？

事實上，在二〇二二年二月二十四日入侵戰爭開打後，俄羅斯各大官媒體系裡，出現了「集體離職潮」，只因許多第一線的記者與編輯，再也受不了為國家「製造真相」的說謊壓力。他們有人無法躲過良知譴責、也有人憑新聞人的「特許資訊窗口」了解到國家經濟與社會的崩潰在即，趕緊「棄職逃亡」。

雖說如此，但有更多人「明知說謊」卻選擇留在原地，日復一日說著連自己都不相信的「特殊軍事行動」謊言。更殘酷的是，與烏克蘭人所預見的一樣，無論歐薇斯揚尼科娃的初衷與意志為何，三月十四日的那五秒鐘反戰放送，也確實被動起來的俄羅斯官媒機器挪用成「宣傳樣板」——莫斯科要以這個造反編輯的故事，反向宣傳「只有俄羅斯才真正享有言論自由」，與此同時歐薇斯揚尼科娃也還是得面對高達十五年的重刑懲罰，「這就是殺雞儆猴」。

根據俄羅斯獨立媒體《梅杜莎報》的追蹤報導，人間蒸發的歐薇斯揚尼科娃，一路被警方控制十四小時。在這被捕的十四小時裡，歐薇斯揚尼科娃不被允許與外界接觸、不能聯絡律師、不能睡覺，直到自己簽字認罪為止。

趕來救援的人權律師組織表示，歐薇斯揚尼科娃目前已經認罪的罪名，是因干擾官媒新聞直播而被起訴的「擾亂公眾秩序罪」，全案目前只需要繳交三萬盧布的罰款就好；但她在直播中吶喊的反戰標語與口號，則確定已被俄羅斯政府以「對俄羅斯國軍散播侮辱或不實言論罪」立案調查——這條法律是俄羅斯政府專門為了鎮壓烏克蘭戰爭資訊，而在二〇二二年三月緊急頒布的恐嚇式刑法——各路媒體擔心歐薇斯揚尼科娃可能面臨的「十五年有期徒刑」，即是此罪之罰。

與她的錄影自白一樣，歐薇斯揚尼科娃是一九七七年出生於烏克蘭東南的敖德薩，他的父親是烏克蘭人，母親是俄羅斯人。大學時代在俄羅斯唸書，之後一路投入新聞工作，並經由介紹加入俄羅斯收視群體最大的老牌官媒第一頻道新聞部，並負責處理國內城市新聞——根據同事私下的說法，歐薇斯揚尼科娃的工作狀態一直非常穩定，除了貓貓狗狗之外，很少與人討論政治或「敏感議題」，直到二月二十四日俄軍正式入侵烏克蘭為止。

新聞圈的舊識們，對《梅杜莎報》透露：在俄軍入侵烏克蘭之後，歐薇斯揚尼科娃的情緒與生活明顯受到影響，一方面可能是她的父親是烏克蘭人，二或是長大的故鄉敖德薩遭遇攻擊，三則可能是她的大兒子才剛要年滿十八歲——照俄羅斯兵役法的規定，這已經是要受召入伍服一年兵役的年紀——但無論怎麼說，歐薇斯揚尼科娃確實是因為烏俄戰爭而被「強制覺醒」。

「歐薇斯揚尼科娃不是官媒裡的特例……從這場戰爭開打以來，第一頻道或者所有俄羅斯官媒的新聞工作者都一樣，大家的壓力累積全都接近精神總崩潰。」一名仍然在職但堅持匿名的第一頻道新聞組員工，對《梅杜莎報》如此透露：

「在官媒裡工作的每一個人，我是說真的……絕無例外的每一個人，都明明白白地知道：我們的工作就是在說謊、在製造謊言。」

「大家都很清楚前線的戰爭究竟發生了什麼事，這些人看得見路透社、美聯社還有全世界不同管道直播回來的真實畫面，但整個制度要我們從中還原的，卻是一個完全不存在的平行現實。」這名員工說：

打從戰爭開打，整個官媒新聞圈就是陷入集體恐慌，大家開始無法克制地困惑：我們為什麼非得要說謊？我們要參與謊言到什麼時候？如果真相哪天被揭穿的話，我們這些新聞工作者又會遭遇怎樣的下場？

「……但編輯台的長官們卻都這樣安撫我們、給大家保證，他們說：烏克蘭總統澤倫斯基很快就會被斬首，等到基輔政權垮台，戰爭很快就會結束了——到時一切就沒事了，真相的管制就會鬆綁到跟『從前一樣』，歷史是由勝利者書寫的，所以不用擔心『船過水無痕』的事……」

「……但隨著時間的過去，烏克蘭總統澤倫斯基不僅沒有死，還成了全世界的抗俄英雄，新聞室裡的人們開始大腦短路、恐慌、緊張崩潰，大家開始自問『我們究竟在幹什麼？』而歐薇斯揚尼科娃即是其中一人。」事實上，隨著戰爭局勢惡化，許多因工作而取得境外資訊管道的俄羅斯媒體人開始大規模的棄職逃亡，有的人乾脆離職舉家離境，但更多人是想盡辦法利用裙帶關係，試圖在還來得及的時候把家人送出國外躲避兵役，或者換取外匯，無所不用其極地掙扎著想逃離各種戰爭後果。

同時，也有更多人更嚴重地被「錯亂的恐懼」給壓垮——畢竟與世界趨勢一樣，傳統媒體早就是夕陽產業，無論薪資、工作環境、社會尊嚴都一直在衰退崩毀，特別是在俄羅斯經濟正因國際制裁而直線崩毀的現在，要從官媒「棄船離職」不僅要冒著一夜破產的巨大風險，更還可能被貼上不愛國標籤，從此被列入業內隱藏不說的「高風險黑名單」。

因此在「道德良知」與「生存」的選擇之前，更多人因為父母、兒女、生活壓力、或者是失業恐懼而留在原地，自欺欺人式地繼續在「真實」與「製造真實」之間，遊魂般的在這種新聞公社裡「為國勞動」。

在歐薇斯揚尼科娃事件之後，不止第一頻道，幾乎各大官媒都重新對所有員工的政治風險發動緊急背景審查——但在事發的《時代》新聞室裡，所有人的工作幾乎都如常進行，沒有任何長官來訪、沒有任何公文命令、沒有任何同事討論昨天晚上發生什麼事，所有人都回到新聞農場勞動，就像昨天的直播五秒鐘只是「毫不存在」的放送事故。

「我明白歐薇斯揚尼科娃的心情……因為我也曾經一樣。」曾擔任第一頻道華府特派員的資深記者李斯金（Igor Riskin）如此表示：「二〇〇八年的俄軍入侵喬治亞戰爭，給我非常駭人的衝擊與影響——許多我的同期同事，也是這場戰爭的報導參與者。當時我人在華府，並不直接參與戰爭報導，但因為我同樣也是官媒員工，所以我心裡也非常自責『自己也是戰爭機器的一分子』……想到我的工作、我的努力、我的心血、我的熱情，全部都被利用為入侵宣傳的素材，這讓我完全喪失了對新聞是非的信心與判斷能力。」

「但我不如歐薇斯揚尼科娃，當時的我，並沒有做出任何明顯抗議……我就只是走了，頭也不回的從這裡逃跑而已。」

李斯金的故事是其中一個比較典型的「自責回應」，另一個同樣與歐薇斯揚尼科娃共事過的資深俄羅斯新聞人魯諾夫（Vladimir Runov），則對三月十五日晚上的直播五秒鐘，感到鄙夷：「我看不出她的行為有什麼值得說嘴的英雄事蹟或勇氣——就我看來，一切都很白癡——作為一個新聞人，真正的真相追尋是要用『實作』的：你要用寫的、想盡辦法說出來！自以為很悲壯的要屁孩，一點用都沒有。」

但瑪莉娜·歐薇斯揚尼科娃在第一頻道黃金時段給全俄羅斯的「反戰突襲」，確實已成為俄羅斯社群網路上最熱門、但也同樣所熱蒐的民間話題——但這種話題是否能夠阻止普丁大總統的「一人戰爭」？在只見閃電卻遲遲等不到雷鳴的俄羅斯，卻也是殘酷現實的兩面刃。

「第一頻道的風波雖然愚蠢，但這不正證明了俄羅斯才是真正擁有言論自由、新聞包容的法治國家嗎？」在歐薇斯揚尼科娃獲釋後，俄羅斯官媒《今日俄羅斯》的總編輯西蒙尼揚（Margarita Simonyan），也在社群媒體上如此嘲諷國際社會的雙重標準：

在歐美，他們會直接用橡膠子彈打爆這個女孩的眼珠吧！現在這些人道偽君子卻這樣想：慢著，俄羅斯的畜生們又不懂什麼叫自由，他們會怎麼辦？把這個女編輯拖到廣場上五馬分屍嗎？算了吧，雙標俠們！在電視上鬧事的這個女的，絕對很平安，雖然她激怒了社會大眾，但她會付出應有的法律代價，我們俄羅斯才是自由法治的地方。

換言之，歐薇斯揚尼科娃的故事，在俄羅斯官媒的宣傳後製下，即將以「跳梁小丑被司法公正懲罰」的劇情為發展方向——在新的一個平行宇宙裡，她還是會被判重刑，但俄羅斯社會不會有任何反應。

諷刺的是，目前已被國際點名列入「戰爭制裁名單」的西蒙尼揚，過去正好是歐薇斯揚尼科娃在大學新聞系的同期同學，她們曾經競爭同樣的新聞職位，甚至還自認為比不過歐薇斯揚尼科娃的優秀表現而黯然轉台。目前已成為「俄版胡錫進」的西蒙尼揚，則矢口否認兩人是同窗同學，只默默表示「就是同校同期對手而已」。

就像是經典反烏托邦小說《一九八四》的最後一句話一樣：

「但是沒有事，一切都很好，鬥爭已經結束了。他戰勝了自己。他熱愛老大哥。」

【原標題〈「您收看的全是謊言！」在俄國官媒直播中反戰的造反編輯〉，2022/03/15 轉角24小時；〈俄國官媒的「良心戰爭」？不准出現戰爭的反戰新聞室〉，2022/03/16 轉角24小時】

2 這是什麼鳥工作啊！

#俄羅斯

二〇一〇年四月，位在莫斯科的雨電視（Dozhd TV）開播。這個獨立電視台某種程度呼應了賈伯斯、歐巴馬這類西方意見領袖試圖讓世界更美好的主張，以「改變世界的人，改變你我的人，雨電視，正向的頻道」為口號，希望透過媒體抹除性向、宗教、族群膚色等界線，「你我同在」。

因此，即使這家電視台開播初期表現得七零八落、毫不專業，成為同業的笑柄，工作人員仍然很快樂，彷彿自此開始，俄羅斯這個國家及媒體的未來，就跟雨電視的粉紅設計一樣，多元且充滿希望。

彼時，正是德米特里．梅德韋傑夫（Dmitry Medvedev）當政時期。在紀錄片《來幹電視台》（F@ck this job）中，可見雨電視創辦人娜塔莎．辛迪耶娃（Natasha SINDEYVA）見到這位年輕政治家時，如同見到瑪丹娜一樣興奮，她希望梅德韋傑夫可以勇敢競選連任——這位國家領導人和當時的辛迪耶娃一樣，總帶著粉紅濾鏡看世界，總說最重要的事情就是「愛」，談原則則是「自由比非自由更好」，這些話令辛迪耶娃的第三任丈夫、亦是雨電視的投資商亞歷山大・維諾庫洛夫（Aleksandr Vinokurov）感覺到擁有這樣的總統，俄羅斯將是個美好的國家。

但事實上，梅德韋傑夫僅是普丁的權力工具——為了避開連選連任的爭議，繼續掌握政權，普丁將梅德韋傑夫推上總統大位等待屆滿，再由自己出馬參選。而蓄勢待發的雨電視，雖因製作政治諷刺喜劇大受歡迎，卻也在諷刺普丁與梅德韋傑夫共謀關係的這一集，遇到強烈的挑戰——身為CEO的辛迪耶娃雖以「不要人身攻擊」的理由要求這集節目下架，但不管從那個角度看，無疑是種「自我審查」，不僅令工作人員不滿，觀眾亦感覺遭到背叛。

這正是雨電視開播滿一年之時，也是這家獨立電視台在政權轉換之際，面臨的第一個波折。當時辛迪耶娃的處理方法是避開爭議，進而邀請梅德韋傑夫到電視台參訪，開心地聆聽他的肯定讚美。但此舉在外界看來，更像是這家獨立電視台透過下架節目與這個政權「交易」，批評不斷。雨電視內部因此遭到打擊：工作人員在電腦前看著洗版的批評掉淚，共同創辦人、電視台節目總監薇拉・克里切夫斯卡婭（Vera KRICHEVSKAYA）甚至憤而辭職。

但當時他們並不知道，這次風波在雨電視台此後十二年的發展中，小得如石頭掉進湖水裡一樣根本不算什麼，真正的困難與危險是從普丁再次掌權浪湧而來——至俄烏戰爭開打的今時今日，雨電視被迫關閉。昔日天真美麗的辛迪耶娃再如何愛作夢，都不會夢到過著光鮮亮麗生活的自己，在這十年間竟因為「電視王國」的夢想而狼狽憔悴，不僅成為「國家的敵人」，還淪落到逃離祖國的境界。

雨電視的成立、過程與關閉，都收錄在克里切夫斯卡婭執導的紀錄片《來幹電視台》（F@ck this job）裡。這部紀錄片在二〇二二年俄烏戰爭爆發之後，於歐洲等地放映，並提供俄羅斯地區觀眾線上收看。

一九七一年出生的辛迪耶娃在《來幹電視台》中，以開著粉紅色跑車的姿態從白色豪宅中出場，讓人有比佛利山莊的錯覺，故也讓此紀錄片起頭節奏略帶好萊塢風格。辛迪耶娃的人生也像電影那樣：四歲時父母離婚，由祖父母帶大的她，孤獨但不缺少關愛，長大後擔任電視節目製作人、音樂頻道總監，鎮日流連在香檳派對，儼然是個派對女王。她的經歷呈現蘇聯解體的一代，如何累積財富、晉升中產階級的變化。那個時代處處充滿商機，而她也敢於作夢。二〇〇八年，她有了建立電視王國的夢想，而當時的丈夫維諾庫洛夫是個銀行家，正好可以滿足她。

「經濟像嗑了藥的高漲，凡事都有可能，人們只會往前或往上衝刺。」維諾庫洛夫在鏡頭前如此說道。

此前，辛迪耶娃未曾投過票，政治於她而言，宛如平行世界，她當然知道那些政治領導人的名字，除此之外其他便毫無興趣。那可是富貴的千禧年，紙醉金迷，誰會關心政治？而打算成立電視台的她，也不懂新聞，只是單純想要建造一個不分你我、可以良性溝通的媒介。記者出身的共同創辦人克里切夫斯卡婭則提醒她：「真相與真實生活是我們所有工作的根基。」她們二人都希望有個空間可以讓人們忠於自我，表現出真實。

從紀錄片中的訪談可知，應聘的工作人員對於辛迪耶娃的第一印象，不是一身炫亮紫色的時尚，就是可以輕鬆抱起別人的嬰孩直接敞開衣服餵奶的親切大方。這些印象凸顯了辛迪耶娃的個性，而其創立的電視台之所以命名為「雨」，也充滿她的夢幻風格：

「夏天的雨，給人難以形容的感覺。」辛迪耶娃在鏡頭前淋著雨說，雨後有彩虹，想赤腳在雨裡奔跑。

「我覺得這是一場冒險，對我來說這就是一場冒險，其實這個電視台最適當的名稱，就是

『冒險頻道』。對我而言，雨就是冒險。」

一語成讖，雨電視台像是走在一條顛簸的道路上，考驗一個接著一個，他們必須過了一坎又一坎，才能繼續往前。開播不久，辛迪耶娃與工作人員便已發覺，雨電視呈現的新聞畫面與其他電視台相當不同，例如發生在二〇一一年一月的多莫傑多沃（Domodedovo）國際機場炸彈襲擊事件在BBC、CNN有報導，twitter 也已廣傳照片的情況下，身處最前線的俄羅斯媒體卻視而不見，僅只雨電視台傳遞這則新聞。「我們討論的新聞，國營媒體卻都不談，像是不曾發生。」他們發現自己與其他媒體宛若處在兩個世界。

此時，仍是梅德韋傑夫執政時期，該年年底即將國會改選。雨電視台感覺到，梅德韋傑夫所代表的政治現代化將結束，言論鬆綁也即將不在，他們面臨的是加強媒體控制的未來。故在梅德韋傑夫宣布支持普丁出馬參選總統的新聞播報中，雨電視台主播對觀眾直言：「我們處於某種實驗階段，類似時間停止的實驗。未來十二年我們可以不被改變而存活下來嗎？」希望渺茫。

該年年底的選舉日，雨電視台記者們分別到各投票所觀察選舉，過往從未投票的辛迪耶娃也前去投票，並透過鏡頭呼籲人們珍惜自己手中的權利。不出意料，記者們在開票過程中發現作票情形，而普丁高票當選。示威抗議的聲音上了街頭，雨電視台記者僅是守在現場報導，也遭到逮捕。

像是一場遲來的公民與媒體課程，辛迪耶娃開始醒悟：

起初我以為雨電視是一個文化性、知識性、生活風格類的頻道，但我越是了解實際情況越是發現自己處在資訊的浪潮裡，深入了解之後這才發現我們周遭有許多不公不義，真的，我以前根本沒有察覺到，不知道有這些事存在。我無法繼續對此不予置評。

正也是這場示威抗議的現場報導，讓雨電視直播追蹤數暴增，這意味著對於數以千計不在現場的觀眾而言，這樣的新聞有多重要；與此同時，辛迪耶娃則接到來自官方的電話咆哮，批評雨電視台協助散播美國國務院的陰謀。「我們不是效力於你」這個覺醒的媒體老闆如此回應。聽到這個女性斷然阻止官方干預，對方怒而丟下一句「我要把你們毀了」的惡言。

抗議越演越烈。隔年（二〇一二）的五月普丁就職典禮前夕，雨電視遭到駭客攻擊，直播中斷。這是一次最赤裸的警告。而電視資訊部的工作人員僅只表示：在劫難逃。

二〇一三年，俄羅斯政府透過刑法修正禁止宣傳同性戀。學者評論道：這意味著俄羅斯歷史上第一次合法引進「次要公民」的概念。對於雨電視來說，這個法律修正案重傷了團隊，因為該電視台有超過半數的「次等公民」，其中還有第一個出櫃的名記者——這位記者感到很緊張，但辛迪耶娃與丈夫僅是叫他進房間，讓他在專訪的雜誌上簽名，抱一抱他，並讓他休假。

幸好，這個打擊沒有直接影響雨電視台的營運。這一年，雨電視台得到很多廣告收益，受到觀眾喜愛。他們認為自己是新時代的聲音，是未來的媒體。而應徵雨電視台工作的人也都被告知：「我們給的不是工作，我們給的是夢想。」

雨電視台持續追蹤調查政府官員的貪腐，並在二〇一四年烏克蘭人民走上基輔廣場示威抗議時，到了現場。人在現場連線的記者堤木爾．奧立夫斯基（Timur Olevsky）稱這宛如戰場，在爭相推擠的慌亂狼狽中，他那聲「幹，這是什麼鳥工作啊，靠北（shiit... Fuck this job, fuck）」，便成了《來幹電視台》這部紀錄片的片名。這句髒話在各種意義上呼應著具有新聞意識的俄羅斯媒體人的心聲。

針對這場發生在烏克蘭的「廣場革命」，俄羅斯媒體意見很分歧，國營電視台將參與者定位為法西斯主義者，並將焦點放在放火攻擊烏克蘭特警的人身上，而雨電視則從多種角度進行報導。幾天後，在列寧格勒圍城戰的週年紀念日當日，雨電視晚上九點的播報畫面只剩下一片黑幕——普丁政權無預警地將這個電視台從有線頻道移除，隔日才發布新聞稿譴責雨電視，再隔一日雨電視真正從有線頻道中被撤除。其觀眾數雪崩式下降，廣告商也紛紛解約，後來他們才從有線電視頻道業者的口中得知，「上頭」請他們找各種藉口和雨電視中止合約。儘管普丁始終否認自己介入干預雨電視運作，憔悴的辛迪耶娃仍揚言向普丁提告：為了這一行，為了獨立電視台。

原本富裕的辛迪耶娃與丈夫，失去了原本的生活，雨電視的工作人員也必須減薪，才能勉強維持電視台運作。他們轉戰網路，展開訂閱制，繼續播報新聞，追查真相——從二〇一四年七月的馬航墜機事件，到普丁供給烏克蘭東部恐怖分子武器，也查到了俄羅斯軍隊在烏克蘭的頓巴斯準備軍事活動。

但普丁否認這一切。烏克蘭則公布了逮捕的俄羅斯軍人，這些軍人表示自己並不知道進入了烏克蘭領土。與此同時，雨電視台記者在採訪現場受到攻擊，辛迪耶娃亦遭受到跟蹤威脅。最後，雨電視台被驅趕出原本的辦公場所，也找不到新的居所——租賃者聽到他們是雨電視，便拒絕他們入駐。

但雨電視還是想辦法存活了下來，勉力運作。工作人員說，這不只是為了辛迪耶娃，不是為了保住她的夢想計畫，也不全是為了她的夢想，而是為了拯救作為資訊來源的雨電視，是為了要保住他們的主張，「希望我的國家，能像這些人（工作人員）的臉孔一樣。」然而，普丁政權鎮壓異見之事仍然持續發生：反對黨領袖遭到暗殺、辛迪耶娃活在威脅恐懼下，而電視台內部則分裂爭吵。

旁觀這一切發生的克里切夫斯卡婭，感嘆地說：「在一個人口一億四千萬的國家，只有六萬人願意付費看獨立新聞，付費牆是維繫雨電視的生命線，但這麼少觀眾是不能改變世界的。我們這五年來贏了小戰役，卻輸掉了大戰，我們的大冒險沒能把世界變得更好。只要你隱身在付費牆背後，永遠不平衡收支，你對政府就不構成威脅。」也是在這個時候，克里切夫斯卡婭決定將這一切拍成紀錄片。

二〇一九年七月，普丁政權禁止反對黨候選人參選議會議員，示威遊行再次爆發。國營電視台依然裝作若無其事，只有雨電視播報，其訂閱數也因此暴增，雨電視並不打算藉機得利，故撤掉付費牆，讓人們能夠免費收看，「我們要把真相傳播出去，這是我們身為新聞記者的社會責任。」

普丁政權不會容許。因此與此同時，雨電視台遭警方突擊調查，辛迪耶娃也收到調查傳票，要求她到庭說明。普丁政權加強騷擾的手段，阻止真相被報導出來。辛迪耶娃的丈夫維諾庫洛夫不免自問：「生命中什麼才重要？上前線作戰、英勇地戰死？還是長壽、死於某個常見疾病？對個人和電視台而言，兩種情況都有可能。」他們夫妻因對雨電視台的意見不同、裂痕加深，老天爺像是深怕考驗不夠一般，讓辛迪耶娃於此時罹患乳癌。二〇二〇年，就在她遠赴德國治療期間，普丁宣布修改憲法。這無疑讓這獨裁者能夠執政到二〇三六年。

辛迪耶娃知道在自己的餘生中，普丁不會改變，便也堅定了自己的意志。現今的記者就像醫生一樣，他們來到了前線，雖然記者和醫生都不是自願如此，對記者而言，這一刻是需要勇氣的……我越來越了解，我們為何需要雨電視和為何要工作，我們的職責是向人們解釋這件事，在這個複雜的情況下引導他們。她說：「當他們斬除這個疾病時，感覺就像我斬除了不需要的東西，少了不好的東西，我覺得鬆了一口氣，我覺得……或是甚至不用想，就能確定雨電視是需要存在的。」

二〇二〇年六月，即使知道修憲公投只是表面作秀，無論如何都會通過，辛迪耶娃還是去投了反對票，表達自己的意見。雨電視開播滿十年之時，她已不是十年前的那個政治冷感的自己了，但，俄羅斯也不是十年前那麼充滿希望的國家了。

雨電視仍然不斷被驅逐：二〇二一年八月，俄羅斯司法部將雨電視歸類為「外國媒體」。二〇二二年二月二十四日，俄羅斯入侵烏克蘭後，雨電視開始在烏克蘭二十四小時不間斷現場直播戰爭新聞；三月，雨電視再次被強制關閉和封鎖，記者被迫離開俄羅斯，而辛迪耶娃夫婦也分開了。

【原標題〈F@ck This Job（上）俄國最後一家獨立電視的波折命運〉，2022/10/05 阿潑】

3 誰操控了媒體，誰就掌握了國家

#俄羅斯

控制媒體者，就能控制人心。

（Whoever controls the media, controls the mind）

紀錄片《來幹電視台》（F@ck this job）的片頭，是美國詩人暨搖滾歌手吉姆．莫理森（Jim Morrison）的名言，導演薇拉．克里切夫斯卡婭（Vera Krichevskaya）以此預示俄羅斯寡頭控制媒體的原因。

這句話，與喬治．歐威爾的句法相似——「誰控制了過去，誰就掌握了未來」，讓人不禁想像，若喬治．歐威爾活在當代，或許也會同意媒體控制是威權統治的重要路徑。然而，水能覆舟，也能載舟，對想要翻轉政治、實現民主自由的理想主義者來說，媒體也是關鍵工具——蘇聯解體前夕，「電視」便是意識形態交鋒、競奪之處，協助戈巴契夫實行重建政策的俄羅斯重要思想家亞歷山大．亞可夫列夫（Alexander Yakovlev）曾如此說道：「拿下克里姆林宮之前，你必須拿下電視台。」

俄羅斯政治人物將媒體控制視為政治治理的必要手段，與其國族文化有關。俄裔英籍記者亞凱迪．奧卓夫斯基（Arkady Ostrovsky）在《製造俄羅斯》（*The invention of Russia*）中如此解釋：俄羅斯是一個以思想為中心的國家，媒體在其中扮演極其重要的角色。以制約反應研究著稱的俄國心理學家伊凡．帕夫洛夫（Ivan Pavlov）曾經評述，心智的任務是正確地理解真實，但是在俄國，「我們多半關心文字，不太在乎真實。」他怪罪知識分子的心智，即「國家的腦袋」，將俄國帶往布爾什維克革命。

「誰掌控媒體，誰就掌控了國家。」奧卓夫斯基寫道：近代俄國的歷史發展，都與產製「國家意識」者有關，「從戈巴契夫的重建時代以降，俄國新聞記者就不只是思想和計畫的傳播者，超越其他各地對記者的認知。他們成為國家計畫和思想的來源，依此身分，記者肩負使俄羅斯從獨裁體制脫身的重任，也要為俄國退回獨裁負責。」

俄羅斯媒體環境從緊縮到開放，再回到嚴峻控制，約莫是這三、四十年間的事。一九七四年出生於聖彼得堡的資深媒體人薇拉．克里切夫斯卡婭便感嘆自己簡直經歷了媒體環境鬆緊的循環：從蘇維埃的言論審查至新聞出版自由，到現在全然退回到絕對的封閉審查。新聞科班出身的她媒體經歷豐富：曾在國營媒體工作，也有獨立媒體經歷，更參與了雨電視台的創辦，並且拍製《來幹電視台》。這部紀錄片成為普丁政權收束媒體、加強社會控制的實錄。

為了進一步了解從戈巴契夫時代至今日普丁掌權的媒體環境變化樣態，我向克里切夫斯卡婭提出訪談的要求，行程滿檔的她幾乎是秒回信件：樂意但不保證挪得出空檔。從這個互動可以看出媒體工作者的快速節奏，也讓我感受到這個烽火時刻俄羅斯知識分子肩上的承擔——此時，正是九月初，雨電視台剛開了 Twitter 帳號，這個在俄羅斯被迫關閉的獨立媒體，取得歐盟執照，已在拉脫維亞重起爐灶，以 YouTube 為平台，繼續向俄羅斯觀眾報導真相。而克里切夫斯卡婭亦不斷轉推雨電視台的報導。

從克里切夫斯卡婭的推文，可以感受她對新聞工作的關注與熱情，她說自己之所以會走上新聞這條路，與少年時期經歷戈巴契夫的改革重建有密切關係。據她回憶：在戈巴契夫時期，許多事情幾乎是一夕改變，到處都是「新鮮空氣」，國營電視台部分節目的言論限制開始鬆綁，全國都能看到與過去不一樣的節目播放，人們漸漸了解自己過去接受到特定的政治宣傳，也發現自己曾經被洗腦。轉變如此巨大，衝擊也很劇烈。

「像是突然在某一天，我們竟然可以公開且合法討論這個社會是如此貧窮、生活如此惡劣；可以去談論我們在阿富汗戰爭中失去了多少，而前陣子又有多少異議分子被逮捕入獄，遭受牢獄之災。」

感覺到現實生活的圖像每天都在變化，對克里切夫斯卡婭產生重要的啟發，也讓她在一九八八、一九八九年這段期間，立下成為新聞記者的志向。

知名電視節目《觀點》（VZGLYAD）亦是讓克里切夫斯卡婭走上新聞道路的推手——當時許多年輕人會避開乏味的蘇聯節目，轉而收看ＢＢＣ電視台或是收聽美國之聲的俄語頻道，而戈巴契夫的智庫亞歷山大・亞可夫列夫也警告廣電頻道的主管不要干擾外國廣播電台，必須自己爭取年輕的閱聽眾，《觀點》就在這種情況下誕生。這個節目擺脫蘇聯時期教條乏味的口吻，透過穿著休閒的年輕主持人穿針引線，讓名人或政治人物得以在這個平台討論社會時事。《觀點》深受當時渴望改變的年輕世代的歡迎，成為蘇聯解體前的改革象徵之一。

而鍾愛社會改革、享受自由空氣、對言論開放感到興奮的克里切夫斯卡婭，就在這「嶄新的時代」，選讀新聞系，畢業後立刻投入新聞行列，「我未曾考慮過其他工作。」

學生時期的克里切夫斯卡婭曾在俄羅斯國營電視台第五頻道（ＴＶ５）的聖彼得堡地方台實習——她在九〇年代國營電台解開限制時，亦曾回到那裡工作——但她真正投入新聞工作是在一九九〇年、一家位在聖彼得堡（列寧格勒）的報社。這份報紙原屬共產黨所有，當時為了脫離共產黨掌控，整個記者團隊聚集在這座城市的主要廣場上罷工抗議，最終達成獨立自主的目標。這個經歷讓克里切夫斯卡婭印象深刻。但她仍強調，這是因為在戈巴契夫時期，共產黨已不是過往的共產黨，他們才會相信有獨立自主的可能性。

事情也沒有如此絕對。克里切夫斯卡婭在這個時期曾經歷過一次來自政府的威嚇：一九九九年八月蘇聯八月政變時期，「政府公務員來到記者們菸抽個不停的編輯室，要求我們移除藍白紅組成的俄羅斯國旗，掛回紅色蘇維埃旗。」

這個時期（一九九六—二〇〇二），克里切夫斯卡婭正在俄羅斯第一家私人資本營運、涵蓋全國電視網的電視台ＮＴＶ工作——這也是這個國家第一個獨立新聞台。然而，普丁在其第一屆總統任期就摧毀這個電視台，並取得這家電視台的完全所有權。克里切夫斯卡婭因此辭職，至烏克蘭工作，並以個人身分參與幾個計畫。

但在NTV的工作經驗，深深影響且形塑了她，克里切夫斯卡婭對於參與獨立電視台、成立獨立的新聞頻道這類事，興致勃勃，二〇〇七年加入雨電視台的創辦行列，成為娜塔莎・辛迪耶娃的伙伴。雨電視台也成為千禧年後，俄羅斯唯一的獨立電視台——因為在這個國家開辦電視台，並不容易。克里切夫斯卡婭強調，電視營運是需要大量投資的事業，「不會有人像辛迪耶娃這樣願意冒著風險、傾盡家產去投資這麼一個危險（toxic）的生意。」

從《來幹電視台》可知，雨電視台在播報示威衝突抗議或任何有爭議性新聞時，國營媒體仍文風不動，彷若這些事件沒有發生一般，彷彿自廢新聞媒體的功能，也剝奪民眾知的權利。對此，克里切夫斯卡婭解釋，網路媒體、廣播、報紙仍會報導這些示威事件，但就電視而言，確實只有雨電視會播報這類新聞。

「在普丁的第一任任期中，支持政權的企業幾乎買下了所有民營媒體，」克里切夫斯卡婭向我說明政府操控媒體的變項：「在俄羅斯，只要一個媒體老闆改變，媒體機構的政策與方向就會隨之改變。因此，在二〇一二年，也就是雨電視台成立之際，絕大多數俄羅斯媒體都在政府掌控下。」

「當雨電視在有線電視頻道獲得大量觀眾支持時，俄羅斯政府旋即通過一項法律，對有線頻道販賣廣告做出限制。」克里切夫斯卡婭向我補充普丁政權施壓的方式，「其中主要手段，就是透過剝奪媒體收入，讓他們在財務上產生困難，以製造壓力。」對於雨電視台，普丁政權還有另個做法，便是向有線電視頻道供應商施壓。這意味著在俄羅斯的所有生活領域，都在政府的控制與鎮壓之下。克里切夫斯卡婭表示，在政府全面控制中，其他行業或許還有做生意的空間存在，但對媒體事業而言，則非如此，「絕無可能（impossible）！」

既然俄羅斯絕大多數媒體，尤其是電視，都屬國營媒體，我不免好奇：經過戈巴契夫的改革、體驗過自由開放媒體環境的俄羅斯閱聽眾，對於國營媒體的信任程度為何？他們是否還受到支持？對此，克里切夫斯卡婭坦言，有六成以上的民眾仍傾向收看國營媒體，主要原因是這些媒體提供綜藝娛樂節目以及肥皂劇來吸引觀眾，但若論及他們對這些媒體的信任度，就又很難說，「每個人都知道電視上的政治宣傳是謊言，但在戰爭期間，鎮日看著這些政治宣傳的民眾卻又支持開打，選擇站在國家的這一邊。」她進一步表示，大眾會說「我相信國營媒體」，但如果私下詢問個人意見，每個人都會搖頭說「不」，他們不相信。

然而，正因為國營媒體只依靠娛樂節目與肥皂劇維持觀眾的收視習慣，二〇二二年三月俄烏戰爭開打後，所有娛樂節目皆停止播映，收視率因此不斷下降，「當政府知道他們損失了什麼時，才又開始回復電視的娛樂節目。」克里切夫斯卡婭進一步補充。

我忍不住注意到，克里切夫斯卡婭出生那一年，正好是《古拉格群島》在法國出版，索忍辛尼因此被剝奪蘇俄公民權、遭驅逐出境的一年，當時他寫信給蘇聯知識圈，請他們不要依靠謊言度日，「在我們國家，成天撒謊不是貪腐天性一時興起，而是一種生存模式，是所有人安然度日的條件。在我們國家，謊言成為國家體制的一部分，成為維繫一切的至關要緊的連結，有數十億個微小口鈕，人人身上都安著幾十個。」

儘管生於這一年的克里切夫斯卡婭曾經看過真實、看過自由、看過希望，但到了今日——至少在二〇二二年戰爭開打的此時，獨立的媒體已不存在，獨立的聲音亦然——這一年三月，普丁簽署一項法令，依據該法令，傳播「假消息」者，最高可判處十五年有期徒刑，這條法令逼使九成獨立媒體工作者離開自己的國家，絕大多數的網路媒體、報紙新聞都被封鎖，部分媒體只能選擇在俄羅斯境外繼續發布新聞。索忍辛尼昔日的呼聲在每個出走的新聞工作者身上反響（echo）。

「這真的是這個國家的悲劇。」克里切夫斯卡婭感嘆：正往最糟的方向改變。她也清醒地說，儘管現在所有流離在外的俄羅斯新聞工作者都在重建自己媒體，但卻無可能重建媒體機構的商業模式。他們遭遇的挑戰如下：

如何在海外以記者身分生存？

如何向俄羅斯境內的人民傳遞訊息？

如何避免封鎖？

如何取得俄羅斯境內的資訊？如何拍攝記錄？又如何從那裡取回報導？

這些都是問題。即使如此，雨電視仍透過取得歐盟執照的方式，重新再起，且自二〇二二年七月十八日起新聞復播，而俄羅斯觀眾僅能透過 YouTube 收看到這個頻道的新聞。

「只要 YouTube 不被封鎖，每天就會有百萬觀眾收看我們的報導，但我們不知道這可以持續多久。」克里切夫斯卡婭留給了我們一個悲觀的問號：「未來，我們的明天，是未可知的。」

【原標題〈F@ck This Job（下）普丁在看你……一位俄國記者見證的新聞時代〉，2022/10/06 阿潑】

4 走在鋼索上的流亡媒體

#俄羅斯 #拉脫維亞

戰爭發生時，新聞人若反過來站在戰爭發動者的立場省思，檢視那些被迫上戰場的士兵們的處境，這在戰爭的道德層次上，是否該被質疑，甚至要被懲處？在這類爭議新聞中，媒體是否真能客觀中立，不帶立場？

在二〇二二年春天被迫流亡的俄羅斯獨立媒體工作者便因前述問題，在凜冬到來之際，遭冰寒凍擊。

二〇一〇年成立的雨電視是俄羅斯境內唯一一家獨立電視台，在經歷普丁政權的審查、威脅與鎮壓下，仍勉力生存，直至二〇二二年因俄羅斯向烏克蘭宣戰，當局於三月發布全新刑法——所有俄羅斯人只要發布「與俄國國防部不一致的『特殊軍事行動』資訊」，最高可判處十五年有期徒刑——令這些獨立記者逃離自己的國家。但雨電視也於同年六月在拉脫維亞取得廣播電視執照，異地而起，並持續以 YouTube 為平台，為俄羅斯閱聽眾報導真相，反擊克里姆林宮的政治宣傳謊言。

拉脫維亞在俄烏戰爭後儼然成為自由派與俄羅斯獨立媒體的寄居地，然開台不過半年時間，雨電視就又面臨關台的挫折——拉脫維亞國家電子媒體委員會（NEPLP）於二〇二二年十二月六日宣布：出於對國家安全和公共秩序威脅的考量，決定吊銷雨電視的廣播電視許可證。主席伊瓦爾斯・阿博林斯（Ivars Abolins）對外表示，在評估其違規行為的整體情況後，NEPLP確認雨電視的領導層既不了解也未意識到其違規行為的重要性與嚴重性，因此「無法允許雨電視在拉脫維亞領土上營運。」

該決定於十二月八日晚上生效，雨電視台在這之後即無法在拉脫維亞播出——除了電視頻道外，NEPLP甚至要求 YouTube 對雨電視進行地區性封鎖，意指拉脫維亞境內的觀眾將無法看到該頻道內容。

曾受莫斯科侵略，成為蘇聯一部分的拉脫維亞，一九九一年獨立後因依傍在俄羅斯旁邊，生存權不斷受到好鬥的大國挑戰，又因住有大量俄語民族而時常受到克里姆林宮的政治輿論與假消息操縱；因此，對俄羅斯很警覺。對拉脫維亞當局而言，允許俄羅斯媒體在該國重建已很大方，亦是展現自由民主開放的態度，但雨電視台卻「軟土深掘」、踩進雷區。

雨電視的「冒犯」包含：該頻道是以俄羅斯語播放，且未附上國家語言（拉脫維亞語）的音軌；此外，在其節目所使用的地圖中，將克里米亞視為俄羅斯領土的一部分；而提到俄羅斯軍隊時，則以「我們的軍隊」指稱。後兩者已被當地的媒體監管機關處以一萬歐元（當時約新臺幣三十二萬）的罰鍰。

雨電視台不斷誤觸地雷，直至拉脫維亞「爆炸」、決定調查的引火線，則是二〇二二年十二月一日播出的晚間節目《此時此地》（Here and Now），主持人阿列克謝．科羅斯捷列夫（Aleksey Korostelev）在節目中向觀眾提出呼籲如下：

如果你有關於軍事動員進展的訊息或證據、那些被動員的人在前線做什麼、他們如何到達那裡，並且如果你想告訴我們關於俄羅斯軍隊的問題，請發訊息到 army@tvrain.ru 或寫信到我們的 Telegram Bot，我們會盡可能回答每一個人。許多發給我們或到 Telegram Bot 的故事現在都是公開的。我們希望能夠幫助許多服役人員，例如前線的裝備和基本設施，因為這些公開的故事和他們（服役人員）親屬講述的故事，老實說，是可怕的。

拉脫維亞國家安全局（VDD）旋即於隔日發表聲明，懷疑雨電視向俄羅斯占領軍提供援助，並依據國際法與刑法提出警告。國安局甚至進一步向政府高層提出針對俄羅斯獨立媒體所作的風險警告，像是「情報風險」：不能排除長期在侵略國活動的媒體或記者與俄羅斯國安情報部門有所聯繫，且俄羅斯國安情報部門也會對拉脫維亞移民運營的媒體產生興趣；另外還有「訊息空間安全風險」——即俄羅斯多年以來就其國家利益所進行的針對性、系統性的輿論操作。因此，拉脫維亞國安機關認為這些獨立媒體可能存在針對拉脫維亞在內的西方國家的錯誤敘事。

國安局的「激烈反應」不是唯一，烏克蘭與拉脫維亞的媒體評論者也紛紛跳出來指責雨電視，撤銷該台許可證的風聲也隨之傳出。主持人阿列克謝・科羅斯捷列夫因此立即被雨電視開除——他接受了這個決定，並為自己的評論道歉，但也主張自己的話被斷章取義了。最終，NEPLP於十二月六日宣布吊銷雨電視的廣播電視許可證，並於十二月八日晚生效。

雨電視在YouTube上擁有三百七十一萬訂戶，每個月約有十八萬到兩千兩百萬人觀看，其中有八成來自俄羅斯境內。此外，雨電視還在其他五個俄語人口數眾多的國家設有有線電視頻道，而觀眾最有共鳴的話題是普丁在九月決定徵用三十萬名俄羅斯士兵，來彌補他在烏克蘭戰爭上的損失——過往受國營電視台播放內容影響，人們對這場戰爭若非視而不見，就是輕描淡寫，但徵兵這個決策逼使數百萬俄羅斯民眾必須直面戰爭的現實，他們認清國營電視台的謊言與沉默，於是轉而收看雨電視，以了解前線發生什麼事，而他們又會面對什麼。自九月起，雨電視的觀眾數增長了五倍。

曾以雨電視經歷為題製作紀錄片《來幹電視台》的共同創辦人薇拉．克里切夫斯卡婭表示，透過這類報導，雨電視可以在原有的自由派支持者基礎上，招喚到不關心政治的一般俄羅斯人。該頻道集中精力報導違規徵兵案件與被徵招士兵的不人道生活條件。而這類報導讓這些媒體工作者認為自己可以為「終止戰爭」這個目標做出貢獻。

因此，薇拉．克里切夫斯卡婭也忍不住在社群網站上提出抨擊：雨電視遭到拉脫維亞政府撤照，無疑是二〇二二年二月二十四日普丁發動戰爭以來，獲得的首次重大勝利。而這正是拉脫維亞所促成的。

《紐約時報》記者阿納托利．庫馬納耶夫（Anatoly Kurmanaev）則在報導中指出：此爭議暴露了俄羅斯政治流亡者如何嘗試在他們國家引發的衝突中找到自己的角色。對拉脫維亞這類曾被俄羅斯控制、仍帶著蘇聯統治痛苦的國家而言，在這場戰爭中對烏克蘭的支持部分源於對俄羅斯侵略的恐懼，以及對該國境內俄羅斯民族的懷疑，雨電視的「犯規」，其實是在這種背景下被放大了。

「烏克蘭人無疑是這場戰爭的主要受害者，但俄羅斯人的苦難也很重要。」已被雨電視開除的阿列克謝·科羅斯捷列夫認為自己的呼籲僅是要收集當局的不當行為，並透過這些個案來幫助被徵招入伍的俄羅斯青年，他未曾替他們徵用物資，「如果他們在這場戰爭中死亡，他們也是受害者。」

接受《紐約時報》採訪時，阿列克謝·科羅斯捷列夫承認這個立場會在戰爭上出現模糊性：即使對俄羅斯徵招入伍士兵採道義上的支持，但他們在占領區內進行非法戰爭，就代表其間接導致烏克蘭人死亡。

阿列克謝·科羅斯捷列夫遭解職，不僅無法替這個危機止血，還有三名雨電視記者為了聲援他而離職。雨電視損失慘重。但這些記者認為，將所有俄羅斯公民描繪成侵略者，只會使反對普丁政權的自由派更被邊緣化，從而鞏固普丁統治的強度。

不過，在長期反俄的波羅的海國家的認知裡，其境內的俄羅斯民族主要是支持克里姆林宮主張的，且自戰爭以來，因為俄羅斯流亡者增多，「俄羅斯的聲音」更為響亮，隊伍更形壯大，對他們的威脅益升，與此同時，對俄羅斯人的恐懼與汙名亦烈。儘管拉脫維亞境內的俄羅斯記者屢屢提醒：對任何民族團體的汙名化，都違背了歐盟的基本價值觀，並考驗歐盟支持俄羅斯人逃離政治迫害的承諾。但，反俄羅斯的國家與俄羅斯人之間的嫌隙與鴻溝始終頑強存在。

雨電視是一個很好的攻擊目標，因為他們在俄羅斯境內擁有眾多的觀眾，觀眾看這個頻道是為了避開國營電視台的洗腦，但雨電視在俄羅斯受歡迎便表示要在「完全反對俄烏戰爭」和「吸引普通俄羅斯觀眾」之間，走一條困難且容易失去平衡的鋼索。

「雨電視台在拉脫維亞的情況，反映當今自由派俄羅斯移民的艱難處境：沒有辦法找到歐洲及烏克蘭的共同感知，且又不會對俄羅斯觀眾產生疏離的正確訊息。這可能是一件不可能的任務。」俄羅斯政治學家瑪麗亞．斯內戈瓦亞（Maria Sonegovaya）在臉書上寫道：

> 在戰爭中你必須下定決心，有些人站在受害者這邊，有些人直接或間接站在侵略者那邊，沒有中間立場。從某個意義來看，這是俄羅斯自由派的悲劇，他們現在被夾在一個錘子和邪惡之間，不論西方或俄羅斯，沒有人需要他們。

雨電視遭撤照的事件，於俄羅斯與波羅的海地區社群網站「炎上」，有些拉脫維亞民眾認為在別人的國家違規，本來就要受到懲罰，但也有拉脫維亞新聞工作者感到不安，認為祭出這個處罰破壞他們一直努力的民主價值，烏克蘭人則感到興奮，因為雨電視的態度一直是帝國主義的表現——例如他們不反對併吞克里米亞。

而俄羅斯知識分子則是對拉脫維亞對媒體控制的程度竟然高於俄羅斯感到驚訝——儘管普丁厭惡雨電視，但也不會封鎖他們網路播放的渠道，拉脫維亞卻向 YouTube 提出封鎖請求。俄羅斯媒體工作者對此很是憂心，這代表他們處於一個脆弱的境地，其生存必須依靠接待他們的國家的善意，而他們也有自我審查的擔心。

克里姆林宮則對於雨電視這個「外國代理人」在拉脫維亞遭到撤照開懷，「這是俄羅斯在烏克蘭戰爭中取得的巨大宣傳勝利，他極大程度破壞了西方反擊俄羅斯敘事的企圖。」

克里姆林宮發言人德米特里．佩斯科夫（Dmitry Peskov）忍不住嘲諷：「人們總是認為他們在其他地方比在自己家過得更好更自由，這（雨電視）是一個明顯的例子，顯示這些幻想都是錯誤的。」

一個致力於反擊俄羅斯政治宣傳的媒體在受訪時表示，雨電視是一種「資產」，他們大部分報導都是批判普丁政權和他所發動的戰爭，他們有大批追隨者，「推開他們意味著推開你迫切要說服的群眾，那些你要他們知道普丁在烏克蘭所做的事是犯罪的觀眾，破壞雨電視運營就是毀掉你自己。」

無國界記者組織（RSF）也提出聲明，認為該媒體被指控的問題可受公評，但拉脫維亞此舉無異是對新聞自由的嚴重打擊。

NEPLP主席伊瓦爾斯・阿博林斯（Ivars Abolins）在十二月六日當天於推特發布撤照消息後，立刻被轉傳，但也遭到批評。許多網友挖出他過往肯定普丁並批評烏克蘭的言論，認為他意識形態有問題，阿博林斯承認自己過去說過這些言論，並表示道歉，但如今他不再持有這樣的觀點，也不代表他現在的立場。

然而，還有個「抹黑」的消息也同時在媒體與社群網站盛傳：撤照應該舉辦聽證會，而雨電視撤照案之所以未舉辦公聽會的原因，是該團隊沒有準備拉脫維亞語翻譯，導致聽證會取消。拉脫維亞當局藉此傳遞雨電視台的「俄羅斯中心主義」與狂妄形象，但這個說法旋即在社群網站中澄清：創辦人並未收到聽證會的邀請，根本沒有召開聽證會。

雨電視成立十二年來波折連連，此刻更是危急存亡之時，幾乎破產、無家可回且罹患癌症的創辦人辛迪耶娃又遇到了個坎，但她只能繼續下去。在撤照已成事實後，她仍透過社群軟體的直

播，表示解僱阿列克謝・科羅斯捷列夫是在那種情況下所做的「最糟糕的事」，並哭著懇求他與另外三名辭職的記者能夠歸隊。＊

【原標題〈我是俄媒我有罪？獨立媒體「雨電視」遭拉脫維亞撤照〉，2022/12/14 阿潑】

＊二〇二三年一月，雨電視台在荷蘭阿姆斯特丹重新開台。

5 Be Water

#烏克蘭 #阿富汗

戰爭的格局正變化。俄羅斯軍隊正集結。

烏克蘭城鎮被解放。

無辜者死亡。人性墜入深淵。

我出於健康原因已經離開烏克蘭。

感謝與我分享世界的人們，我對於突然離開感到內疚。

我確實希望不再因為戰爭原因而回歸。

最後，請支持仍在現場的記者。

——二〇二二年三月三十日

這是《洛杉磯時報》（Los Angeles Times）駐外攝影記者馬庫斯・任（Marcus Yam）離開烏克蘭前記錄的一段話。他在俄羅斯入侵烏克蘭的前三天，即二〇二二年二月二十一日就已抵達烏克蘭首都基輔。後來一個多月裡，他的鏡頭不僅記錄下戰爭前的寧靜，也包括開打後被夷為平地的城市、前線軍人的作戰、人民的悲傷與憤怒、街道上的屍體碎片。

從戰區暫時撤退和休息的日子裡，該年三十八歲的馬庫斯於二〇二一年八月在阿富汗拍攝美國撤軍的一系列照片拿下隔年（二〇二二）普立茲「突發攝影新聞獎」。這個獎項對於所有新聞工作者是至高榮耀，而出生於馬來西亞的馬庫斯也是該國第一位拿下普立茲攝影獎的人。他對這一切心懷感激，但似乎也不知如何回應來自各方的稱讚，「僅僅因為做好自己的工作而被表揚，感覺有些奇怪。」他露出淺淺的笑容，「它（獎項）現在只是歷史的一部分，要繼續前進。」

所以，他很快又背起行囊與器材再次回到烏克蘭。烏克蘭戰火依舊猛烈，戰線轉移到了東部的頓巴斯地區。五月二十八日，他花了大約一天半的時間，從美國到阿姆斯特丹再到波蘭，終於抵達基輔。

前往基輔的一路上，他想了很多事情，但大多都跟眼前的工作任務有關，「我因為工作，所以總在路上，我的意思是，我幾乎住在路上和行李箱裡。或者我也活在未來，我在想烏克蘭後的下一次計畫是什麼？我要去哪裡找故事？我需要飛到那裡嗎？我需要簽證才能到那裡嗎？」思緒漫遊一圈後，他會回到現實，「我買機票了嗎？我會先到哪一個機場？我已經訂好我的飯店了嗎？」

馬庫斯笑稱，他就是自己的「旅行社」，包辦大小的行程規劃。在他的描述裡，攝影師的本質也像旅行家，透過鏡頭，引領每天固定九點工作的上班族、想要跳脫同溫層的讀者等來認識與了解世界。

「人們很少會參與，如果他們並沒有『看到』真正發生了什麼事。我認為作為一名攝影記者，我們的角色是為讀者提供視覺上的報導……讓讀者身歷其境。」

如果時光倒流，問問年輕的馬庫斯：有沒有想過未來要當攝影記者？他會反問你：「你嗑藥嗎？你瘋了嗎？」

★

馬庫斯從沒想過自己會從事攝影工作。畢業於航空工程科系的他，最初的想法是當工程師，未來買一艘船出海釣魚。然而，當《布法羅新聞報》（*The Buffalo News*）的攝影編輯認為他有天賦，告訴他應該要把「新聞攝影」視為一種職業，邀請他加入實習時，馬庫斯一笑置之。但編輯最終成功說服了他。

「在你人生這個階段，有什麼好失去的？為什麼不試試這個實習機會呢？如果你不喜歡，可以回到你原本的生活。」

因為被編輯一句「沒什麼好失去」說服，馬庫斯選擇加入實習。結果是，他沒有買船釣魚，反而帶上攝影機穿梭在各個新聞熱點的最前線，從此將新聞攝影視為餘生要做的事。回想起來，馬庫斯自覺非常幸運：「有時我會這樣看，我認為人在本質上，如果使用類比，我們所有人就像在太空中漂浮的岩石，對吧？如果其中一個人移動了一塊岩石，你不會知道這一塊石頭最終的去向，它可能在黑暗中度過餘生，或者它可能加速移動，劃為一道流星。而這位編輯所做的只是：輕輕地推了一塊小石頭，然後放開它，看著它劃為一道流星。」

成為一名攝影記者後，馬庫斯的足跡從美國到中東，再到烏克蘭前線。他拍攝過二〇一四年華盛頓州土石流事件和二〇一五年聖貝納迪諾（San Bernardino）槍擊案，這兩個新聞作品也讓他和團隊兩度獲得「普立茲突發新聞獎」；他也飛到中東地區，到加薩（Gaza）地帶記錄當地的激烈衝突與當地人的無奈日常，也曾三度到阿富汗實體採訪。

過去豐富的採訪經驗和新聞直覺，讓他在二〇二一年八月前往阿富汗，拍下一系列首都喀布爾淪陷前震撼、無奈和心碎的畫面。他一直在阿富汗待到十月三日離開，將兩個月的觀察與經歷化為文字與照片，以〈一位記者在阿富汗陷落中的日記〉發布在《洛杉磯時報》。

馬庫斯於八月十四日抵達喀布爾時，塔利班已經以勢如破竹的氣勢攻下距離喀布爾只有一百三十公里的要衝城市加茲尼，且控制全國第二和第三大城。英美西方國家也在二十四小時內緊急撤離大使，喀布爾淪陷在即。馬庫斯記錄下那時候被恐懼籠罩的首都：

八月十五日：混亂席捲喀布爾。Massoud 放棄了我（馬庫斯找好的當地司機），他很害怕，需要和家人待在一起……塔利班已經朝首都前進……美國訓練和資助的政府軍正在撤退。一位名為 Shakila Sarwari 的女士告訴我，「今天將是我們生命的盡頭。」我也被困住了，其他為西方媒體工作的記者也開始撤退，其中一位記者告訴我應該要離開。

不過，馬庫斯沒有離開，他說：「我想知道會發生什麼事」。當時，喀布爾的手機訊號塔已被中斷，他買好的手機SIM卡不能使用，只能依靠陌生人的網路讓他短暫和公司聯繫。後來短短的兩個星期內，塔利班攻進喀布爾，美軍在八月三十一日全數撤離。

馬庫斯還是沒有離開，他繼續留下見證塔利班政權治下的喀布爾日常——失業擺地攤的人民、惶恐堅毅的女性以及零星的示威等，過程並不完全順遂平安。

九月八日：塔利班全面掌權。阿富汗經濟陷入困境，西方的援助正消失，抗議活動也漸增。塔利班建立了一個全男性政府，他們的本能比公關技巧更強。女性和其他示威者舉行公民權利集會，我們前去卡迪塞區和卡拉區（喀布爾西部）報導，其中一名武裝分子不想要有媒體報導，而動手打我，是另一名戰士意識到我是外國人，才阻止了他。

但其實在兩個星期前的八月十九日，馬庫斯才剛被一名塔利班戰士粗暴地打倒在地。他當時在拍攝一場抗議集會，卻被一名魁梧的塔利班戰士揮拳擊中，眼鏡瞬間從臉上飛走。他看著對方緊握著衝鋒槍，強烈恐懼襲來，於是舉起雙手不斷告訴對方：「請不要傷害我們，我們是記者，我們是外國人。我們是媒體，我們被允許工作。」

在那一刻，三一三巴德里旅（313 Badri）塔利班特種部隊成員出現，驅逐了廣場上剩餘的示威者。他們從我們身邊走過，塔利班戰士依然站在我們面前，我不得不與身體的每一個本能鬥爭，（告訴自己）不要舉起相機拍照。

幸好，一位可以用英文溝通的塔利班成員出現。他一開始堅持要馬庫斯刪除剛剛拍攝到的示威畫面，但後來態度轉變，開始詢問馬庫斯感覺如何，是否要去醫院等。得知馬庫斯的工作機構後，這名塔利班成員的表情出現變化，他隨即道歉，不僅送上美軍撤離前最愛喝的當地飲料，更以一種「什麼事都沒發生過」的口吻詢問：「拜託，你能告訴我是誰打你的嗎？我們會抓住他，懲罰他。」

這段超現實的體驗讓馬庫斯難以置信。但他知道，外國記者的遭遇難以和當地記者相提並論，後者難逃被逮捕，甚至被酷刑對待的命運。

也是在九月八日，阿富汗當地媒體《Etilaat Roz》的兩名記者因為採訪喀布爾的婦女示威活動，遭塔利班戰士逮捕拘留，兩人被踢、被毆打、被鞭打，背部與大腿呈大片瘀青和血痕。馬庫斯在那一天晚上和他們見面，兩名記者脫下衣服，向馬庫斯展現身上的傷痕。馬庫斯在他的阿富汗日記裡如此回憶：「他們的背部仍呈紅色與藍色，且還是外露的（傷痕），彷彿憤怒的地圖已經刻畫在他們身上，他們明白我為何會在那裡；無論對他們來說有多麼危險，他們都知道這一刻意味著什麼。」

馬庫斯當時將兩名記者遭酷刑對待的故事上傳到 Twitter 公諸於世，更附上標籤，強調「#新聞不是犯罪」。

在阿富汗的近兩個月內，馬庫斯所記錄的不僅是喀布爾的淪陷，更將鏡頭聚焦在整座城市中，每一個阿富汗人民的故事——他們的個人故事、他們的日常掙扎、他們的情緒感受。這當中，有無法復職的二十七歲前女警、被酷刑虐待的三十四歲學者、被美國無人機炸死的三十二歲受難者家屬。對他而言，當初繼續留在阿富汗報導，不僅僅是「想知道發生什麼事」，也是為了貫徹他一開始對新聞攝影的看法：透過鏡頭，讓讀者身歷其境。

問他如何選擇「故事現場」？為何會選擇到阿富汗以及烏克蘭拍攝？他的回答除了是新聞工作者、「為讀者服務」的標準答案之外，還有「人」。

他解釋，「我在乎人的故事……新聞的目標是培養理解和同理心，所以透過將遠方的人與某一位坐在家裡沙發讀新聞的人連結起來，當人們可以就人性（humanity）達成共識時，至少他們就不會覺得在喀布爾的人與他們有何不同。我們都一樣。」

★

二〇二二年五月，越洋採訪馬庫斯的那一天，他剛抵達基輔。根據他的觀察，基輔大致恢復日常，人們已經在街上往來行走，商店如水果店、服裝店、餐廳和商場等也已經恢復營業。馬庫斯描述一切就像回到二〇一九年，大家沒有戴口罩地聚集在街上。

他一天行程大致是早上八點出門，開始找故事和拍攝。要怎麼找故事？他認為，故事無所不在，關鍵在於如何留心周遭的人事物，傾聽別人怎麼說，「因為有些人會告訴你很棒的故事，然後你就會意識到：啊！我們應該為你做一則故事！」他回憶當初在基輔郊區伊爾平時，一座發射塔被轟炸，當時沒有交通工具的他只能伸出拇指，看看有沒有機會搭上便車。結果，他真的順利搭上便車，車上的人正是一群要衝進發射塔裡救人的志工，「他們冒著生命危險，幫助受困的人離開城市。」

「有時候你可以找到故事，只是因為你把自己放在要尋找故事的位置上。」

四月下旬，俄軍在難以攻下基輔的情況下，將戰線轉移到頓巴斯地區。因此，馬庫斯也跟著戰事走向，前往戰況激烈的東部城市大諾沃西爾卡（位於頓涅茨克州）報導，繼續聚焦在戰火下的人物故事：

第一〇一天（六月四日）：俄軍在幾公里之外，士兵們保持警惕，當地人出現呼吸新鮮空氣。一百天的恐懼，Valentyna 擁抱 Nina。「我們照樣生活。」Natalia 在防空洞安撫 Yaroslav。「精神上真的很難受。」Nadia 試圖存下更多的蠟燭，更多黑暗的日子即將到來。

六月五日，俄羅斯再度空襲基輔，建築物冒出滾滾濃煙，這也是四月下旬以來，俄羅斯第一次空襲基輔，基輔兩個月短暫的平靜再度被劃破。戰爭之無常在於難以預料，沒人能知道戰事最終走向，也沒人能確保自己在戰事下可以平安無事。

所以，要如何確保自己的人身安全？

「是好問題，我該如何確保？」他自問自答，「在這些地方，沒有真正的辦法可以百分之百保證你的人身安全。如果有人告訴你絕對安全，這是在騙你。」他坦言他會聚焦的唯一問題是：活著和受傷有區別嗎？我可以活著是因為幸運嗎？

「如果你活著是因為幸運，那就太危險了。你知道我的意思嗎？人們可以說：哦，我要到街上，如果我幸運的話，我會沒事，我也會活著。但如果你必須依靠『運氣』活著，那就太危險了。因此，我能做的就是必須確定：我活著，不僅僅是靠運氣。」

俄烏戰爭開打一百天內，至少有八位記者喪命。儘管記者受傷、甚至死亡的消息令人難過，但馬庫斯告訴自己不能因此失去方向，也不能因此停止工作。當他的記者朋友在工作中喪生，他會以「盒子」作為調適方式：「你把它裝進一個盒子，然後把它收在腦海中的架子裡。這不是把它藏起來，而是你可以看到它就在那裡，你稍後再回來處理它。」

馬庫斯引用李小龍的話，要讓自己「Be Water」。他認為，自己已經變得善於接受他不能控制生活的事實，尤其在戰區，他必須時時刻刻接受發生的事，並且想辦法解決。

然而在冷靜與淡然之外，他也有難以按下快門的時刻。但按照他的說法，這很少發生，因為每當遇到讓自己不舒服的事，他已經能反射性地舉起相機，躲在觀景窗後拍攝。

「在烏克蘭的一條高速公路上，我看到烏軍和俄軍之間戰鬥後的畫面。我親眼目睹了一輛掃射的坦克車，可以如何摧毀一輛車和一個人。我在車附近徘徊，到處都能發現屍塊。某個時刻，我發現了一顆完整的心臟，一顆人類的心臟。我反射性地將相機放在我的臉上，這除了可以更好地處理眼前的場景之外，透過相機觀景窗看到它，比起在現實中看到它要容易得多了。」

★

這幾年走過各大小的衝突現場，但讓馬庫斯最難忘的一件事不是在熱度最高的阿富汗和烏克蘭，而是發生在二〇一六年的「厄斯金大火」（Erskine Fire）。

這場大火是當時加州歷史上破壞性最強的火災之一。身處在現場的馬庫斯，那時正拍攝被野火包圍的一個家屋。這個家屋的主人以為馬庫斯只是其中一名志工，後來看到馬庫斯拍攝的照片後深受感動。後來，這名主人將掛在家門前外、被火燻得燒出黑洞的美國國旗，送給馬庫斯留作紀念，還附上一封「一輩子都不會讓他忘記」的信：

親愛的馬庫斯．任，

Dear Marcus Yam,

當你拍下我家的照片時，我站在離你幾英尺的地方。

I stood a few feet from you when you took this picture of my home.

我心想「另一個趁火打劫的人，煽動人們的苦難。」

I thought to myself "another vulture, sensationalizing people's misery"

但在看到這張照片以及你的作品後，我錯了。

After seeing this photograph and looking at your portfolio, I was wrong.

你描繪了人類的情感，沒有任何的捏造與美化。

You portray human emotion without all the makeup and glamour.

我尊重你。

You have my respect.

我的家經受住了那一夜的考驗，美國國旗依舊飄揚。

My home withstood the test that night and Old Glory still waves.

今天我把那面破爛的國旗換成了閃亮的新旗。

Today I replaced that tattered flag with a new and shiny one.

我希望你替我照看這一面舊國旗。

I would like you to take care of the old flag for me.

真誠地，Darl Snyder

Sincerely Darl Snyder

這個回應對於作為攝影記者的馬庫斯而言，極有意義，他將那面國旗掛在《洛杉磯時報》攝影部門的外牆上。「我們擁有世界上最好的工作。如果你可以感動一個人，你已經做了很多，基本上已經完成了作為記者的目標。」他表示那面國旗時刻提醒著他，可以從事這一份工作有多麼幸運。

正因如此，他表示自己會一直在攝影和工作的路上，持續將眼前的故事帶給全世界，除此之外就無法再想那麼多了。因此，只要烏俄戰事持續，馬庫斯也會持續記錄：

第一〇二天（六月五日）：利斯坎斯科（位於北頓涅茨克區）的一所學校著火。戰鬥機在上空咆哮，然後爆炸。看到從北頓涅茨克升起的煙霧。機槍的火力在路上發出嘎嘎聲。男人們喊著指令的聲音回響著。Olena 抽泣，「我不能再這樣生活了。沒有人知道這何時會結束。」

【原標題〈鏡頭前的「戰地共鳴」：專訪普立茲攝影獎得主 Marcus Yam〉，2022/06/09 周慧儀】

6 他們對誰都會開火

#巴勒斯坦

接駁主路的大街沙塵滾滾，我嚥下口水，急步尾隨另一名的記者，想到剛才巷戰的槍聲只是一街之隔，現能夠安全走出迂迴的小巷子，離開以軍與巴勒斯坦伊斯蘭聖戰組織（PIJ）武裝成員交火重心的難民營，雖然身上的防彈背心依舊厚重，但一直繃緊的神經終於逐漸放鬆。

沿路向巴勒斯坦北部城市傑寧（Jenin）中心方向前進，未見以軍的裝甲車或是武裝分子，也沒有早前騷動、投石的民眾。就這樣，我們一行五名記者，兩名巴勒斯坦記者、一名義大利「天空電視台」的記者與一名紐西蘭記者，戰戰兢兢地向前走。雖然眾人防彈背心上印有醒目的「Press」字眼，又戴上頭盔，但難民營內雙方交火，各有隱藏著的狙擊手；難民營外以軍與示威者對峙，不時用催淚彈驅散，難以預料的各種危險狀況，「不要過分緊張慌了步速，一切維持正常便可。」我心裡緊記著剛才記者的話。

來到路口，街上仍異常安靜，兩位巴勒斯坦記者自薦先走在前面，我們三人隨後緊貼，踏步越過橫街，走了一步、兩步，過了一半，我瞄了一眼右邊的巷子，發現距離約兩百公尺，有一輛裝甲車在戒備，瞬間在數公尺距離發出砰砰砰砰的清脆聲響，身體來不及反應，周邊的人開始狂奔，我雙腳也不自主地向前跑，轉角有空地便找位置掩護，大口大口地喘著氣。

混亂間有人在喊我的名字，我抬頭，剛在一旁的紐西蘭記者早跑到斜坡上，突然不知道哪來的人群再一次叫囂，我回頭看，數輛裝甲車駛過，塵土飛揚下仍清晰看到揚著藍白色以色列國旗。不遠處大路上的記者群，他們楞著看我們，眼神變得不一樣，就像已洞悉發生的經過。我脫口說：「以軍向我們開槍。」

★

無國界記者組織公布二〇二四年世界新聞自由指數，整體而言巴勒斯坦在一百八十個國家內排名第一五七名，較二〇二三年的第一五六名下跌，但在記者的安全指數則排倒數第五位。無國界記者在報告中又提到，自以哈戰爭以來，以色列已經多次違反聯合國安理會第二二二二號決議，包括做出在武裝衝突中侵害記者、媒體專業人員和有關人員的行為。報告指出自二〇二三年十月以哈戰爭爆發，超過百名巴勒斯坦記者被以軍殺害，當中有二十二名被害時正在執行職務，但是國際社會缺乏政治決心去保障記者。

或許一切來得太突然，身體仍在繃緊狀態，未能思索剛發生的事，到我來到醫院內的大堂，坐著的紐西蘭記者不發一言，門外仍隱約響起零星槍聲。看到他一臉慘白，眼神落在腳前，視線卻彷彿看穿地板，腦海閃過念頭，或許剛剛落在數公尺距離的，未必是平常用來驅散人群的橡膠子彈。

不管是實彈或是橡膠彈，按我的觀察，當時四周也沒有其他人，只有我們五名記者在橫過路口，又並非向以軍裝甲車方向前進，為何在清楚標明是「記者」，眾人手上只有相機，大大方方地經過路口的情況下，以軍仍毫無預警下向我們近距離開槍？

是以軍發現其他疑似持械的人經過？是我們令他們誤會我們有攻擊性？後來，一位資深的戰地記者跟我說，「他們應是瞄著地下恐嚇你們，假如他們要殺你的話，按以軍的訓練，是不會瞄不準的。」當然，上述的經歷還是有其他可能性，例如實際上是武裝成員向我們開槍……但鑑於我們當時未有攝錄事發經過，現在亦無從稽考。

然而，類似情況非首次，早前同行記者們在大街經過以軍裝甲車，發現後窗打開，兩枝槍管鬼祟地對準窗外的記者。在採訪衝突、戰事時，胸口上貼著記者的字樣，彷彿就是國際間認可，記者只是記錄，並非參與任何一方，甚至聯合國也確認在武裝衝突中，衝突雙方亦應確實保障記者人身安全。

就算並非記者身分，各國執法部門使用槍械受到嚴格的監管，如在香港二〇一九年的反送中示威，警方多次使用催淚彈、橡膠子彈、布袋彈等，時任保安局局長李家超（現任香港特首）回應立法會議員時提到，「警務人員在使用槍械前，會在情況許可下盡量向對方發出口頭警告，並在可行範圍內，讓對方有機會服從警方命令，然後才使用槍械。」臺灣亦有列明用槍時機，法國警方也有著嚴格的管制，例如須給予過兩次警告、且非不得已的情況下才能使用。

雖然現時以色列軍方現行的「開火條例」（open-fire policy）表明，除非士兵生命、身體受威脅，才可以對目標開槍，且在使用實彈前，必須先警告，對空鳴槍示警，目標未有停止行為，才可以在完全無影響旁人的可能性下，射其大腿作出拘捕，但根據以色列在占領地區的人權資訊中心指出，很多時候以軍在實際情況無視指引，或是長官給予相反的指令，或對「生命身體受威脅」有差強人意的自行定義等等。

早在二〇一八年，六個人權組織要求以色列最高法院頒布，以兵向未持械的平民開火即屬違法，但終審法院拒批，並偏頗以軍，認為當時的示威背景是與哈瑪斯在加薩的長期武裝衝突有關，而基於事件定性為持械衝突，應採取武器使用條例。後來，有批評認為該次裁決，造就藉口為軍方日後開脫，用槍行為更加肆無忌憚。

★

「你現在便明白巴勒斯坦人每天在經歷什麼……」戴著藍色頭巾的巴勒斯坦記者莎塔．哈奈沙（Shatha Hanaysha）緩緩走向我。兩年前，她也曾在這地與死亡擦身而過。

砰砰砰砰砰砰，六發子彈聲響徹清晨，圍觀的零星數人向後四散，五十一歲的半島電視台女記者希琳．阿布．阿克勒（Shireen Abu Akleh）倒地，同行的莎塔馬上蹲下，用路旁的樹幹作掩護，她一臉不知所措，一手抓緊自己的頭盔，一手嘗試伸向與自己半公尺距離的希琳，子彈繼續落在地上，但地上的希琳已毫無動靜，後來她被送往當地醫院，不久後傷重不治。

兩年過去，對莎塔來說二〇二二年五月十一日的事件記憶猶新，「就算至今，我仍然無法去形容當刻的情緒。首先，我仍無法相信她當時已傷亡，我還等著她站起來去繼續她的工作，而每當我嘗試去伸手扶她時，便會有子彈射向我的方向。那時刻，你是無法去形容，對我而言是震驚，對我的同事也是。」

綜合不同的媒體報導與影片，當時希琳與莎塔穿著標示記者的防彈背心與頭盔，在早上六時半左右，站在市內巴勒斯坦難民營外，採訪有關以色列軍隊突襲難民營。不少目擊者與國際組織均指以軍有意圖殺害希琳，因為事發時，證據指出附近並無武裝分子，而在他們所在的小巷數百公尺內便有一輛以軍的武裝車輛。

以軍一開始不承認責任，反斥有可能是當地武裝分子與以軍駁火間錯殺記者。至後來二〇二二年九月時以軍改口表示，事發時以軍正向巴勒斯坦槍手開火，有很大可能「認誤目標」，意外射殺希琳，並在二〇二三年五月，希琳過世後一週年，以軍才就事件道歉，但從未展開紀律處分。希琳所屬的半島電視台已向海牙的國際刑事法院立案，但法院還未有行動。

聯合國在二〇二三年十月一份報告評估指出，以軍說子彈由另一方發射的指控沒有根據，總結有理由相信以軍在國際人權法下，沒有理由地使用致命武力，又有意圖或魯莽地侵犯希琳的生存權利。報告提醒，根據《日內瓦公約》，意圖殺害受保護的人是犯下戰爭罪，呼籲以色列配合美國調查。

由於希琳是美籍巴勒斯坦人，美國的聯邦調查局（ＦＢＩ）正就事件進行調查，但保護記者委員會在五月十日發表聲明，斥責調查過了十八個月，事件至今仍未有人負上責任，又指出以軍並不合作，拒讓士兵接受盤問，敦促聯邦調查局應公布調查結案時間表。

事實上，自希琳逝世後，美國政府多次要求以軍改革「開火條例」，諸如加入向嫌犯大聲喝令停止、對空鳴槍、在士兵人身安全受威脅才使用致命武力等要求，但未獲以色列接受。

「對我而言，這是黑暗的一天，眼看著你從兒時一直崇拜的前輩，你心中的模範記者，你夢想能成為她這樣的一名女記者，在你眼前倒下身亡，而你無力幫助她。對我來說是十分痛苦。」莎塔憶說。希琳在巴勒斯坦是位家喻戶曉的知名中東記者，出生於耶路撒冷的一個基督教家庭，她加入半島電視台二十五年，除了報導以巴重大事件，如「第二次巴勒斯坦大起義」、加薩地區的情況外，還經常報導看似是小人物的故事，包括在占領區下學童面對苦況、被以軍殺害的巴勒斯坦人等等。「她差不多走訪整個巴勒斯坦，與所有被以色列襲擊的人見過面。」

有不少評論認為國際間未向以色列施予足夠壓力，來為希琳討回公道，致使以軍在以哈戰事期間，更肆無忌憚地向記者動武而不用負責。在以哈開打後一週，一群外國記者在黎巴嫩南部邊境採訪期間遭以軍空襲，造成一名路透社記者死亡，法新社一名攝影記者被炸斷雙腳，還有其餘五人受傷，以軍未有直接承認責任。所以確實如筆者的經歷，這在長達多年的以巴衝突中實屬冰山一角，或許還有更多未曝光的記者受襲事件，因記者料到投訴會石沉大海而作罷，不為外界所知。

★

對於現今在戰火連天加薩地區工作的記者，更是每天與死亡共舞。保護記者委員會公布，在五月十一日，巴哈．奧卡沙（Bahaa Okasha），一名為哈馬斯有連繫的媒體工作的攝影師，在他加薩北部的家中，於以軍空襲下與其妻兒一同喪生；五月六日，獨立記者穆斯塔法．艾亞德（Mustafa Ayyad）在他加薩北部的家，因以軍空襲喪生……名單上的名字一個接一個，就算不是遭受以軍攻擊意外身亡，亦有可能是被以軍盯上的眼中釘。

保護記者委員會表示，在加薩工作的記者反覆地收到恐嚇，繼而其家人被殺害，舉例有半島電視台的記者接到無數通以軍電話，要求他停止在加薩北部採訪，又收到表明知道他位置的簡訊，後來他九十歲的父親在家中被以軍空襲身亡。還有半島電視台的加薩首席記者瓦埃爾．達杜赫（Wael al-Dahdouh），也目睹他的太太、孩子、同事死於以軍空襲後決定離開加薩。

以色列在以哈戰事中幾乎完全控制話語權，以方只安排被挑選的記者，在軍隊陪同下進入加薩進行採訪，但全程高度監控，由以色列安排到訪地區、時間、受訪者，並要求先檢視記者的報導才可以發布。以色列發言人早前接受挪威媒體採訪時，被記者輪番追問為何不容許記者獨立採訪，他答以：「地區正屬活躍戰區」、「地區仍有人質，不希望外來記者採訪耽誤軍方拯救的部署」。對於記者追問有多名在加薩報導的巴勒斯坦記者被殺，發言人稱很多哈馬斯成員訛稱自己是記者，包括自稱是半島電視台的首席記者。

以色列總理納坦雅胡（Benjamin Netanyahu）後來以「半島電視台記者傷害以色列安全，煽動他人針對以軍」為由，在五月五日突擊搜查當地辦事處，並關閉由卡達政府資助的半島電視台在以色列國內業務。巴勒斯坦記者聯會主席納賽爾・阿布・巴克爾（Nasser Abu Bakr）曾表示，假如仍要巴勒斯坦民眾對國際執法機構懷抱信心，那希琳的案件便必須呈到國際刑事法院。

「坦白說，在這事件前，我是不怕死的，因為一直以來，我都認為只要我是名記者，以軍便不會殺我。我甚至敢站在以軍的車輛或是士兵前。」莎塔說，「但當我知道他們是對誰都會開火，我便知道他們只是等待時機來殺我。」

就像不少巴勒斯坦人一樣，莎塔自小便希望長大後可以回饋社會，改善巴人的處境。她自小夢想成為國際記者，在新聞傳播科系畢業後，二〇一五年開始其記者生涯，現時在黎巴嫩攻讀碩士，但因二〇二三年衝突急返巴勒斯坦。在傑寧長大，到目睹她的模範前輩倒下未有退縮，甚至後來回到傑寧繼續工作，莎塔在這地看盡各種高低起跌，眼見死亡，但就算現時知道死亡會降臨，唯一未有改變是她選擇當記者的初心。

「我認為這是我的職責，去告訴世界巴勒斯坦正發生什麼事，說出真相。作為巴勒斯坦記者，這是我一直做的事，正如我在加薩的同伴，就算有很多記者同伴因為這職業被以軍抓去坐牢，甚至被殺。」她堅定地說，「但這都不會阻礙我們，我們會一直報導真相，直至世界都知道以色列向我們做的事。」

【原標題〈我與死亡擦身而過：半島電視台女記者之死，如何影響以哈採訪〉，2024/05/22 陳彥婷】

下篇

日常中，記者面臨的危機

三　政治的擺盪：菲、緬記者的生存掙扎

亞洲新聞自由指數一向偏低。就二〇二四年無國界記者組織公布的報告可知，亞太地區的新聞自由的危險程度，僅高於中東，而此區域加強新聞與資訊控制的力度，逐漸加強。不論是阿富汗、越南、緬甸對媒體的迫害，或是巴基斯坦、印尼在選前對記者的攻擊。泰國、馬來西亞政府對於媒體的言論箝制，也是常態。

在這些國家中，我們選擇菲律賓、緬甸兩國為案例，藉此呈現東南亞諸國記者的處境。

菲律賓記者過往便時常遭到暗殺，最有名的就是二〇〇九年的馬京達瑙屠殺事件，此為艾奎諾三世任內的悲劇；杜特蒂（Rodrigo Duterte）執政後，一邊發動毒品戰爭，一邊將媒體貼上紅色標籤令其噤聲，記者死亡人數更是高居不下；即使轉換政權，在小馬可仕治下，宰制媒體的手段並無改變——這可能從其父馬可仕當政開始，菲律賓媒體人就無真正的自由可言。

而緬甸自一九六二年由軍政府執政以來，言論就受到箝制，即使二〇一二年由翁山蘇姬領導的NLD取得政權，出現短暫的民主自由，但媒體也沒有辦法任意批判當局。二〇二一年二月，這個國家再度發生政變。記者處境更為艱難。

生或死，成為這些國家新聞工作者挖掘真相的賭注。

1 記者之死

#亞洲

日本獨立記者後藤健二於二〇一五年遭伊斯蘭國處決後，其家人強忍悲傷，對媒體訴說他的善良勇敢，強調不要憎恨，勿怪罪穆斯林或伊斯蘭地區。儘管難過，他們也能理解記者這行的風險：

記者這種工作，便是時常到危險之處採訪，也有萬一出事的心理準備，雖說如此，失去重要家人的失落感還是十分煎熬苦痛。

舉世為這名記者感嘆與感傷之餘，同年同月但早半個月發生的「查理週刊槍擊事件」，被資訊浪潮淹沒，已成「過去」——即使有警員、週刊員工記者和平民共十二人喪命。

這兩起事件雖不相關，但媒體從業人員因工作命亡卻是一致的，討論也很快被導向文明衝突與國際政治爭鬥。若非國際政治對立，記者之死，能夠引起注意嗎？記者之死，能讓國際與政府積極應對政治問題嗎？記者之死，能讓所有人意識到這工作的重要與風險嗎？

查理週刊事件發生隔日，菲律賓調查記者中心發出一則貼文：「當世界都在哀悼查理週刊槍擊事件時，菲律賓又一名記者喪生，依然有罪不罰（impunity）。」這個案件幾乎與查理週刊同時發生。

那是一位名為娜莉塔・雷德斯馬（Nerilita Ledesma）的小報記者。她在等候丈夫接送時被戴著墨鏡、穿著夾克的摩托車騎士槍殺。根據報載，案發一年前，便有歹徒持槍掃射她的住處，原因不明。

根據菲律賓媒體組織報告，自一九八六年馬可仕獨裁政權被推翻至二〇一五年這三十年間，新聞記者死亡人數已達一百七十二人，而二〇一五年在任的總統艾奎諾三世自二〇一〇年上任這五年間，則有三十一名記者死亡。

菲律賓並非戰區，宣稱已步向民主化，但記者遇害風險之高，令人咋舌。以二〇一二年為例，十一月初一名記者兼廣播電台播報員在上班途中遭人開槍射殺，而這是該年第五名菲律賓記者遇害。經警方調查，這名叫考遜（Julius Causon）的記者，可能因為在節目中討論城市升格議題，並不時抨擊政府弊案，才會遭到威脅攻擊。

然而，每當有記者喪生案件發生，都不見菲律賓當局緝捕、判罪，簡直無法無天。

★

根據二〇一二年紐約保護記者委員會公布資料顯示，從一九九二年開始算起，這二十年，菲律賓的記者遇害人數高居全球第二，僅次於伊拉克。

但，只有菲律賓如此嗎？

登上無國界記者網站首頁便可看見一個數據：光是二〇一五年開年這一個月，即有八名記者喪生，一百六十五名記者入獄，一百七十八名公民記者或部落客被囚。

由於臺灣媒體環境惡化，新聞品質粗製濫造，人人都說媒體是「製造業」，鄉民更是直稱記者為「妓者」，真正用心製作的新聞不被重視，八卦瑣碎之話則嘲弄「記者快來抄」。在人們的想像中，這一行從業者，只需杵麥克風、待在辦公室裡，不想不動什麼都不做，就可以領薪水。毫無地位可言，沒有尊嚴可說。既是如此「安全」，又如何明白記者這行的風險。

作為閱聽人，我也時常皺眉發怒；作為媒體內部從業人員，對部分媒體人的保守劣習怠惰，也無話可說。記者究竟是怎麼樣的行業？價值在哪裡？是否該被貶抑至此？也令人有口難言。

如果新聞記者不重要，那麼，為何他有失去生命的風險？消耗程度又如此之高。

二〇一〇年秋天，我到印尼參加國際記者協會亞太會議，當討論到職業安全議題時，我東想西想就是想不出臺灣記者的職業風險——當時還未發生蘋果日報記者在氣爆第一時間衝跑新聞的事，而趕新聞摔車聽起來有點可笑，過勞或許可談，但沒有具體事例。

只好勉強回答：「在大風大雨中播報新聞，很危險。」

除了有風災經驗的日本、香港外，其他國家記者都一臉迷惘，不知是不懂我說什麼，還是以為我在開玩笑。

若不把中國算在內，當時我們這群東亞記者與亞太地區其他國家相比，實在「好命」過頭，能談的媒體問題就是置入性行銷、勞動時數、工會組織或派遣等等，亦即我們所需考量的是建立周延的媒體勞動與倫理制度而已。當然這問題對我們來說的確重要，我們也耗費心思將這些議題說得簡單明瞭，好讓其他國家記者都明瞭。

接在我們之後上台報告的男子，才說第一句話，便引起全場共鳴。

「對我們來說，如何保住生命是最重要的問題。」

說話的是阿富汗記者。他身著熨燙過的白襯衫，總是掛著笑容，聲音斯文細柔，簡直看不出來自掙扎求生的戰亂之地。「我們光是出門，就是危險了。」他說這話時還是帶著笑。

工作環境充滿危機的，不只是阿富汗這樣的中東戰區，亞洲從印度、巴基斯坦、孟加拉到尼泊爾，記者經常遇害，而斯里蘭卡的媒體被迫噤聲，否則人身自由與安全也不保；馬來西亞政府對記者嚴格取締，中國記者在牢獄裡者眾⋯⋯。

這些亞洲記者你一言我一語，報告自己國家言論箝制與身家安全不保的問題。說著說著，又都談起菲律賓，並感嘆亞洲諸國的記者工作根本是拿命來賭——前一年，即二〇〇九年十一月，大批菲律賓記者在菲國南部民答那峨島馬京達瑙省（Maguindanao）布魯安市遭到屠殺，五十八名死者中，記者就占三十二名。

★

事件源於該市副市長滿古達達圖（Esmael Mangudadatu）欲角逐省長一職，妻子、妹妹與支持者率領了三十多位記者到選委會辦理選舉登記，不料被武裝部隊綁架，所有人都慘遭撕票——這是對手為了剷除其他勢力，所下的毒手。

二〇一四年十一月，「馬京達瑙省大屠殺」（Maguindanao Massacre）滿五年之際，眾多國內外媒體工作者穿著「有罪不罰」的黑色T恤、拿著蠟燭，聚集在馬尼拉天主教堂外，為這起大規模記者遇害事件哀悼，也抗議媒體在這個國家受到的限制。

根據「無國界記者組織」（Reporters Without Borders）於二〇一四年底發表的報告指出，過去一年對記者的攻擊與綁架大幅飆升。二〇一三至二〇一四這一年間，全球有總計六十六名記者遭到殺害。事實上，從二〇〇五至二〇一四年底，全球已有七百二十名記者因為工作被殺害。

此外，因中東、北非等地衝突，記者綁架案增加到一百一十九件，還有許多記者因政治因素被囚禁，約有一百七十八名記者身陷囹圄，其中有一百名是在中國。

二〇一四年八月，美國記者佛雷（James Foley）和索特洛夫（Steven Sotloff）被伊斯蘭國（ＩＳＩＳ）公開斬首。如此野蠻謀殺的宣傳，震驚了全世界，等同警告記者不該再踏足此區。

法新社便明令規範禁止記者前往危險地區。法新社全球新聞總編輯米凱萊．勒里東（Michele Leridon）於同年九月十七日在自己的部落格中發表聲明：「這對於我們來說，是一個強大而且艱難的決策：如果有自由記者為了提供照片和影像前往敘利亞，當他們返回時，我們將不會使用它。確切的說，我們不會花錢買。自由記者已經在敘利亞衝突付出相當高昂的代價。我們不會鼓勵人們再冒這種風險。」為此，法新社甚至重新擬定諸多倫理與規範。

但記者這工作是什麼？不就是代替閱聽眾的耳目，看到現場？不就是後藤健二所說的將苦難報導出來，讓人們聽到他們的聲音嗎？

即使有時候，好像不那麼值得。

不談歐美數不清的通訊社與特派員，就只說日本新聞記者：二〇一二年，四十五歲的山本美香在敘利亞北部採訪內戰，中槍身亡；二〇〇七年，五十歲的長井健司在緬甸仰光採訪番紅花革命時，同樣中槍死亡。為了將遙遠地方的故事帶回來，他們都在戰亂中喪生，在世人眼前倒下，諷刺的是，他們的心血很少被世人閱讀、關心，卻在死後登上媒體一角，讓世人歌頌他們的無畏勇敢。

但在這之前，閱聽眾關心過他們帶回來的報導與故事嗎？國家願意在和平上使力嗎？

我上了日本亞馬遜，查了一下後藤健二的書：沒有庫存，極少書評。他認真走訪了獅子山、盧安達等戰區，為那兒的孩子、母親發聲，但回饋卻遠比不上他出的力氣。

人們不閱讀、不關心、不在乎這些記者的心血，「記者之死」呼喚的只是感傷的耽溺，沒有積極意義，沒有反省，沒有價值。

當後藤健二喪生的討論不停在社群網站上湧現洗版時，臺灣獨立記者鐘聖雄如此感嘆：「不禁在想，記者是不是也要跟藝術家一樣，非得等到人都他媽的死了才會被發現價值……」

但我卻不覺得記者的價值被真正看到了。我也不以為，鼓吹「記者魂」是面對這個遺憾的好態度。但在這個缺乏記者魂、吝於讓記者到現場的臺灣媒體界，後藤健二的精神，或可稍稍感動一下社會，或是已經麻木的臺灣媒體人。就算是短暫如即時新聞的壽命也好。

【原標題〈那些正在消亡與已經消亡的新聞與記者〉，2015/02/05 阿潑】

2 扼住新聞自由的威權幽靈

#菲律賓

「新聞自由」對亞洲絕大多數國家而言，是種「奢侈」。至少，菲律賓的媒體工作者與新聞研究者，在評論自身所處環境時，從不諱言其危險性，甚至直言：就記者這行來說，菲律賓是最危險的國家之一。

擁有健全的媒體監督機制，政府或許較不容易偏離民主軌跡。反之，在戰火肆虐或獨裁統治的國家，別說新聞自由，新聞工作者的基本權利也無法得到保障。一位阿富汗記者曾試著以雲淡風輕的語氣，向我們描述在該國工作的處境：「一出門採訪，就可能死亡。」

這是二〇一〇年國際記者聯盟（ＩＦＪ）亞太地區大會的一個討論現場，我點點頭表示可以理解他的掙扎，但心裡又不免感覺這話說得有點誇張，不料，其他亞洲國家記者此起彼落附和，爭相分享魂斷採訪現場的故事。但這一年，除了中東戰地，沒有那個國家案例能超越菲律賓——

因為，馬京達瑙省大屠殺才發生半年，在這個慘案中有五十八人死亡，其中三十二位是記者。他們並非奔赴槍林彈雨之地，僅僅是出門採訪一場競選活動，生命就此終結。

在菲律賓，媒體與政治始終密不可分。菲律賓調查新聞中心創始人之一的希拉・科羅內爾（Sheila S. Coronel）便曾指出，菲律賓媒體是在動盪不安的歷史中產生（products of a turbulent history），故其新聞業本身即是「政治」。

這個概念或許也可從臺灣新聞業發展理解——例如殖民時期知識分子辦報爭取人民自主，到白色恐怖時期記者的夾縫發聲——而菲律賓媒體發展的進程亦與臺灣類似：殖民時期，黎剎（José Rizal）等革命家透過辦報來發動獨立運動，戰後雖是媒體蓬勃發展的黃金時代，但在馬可仕（Ferdinand Marcos）獨裁壓制、並施行全國戒嚴的情況下，首先受到侵害的就是「新聞自由」，不論是媒體報導受到嚴密審查與管控，還是許多新聞記者或被監控、或被逮捕刑求，受到軍事審判，甚至死亡。

直至一九八六年人民革命後，菲律賓大眾媒體才顯得多樣化，但其功能未必稱得上健全——有些媒體成為政權的看門狗，有些則注重娛樂，而「真正的記者」，則時常處於高度風險之中。馬京達瑙省大屠殺發生時，距離菲律賓人民革命已近二十五年，意味著這個國家擺脫戒嚴、實施民主制度達四分之一世紀，但仍無法保證新聞工作者擁有安心工作的環境。

依據保護記者委員會的資料庫數據：自一九九二年開始統計至二〇二二年，這三十年來，菲律賓共有一百五十二位記者遇害，若從杜特蒂執政的二〇一六年算起，可查知的記者死亡數字為二十人，確認死因為遭謀殺者，多達十一人。而這些記者，若非是在日間的大街上直接被槍殺，便是凶手直接在電台外或闖進私人住家開槍射殺；遭謀殺的原因多與他們正進行的報導有關，除了地方貪汙弊案外，也有記者因反毒戰爭相關報導而遇難。

但這些刑案，幾乎都沒有得到公平的調查，凶手不明，遑論接受法律制裁。保護記者委員會甚至直言，以新聞工作的風險而言，菲律賓的危險度，長期以來都是最高。在杜特蒂治下，對媒體的攻擊更為升級——可不要忘了，杜特蒂在二〇一六年當選後，就公開表示：

> 僅僅因為你是記者，並不會讓你免於被暗殺，如果你是個婊子的話。當你做錯事時，言論自由是無法幫助你的。

因此，當小馬可仕（Ferdinand "Bongbong" Marcos Jr）在二〇二二年總統大選，以壓倒性票數獲勝前後，眾多評論者爭相討論「威權的幽靈是否會隨獨裁者之子回歸」時，總讓我感覺不太對勁，畢竟這個討論方向，必須建立在一個前提上，即：在小馬可仕當選前，菲律賓確實是個民主國家，擁有可以被監督、糾正、問責的政治運作體制，這個國家的公民的基本權益，應能受憲法保障，媒體也能夠發揮第四權的功能，擁有自由監督政府的空間。但真的是如此嗎？

答案恐怕為否。若菲律賓真是個民主自由之地，二〇二一年挪威諾貝爾委員會就不會以「言論自由為民主制度與永久和平的先決要件」為由，把和平獎頒給為菲律賓獨立媒體 Rappler 的共同創辦人瑪麗亞・瑞薩（Maria Ressa）。

而瑞薩之所以得獎，最重要的原因，來自其所屬的 Rappler 致力於杜特蒂執行的「反毒戰爭」與「法外處決」的報導，其對杜特蒂政權的監督與批評，也毫不手軟，故屢屢遭到杜特蒂公開羞辱，視其為敵人，甚至透過司法與行政手段對付瑞薩與 Rappler。

「我靠我自己的力量贏得選舉，（略）你是菲律賓人，卻汙衊國家，你們這是反動行為，假借新聞自由的崇高名義，這就是事實。」如同紀錄片《菲律賓的殺人執照》（We Hold The Line）中所揭示的，面對獨立媒體 Rappler 記者提問，杜特蒂的態度極為惡劣，即便主持人試圖打斷他，轉移話題，仍無法停止放炮：「你們惹到我了，寫這種報導就是朝政府丟糞。我都跟我的敵人說，出現在我面前，就等著被我呼巴掌。要不然就是吃我子彈，臭婊子。」

面對杜特蒂此等「狂言」，別說被當面羞辱的記者臉色難看，其他媒體記者也感到不可置信，紛紛向杜特蒂確認：這個訊息是否也是針對其他媒體？若他們批評政府，也會有一樣的遭遇嗎？杜特蒂喝斥：「聽著，幹嘛說我批評媒體，你們還不是也批評我？我不能接受你們這些豬頭，混蛋。」「我可以讓你們這些混蛋倒閉。」

從他卸任前，菲律賓媒體狀態的「動亂」來看，杜特蒂確實算是「貫徹始終」、「言出必行」的領導者。二〇二二年六月，他執政的最後一個月，有二十八個媒體網站——或許就列在他那名為「混蛋」或「豬頭」或「敵人」的筆記清單裡——在菲律賓電信管理局要求下，遭到封鎖。理由是：與左翼反叛團體互通、宣揚不實訊息。

二〇二二年六月二十九日，即小馬可仕正式宣誓成為菲律賓第十七任總統前夕，證券交易管理委員會（Securities and Exchange Commission）以 Rappler 有外資介入、違反憲法的理由，向該媒體發出撤銷執照的公函。這無疑是杜特蒂走出馬拉坎南宮前最強烈的動作宣示——至少在我看來，這個時刻的這個動作，充滿挑釁意味——西方世界竟為他的「敵人」戴上諾貝爾和平獎這個「正義的桂冠」，這讓他必須善用自己在馬拉坎南宮最後一天的執政權力。

Rappler 被撤照一事，不僅激起國內民間團體與進步派政治人物的憤怒，就連美國前國務卿希拉蕊及參議員艾德・馬基（Edward Markey）等政治人物都表達不安抗議。而菲律賓前參議員亦是前司法部長的萊拉・德利馬（Leila de Lima）言詞更為犀利，宣稱杜特蒂政權此舉是計畫好的，實為其「復仇印記」（vengeful imprint），這是他朝新聞自由發射的最後一顆「殺、殺、殺」子彈。

儘管菲律賓的新聞工作者始終承受高度風險，但在杜特蒂執政這六年，新聞自由的排名與人權侵害紀錄更是難看。儘管各地區記者遭到暗殺的案例並不能都算在他頭上，但他的態度仍說明了一切——更不用說，其控制新聞媒體的手段惡劣。

保護記者委員會東南亞資深代表尚恩・克里斯賓（Shawn Crispin）於二〇二二年五月針對菲律賓新聞媒體處境的分析中，依據該國媒體工作者與倡議者的意見，指出杜特蒂政權以三管齊下的方式來威嚇媒體：言語辱罵、攻擊社群媒體，及以撤照或商業利益的影響作為威脅。這些手段將使得他們在報導反毒戰爭或法外處決等敏感性議題時，進行自我審查。

而菲律賓全國記者聯盟（下稱：NUJP）祕書長強納森・德桑多斯（Jonathan de Santos）則進一步強調「紅色標籤」（Red-tagging）是杜特蒂政權對付倡議者與媒體工作者的手段。二〇一九年，與政府勾連的小報，也曾對ＮＵＪＰ貼上紅色標籤，稱他們與「新人民軍」（New People's Army，ＮＰＡ）等共產組織有關係。即便前總統艾若育（Gloria Macapagal-Arroyo）也曾對ＮＵＪＰ與諸多新聞記者貼上紅色標籤，不過，杜特蒂執政時期因社群網站發展活躍，此舉更顯得明顯與氾濫。

紅色標籤，又被稱為紅色誘餌（red-baiting），長期以來就被菲律賓執政當局作為對抗新人民軍的工具，其做法是公開指控社運工作者、記者、政治人物其他人，是叛軍或恐怖主義者的一員。人權觀察（Human Rights Watch）亦發現，多年來，菲律賓軍方甚至透過法外處決或問刑的方式，解決那些涉嫌參與左翼活動者。

而當局又是如何進行「紅色標籤」？杜特蒂的做法是：成立「終結地方共黨武裝衝突國家任務小組」（NTF-ELCAC），由國會給予該任務小組每年一百七十億披索（三十二萬五千美元）預算，以支持執政當局的「紅色標籤」政策。而這個任務小組的主要領導者為軍事將領，他們負責的工作即是在社群媒體或官方聲明中，進行「紅色標籤」。

從ＮＵＪＰ的角度可知：「紅色標籤」對新聞自由的侵害，在於執政當局藉由將他們劃為「共產主義」、「恐怖主義」那方，暗示其報導與說法是「危險的」，這將意味著有影響力的觀點或議題會被排除，不被編輯台所採納，不會被播報或刊載——因為這些報導會被詮釋為「共產主義陣線」的行動。除此之外，這些記者將會遭到線上或線下的騷擾或攻擊，就算不是如此，他們報導的信度跟效度也會受到影響。

尤有甚者，被貼上紅色標籤的記者，還有可能被逮捕或遭到起訴。位在雷泰伊島（Leyte）的地方記者弗朗西梅·坎皮奧（Frenchie Mae Cumpio），因為特別關注人權侵害與社會議題，在飽受國安情治人員的監控騷擾後，於二〇二〇年二月遭警察以「持有非法槍械」為由逮捕——與她一起被逮捕的還有四名當地的倡議者。被捕時才二十一歲的她，被認定為共產主義反叛軍的一員，至今非但未被釋放，還遭以「資助恐怖主義」的罪名起訴。若這罪名成立，坎皮奧將可能被判四十年的有期徒刑。

杜特蒂執政六年來，時常利用「紅色標籤」來威脅、騷擾媒體工作者，或是像對付坎皮奧一樣，透過拘囚記者，使其「消音」。Rappler 自也是「紅色標籤」的受害者，總統通信和運營辦公室（PCOO）的副部長巴多伊（Lorraine Badoy）——本身即是「終結地方共黨武裝衝突國家任務小組」的一員——時常在社群媒體上指控 Rappler 是新人民軍與菲共的盟友與「喉舌」，並稱瑞薩為「國家的敵人」。而瑞薩並不打算容忍這種指控，積極反擊，像是向菲律賓監察系統

（the Office of the Ombudsman）提出陳情，認為巴多伊的行為違反公務人員守則，要求政府能對其做出懲戒。

相較於菲律賓執政當局慣常使用的「紅色標籤」，杜特蒂任內通過實施的《反恐怖主義法》（The Anti-Terrorism Act of 2020）會對新聞自由造成何等侵害，則是下一階段觀察重點。

菲律賓大學大眾傳播學院新聞系的副教授瑪麗亞・拉比斯特（Maria Diosa Labiste）曾針對杜特蒂執政期間，如何透過關閉ABS-CBN、駭客攻擊與紅色標籤等手段控制媒體寫下分析，並對《反恐怖主義法》的通過感到憂心：

> 在此法的脈絡之下，執政者將可以依據自己對內容的喜好，去推定媒體是否「帶紅」，而預先對這些媒體做出限制。

對言論自由造成直接影響的，為該法第九條。依此條文規定，凡透過演講、公告、著作、標誌、招牌或同一目的之其他表現形式煽動以實施恐怖主義者，即會被認定為刑事犯罪。

該法對於恐怖主義以及「煽動」的定義不明，軍警恐怕會透過這種模糊的構成要件，去壓制新聞與言論自由，故NUJP便提出批評，表示該法第九條違反一九八七年憲法第三條與第四條規定：「不得以訂定法律來剝奪言論、意見表達或新聞自由，或人民和平集會與請願的權利。」《反恐怖主義法》條文過於嚴苛，又給予當權者相當大的恣意空間，菲律賓最高法院收到質疑該法的合憲性的請願書高達三十七份，似乎成為菲律賓歷史上最受爭議、最被挑戰的法案。儘管反對聲浪強烈，最高法院仍於二〇二一年十二月裁定：除兩個部分違憲外，其餘部分皆屬合憲。二〇二二年四月，最高法院又駁回了推翻其裁決的上訴（MRs），此即為最終決定。

換句話說，儘管這部法案在杜特蒂任內通過，但能實際施行的，是新任的執政者，亦即一九五七年發布全國戒嚴令、扼住新聞自由咽喉的獨裁者馬可仕之子——小馬可仕。

在這個情況下，現在我們可以來談談，威權的幽靈是否有可能重返了。

【原標題〈菲律賓「Rappler」撤照風波：杜特蒂殺向記者的復仇印記？〉，2022/07/04 阿潑】

3 擁抱恐懼

#菲律賓

二〇一七年，國際社會的目光開始聚焦在菲律賓獨立媒體 Rappler 以及其共同創辦人瑪麗亞．瑞薩身上，因為他們勇於揭發時任杜特蒂政府發動的毒品戰爭和資訊戰，而且頑強擋下杜特蒂一波又一波的政治攻擊。

當時，來自世界各地的關注固然為他們蓋起了防護罩，但隨之而來的，卻是越來越多的攻擊。在接下來的二〇一八年，菲律賓證券交易委員會（SEC）裁定，要吊銷 Rappler 的營業執照；同年，瑞薩被指控好幾項逃稅罪名，並且被祭出逮捕令。但在那一年，她成為了《時代》雜誌的年度風雲人物，而也是在那一年，她在首都馬尼拉坐車移動的過程中，開始身穿防彈背心，同時也有安全人員跟隨。

瑞薩形容二〇一八年是憤怒、恐懼和仇恨的一年。但故事還沒結束。

二〇一九年，她第一次被逮捕；二〇二〇年，法院判定她網路毀謗罪名成立；二〇二一年，她與俄羅斯記者共同獲得諾貝爾和平獎；二〇二二年，菲律賓獨裁者之子小馬可仕藉著資訊戰高票當選，Rappler 則遭勒令關閉；二〇二三年，法院針對瑞薩的逃稅指控，做出無罪判決——這幾年，好事和壞事總是會交叉出現，考驗著她，也給了她許多希望。

至今，瑞薩在馬尼拉坐車移動時，還是會穿著防彈背心。一個穿著防彈背心的記者，在路途中，通常在想些什麼？對此，瑞薩輕描淡寫卻又不失嚴肅地說道：「一直努力保持警惕。」「我從來不希望讓它影響我的工作。每個人總是問我，為什麼你不害怕？我認為我並不害怕，因為我評估了風險，我接受了風險。如果你這麼做了，那麼你就會採取適當的措施來降低風險，然後你就可以繼續前進。這有點有趣。」

她曾經是個看起來嬌小、內向、害羞的小女孩，是如何長出如此強大堅韌的力量？

瑞薩生於一九六三年，父親在她一歲時就過世了。此後，她的母親搬到美國，她和妹妹則留在馬尼拉，跟著奶奶一起生活。一九七三年，十歲的瑞薩某一天上課到一半，無預警地被媽媽從學校帶走，從此搬到美國紐澤西生活——剛到美國的她並不適應，英文也說得不好。日後老師告訴她，她當時近乎一整年沒怎麼說話。

然而，她努力融入——練英文、彈鋼琴、拉小提琴、打籃球，還下西洋棋，每一項科目都試著拿下最好的成績以證明自己。最終，進了普林斯頓大學。

就在瑞薩全神貫注適應美國生活的那十年間，故鄉菲律賓有了天翻地覆的變化。

瑞薩離開菲律賓的前一年——即一九七二年，斐迪南・馬可仕（Ferdinand Marcos）宣布全國進入戒嚴。戒嚴長達九年，在這期間，馬可仕政府鎮壓無數異議人士、打壓新聞自由，也取消總統任期限制，集行政和立法權於一身。儘管馬可仕在其任內宣布解嚴，但長年的壓迫與憤怒已在社會中醞釀，尤其一九八三年反對派領袖艾奎諾（Ninoy Aquino）走出機場停機坪被開槍擊斃，更引發百萬民眾上街哀悼與抗議。

為了正當化自身統治，馬可仕提前在一九八六年舉行大選，艾奎諾的妻子柯拉蓉（Corazon Aquino）宣布參選。然而，因選舉過程中出現各種混亂情況，包括疑似欺詐、買票等行為，再加上軍隊倒戈，菲律賓爆發了為期四天的「人民力量革命」（EDSA），終結馬可仕長達二十二年的獨裁政權。柯拉蓉也成為亞洲第一位女總統。

正是在這一年，瑞薩大學畢業。她寫了一齣劇本：一位象徵馬可仕的奶奶，與另外一位象徵柯拉蓉的母親，兩人互相爭奪孩子的撫養權，而這個孩子就是菲律賓。這是她探索自己、家庭和菲律賓的方式，「個人即政治，政治即個人。……當你和菲律賓家人交談、當你還是孩子的時候，你永遠不會了解整個故事，對吧？因為你要尊重你的長輩。所以寫劇本，是讓我媽媽告訴我發生了什麼事的一種方式。」

她笑言，一位奶奶和一位母親爭奪菲律賓的撫養權，不也是她的故事嗎？「看看，我是那個菲律賓。」她在大學畢業後，回到菲律賓找奶奶，找自己的家。她還記得，抵達菲律賓時，自己還能感受到人民力量革命所帶來的喜悅。當時她心想，菲律賓未來一定會變得不可思議。

★

一開始，瑞薩是在菲律賓電視台PTV4工作，後來加入了新聞紀實節目《探查》（Probe）的團隊，接著又擔任CNN記者，深入災區和戰區。這段期間她快速累積紮實的報導經驗，培養兼具在地和全球的視角。

「但重點也不只是累積經驗」，她在新書《向獨裁者說不》中寫道，「若要說是什麼形塑了我的人格——或是我承受各種威脅的能力——那絕對是因為成了在電視上報導突發新聞的記者。我因此學會在現場直播時沉著以對，有時甚至還真的得在交火過程中進行報導。這成為我的超能力。」

例如，東帝汶危機。

一九九九年，東帝汶舉行獨立公投，近八成民眾支持東帝汶脫離印尼獨立，結果由印尼支持的反獨立軍隊發起武裝暴動。身為CNN馬尼拉與雅加達分社總編，瑞薩帶著團隊進入東帝汶報導，但與其他入住飯店的記者團隊不同，瑞薩和記者入住當地社區。這讓暴亂與槍擊發生當下——飯店的記者團隊紛紛撤離時——CNN成了最後一個撤離的國際新聞團隊。瑞薩指出，在撤離的前一天，他們關著燈，在床底下躲了整整一個晚上，直到日出才逃到機場。

「我從戰區報導中學到的是，恐懼會侵蝕思維的清晰度。因此，給那一些上戰場的人一個建議：與你信任的人一起進入戰壕，如果情況變糟，用希望來控制恐懼。」

記者無法預測危機，但能夠控制自己應對危機的方式與情緒，瑞薩對此已有一套處理流程：壓抑情緒，保持冷靜。

她在二〇〇五年離開了CNN，加入了菲律賓最大的電視台ABS-CBN，帶著對新聞業的希望，進行大刀闊斧的改革——她縮編、建立新的體制原則和公司文化，致力打造能和全球頂尖新聞組織競爭的電視台，贏得許多獎項。

然而幾年後，她遇到了當時最艱難、也希望此生不要再經歷的一場危機：她接到一通電話，位於菲律賓南部的伊斯蘭恐怖組織阿布沙耶夫（Abu Sayyaf）綁架了她的三位同事，而且不准她通知政府和軍隊。

這意味著瑞薩的每一個決策將攸關她同事的生死，如果處理不當或拒絕協商，阿布沙耶夫會把人質的頭砍下來——他們曾經這麼做。

多年深入戰區報導的經驗，讓她在當下就意識到，綁架發生後的前幾個小時至關重要，否則其他裝備更精良、規模更大的綁匪可能會介入，想藉此分一杯羹；時間若拖得越長，介入的武裝分子可能就會更多。因此，掛上電話後，她趕緊列出所有立即要處理的事：聯繫手上所有的重要線人，盡可能掌握狀況和設想解決方案；聯繫同事的家屬，和家屬解釋所有的決定；安撫同事，讓電視台的工作繼續運作等等。

處理過程中，她雖然害怕，但也有信心。她在《從賓拉登到臉書：十天綁架與十年恐怖主義》一書中首次揭露當時的心情：「我感到很有信心，因為我的整個職業生涯似乎都為此做好了準備。我知道處於生死關頭的感覺——一半是害怕，一半是興奮。為了做出正確的選擇，你必須思維清晰，這樣才能更快思考和反應，你可以透過降低情緒（draining emotions）來做到這點。

這是一種令人難以置信的狀態，我認為這就是人們沉迷在戰區工作的原因。（不知何故，我意識到，當你冒著自身的安全風險時，這會更容易——而當你冒著其他人的安全風險時，這就更難了）。」

最終，瑞薩和團隊花了十天，順利把同事救了出來。

這場危機讓她和幾位女性戰友建立了深刻的情誼，奠定了她們日後在杜特蒂政權下處理各種更大、更多的危機的能力。

★

在二〇一二年成立的 Rappler 一共有四位創辦人，大家都稱她們為「manangs」，這是老大姐的意思，但討厭她們的人則稱她們為「巫婆」。創立初期，Rappler 擅長利用社群平台的優勢創建社群之間的連結，將讀者從虛擬世界帶到現實世界，參與公共活動，帶動社會改變。例如，他們發起#流動計畫（#ProjectAgos），就是回應菲律賓的天災問題：只要災難發生，民眾可以透過製作好的警報地圖，快速動員救災。那個時候，新聞產業結合科技與社群平台（如臉書）的力量之大之廣，讓瑞薩覺得興奮，認為「參與世界的程度變得更深了」。

社群平台之所以能在菲律賓發揮關鍵作用，與其高使用率有關。二〇一七年，有97%的菲律賓人使用臉書；二〇二一年，菲律賓人連續六年成為在網路和社群媒體上花最多時間的一群人——網路社群讓Rappler可以藉著動員，促進正面改變，但諷刺的是，網路也讓獨裁者如杜特蒂，甚至後來上任的小馬可仕能以此創造有利自己的敘事，撕裂社會。

杜特蒂於二〇一六年六月上任前，Rappler團隊就發現大量親杜特蒂的臉書帳號在散播恐懼與暴力。杜特蒂上任後，大量帳號繼續在臉書上持續且大肆散播謊言與假訊息，合理化他充滿爭議的毒品戰爭。

瑞薩和團隊在同年十月為此撰寫了系列報導，談論網路武器化、臉書演算法如何對民主造成衝擊，以及臉書上的假帳號如何製造現實。結果，這一系列報導發布之後，Rappler因為親杜特蒂帳號發起的運動，一夜之間消失了兩萬個追蹤，瑞薩本人則是平均一個小時收到了九十條針對她的仇恨訊息——充滿暴力、厭女，甚至是死亡威脅的網路攻擊，排山倒海般襲來。

「我聞到Rappler和瑪麗亞．瑞薩被逮捕和可能被關閉。」

「也許瑪麗亞．瑞薩的夢想是成為輪姦場景裡面的終極色情明星。她非常渴望上床。」

「確保瑪麗亞・瑞薩被反覆強姦致死，如果宣布戒嚴令時發生這種情況，我會很高興，這會給我的心帶來快樂。」

此後，她和 Rappler 更被以各種罪名遭控，包括：逃稅、網路誹謗罪，以及受到外資控制。瑞薩背負的「罪責」，加總起來可能令她面臨百年刑期——這也讓世界的目光開始聚焦在這一位與杜特蒂對抗的戰鬥者身上。對此她語帶鎮定：

我想杜特蒂可能忘了，我為CNN報導突發新聞，我在戰區、南亞和東南亞工作，我可以應付（I am okay with that）。

到了二〇一八年，包圍瑞薩和團隊的保安人力增加了六倍，而她也是從這一年開始，身穿防彈背心，「因為你不知道下一步會發生什麼，所以你必須要把一切準備好……當（網路上）這麼多暴力被釋放出來，意味著任何人都可能向我們發動攻擊。……你知道，當這些杜特蒂的支持者來到我們的公司、嚇壞我們的員工時，我們必須要保護自己。但你也不能因此太多疑

（paranoid），以至於無法工作。」

瑞薩在對外演講中，時常告訴大家要為最糟的打算做好準備，並且「擁抱恐懼」：無論最害怕的是什麼，握著它、觸摸它、奪走它的刺，接著繼續向前走。

然而，杜特蒂六年任內所帶來的恐懼與殺戮真實且血淋淋，每一晚總會有因為毒品戰爭而喪命的遺體倒臥在路旁，人權組織估計受害人數高達兩萬七千至三萬人之間；期間，至少六十一位律師被殺害；保護記者委員會統計，共有二十四位記者或媒體工作者被殺害，死因大多為謀殺；此外，在當地，女性被攻擊的情況是男性的十倍。

所以，真的可以擁抱恐懼嗎？最糟的打算，又該多「糟」？是坐牢，還是流亡？事實上，瑞薩擁有美國和菲律賓雙重國籍，但她依然選擇留在菲律賓、和這個國家最有權勢的人戰鬥的原因在於：她必須為 Rappler 和支持 Rappler 的人負責。甚至，她當然也想過最糟的結果，例如有一次當她在國外機場收到回國後可能會被逮捕的消息時，她聯想到了一個人：艾奎諾，那一位走出停機坪就被開槍擊斃的反對派領袖。

「我也想過萬一我被槍殺怎麼辦？但你知道，這是我和共同創辦人之間有點黑色幽默

（gallows humor）的地方，例如我可能會被路邊的汽車撞到？我想，我選擇按照我的價值觀生活，並且降低危險。就像寧靜禱文（serenity prayer），上帝賜予我智慧去了解到，對於我無法控制的事，我會按照我的價值觀生活，而對於我可以控制的事，我會為此付出很大的努力。這麼說有清楚嗎？」

瑞薩在回應裡，不斷重申：做好最糟的打算且為此準備，擁抱恐懼但不多疑，專注在自己能控制的事。

「所以，這是你願意為真相犧牲的事情之一嗎？」我問。

「這就是為什麼我問你，你願意為真相犧牲什麼？我對我做的選擇沒問題。」她說，「我過著我無悔的生活，你知道，就像在某個時候，你會決定你要不要孩子？我經歷了所有的這些事，我是睜大眼睛做出選擇的，我認為我做出了正確的選擇。所以我不想在職業生涯的最後階段，因為感到害怕而做出錯誤的抉擇，恐懼是你可以控制的。」

★

二〇二二年，杜特蒂卸任之後，另一位獨裁者馬可仕的兒子——小馬可仕高票當選。瑞薩在大學畢業那一年完成了有關馬可仕和柯拉蓉選舉的劇本——一段有關惡與善對抗的故事——如果要她再為二〇二二年的菲律賓選舉寫一齣劇本，她還真的沒想過可以如何下筆描述。

馬可仕一家在一九八六年被人民推翻、流亡到夏威夷之時，已經聲名狼藉，但誰都沒想到，小馬可仕能在三十六年後靠著有組織的資訊宣傳戰，成功洗白家族的貪汙腐敗歷史、捲土重來，當初的人民力量革命一夕之間似乎成為虛無。

「看來已經沒救了」，是瑞薩在選舉開票當晚對自己說的話。

從馬可仕下台到小馬可仕上台的這幾十年來，她親眼見證和經歷資訊戰如何影響她自己和她的國家的過程，這也是她為何不斷警告世人：社群平台的演算法已經摧毀人們對現實情況所共享的認知，如果沒有事實，就沒有真相；如果沒有真相，就沒有信任；如果沒有這三項，我們就不會有共享的現實，我們的民主就會死亡。

然而，在如今如此撕裂的虛擬和現實環境裡，這段警世箴言能如何運作，尤其二〇二四年，全球各地包括美國、臺灣、印度、印尼等都會舉行大選，民主國家的下一步會是什麼？瑞薩的解法有三個：首先是創造有堅韌性的社群，確保這個社群將以事實與查證來運作；再來是立法，她認為這不能再被視為是「言論自由」，而應該是「安全問題」，因為假訊息已經在撕裂人們所共享的現實；最後，她指出一切還是得回歸到教育，教育人們這背後所存在的操縱問題。

走過危機和低潮的瑞薩依然抱持各種希望，因為 Rappler 還活著，因為她始終相信菲律賓能建立一個強大的民主機制，也因為她的逃稅罪名在二〇二三年一月被駁回了，「我們被無罪釋放了，所以我有希望。」她在《向獨裁者說不》裡，訴說了她的生長經歷、信念、價值觀，尤其是她的戰鬥經驗。這一些戰鬥經驗曾經讓她挫折，但不曾將她擊敗，反而給了她挺身而出的力量。

她在訪談中，舉出了海盜的例子。她說，試著想像海盜占領了一艘船，人們這時只能做三件事：第一、戰鬥，但這需要其他人一起合作；第二、跳下船，但會死；第三是大多數人會做的事，躲起來。

這就像對抗獨裁者一樣。「你必須戰鬥，必須讓你的社群與你同在。……我的意思是，如果每個人都擁有同樣（要躲起來）的想法，就要有一支可以帶領眾人的海軍，要真正讓改變發生，一個人是不夠的，你必須要學會領導。你知道寫這本書有什麼樂趣嗎？就像是一種宣洩，就像我為什麼要成為一名記者呢？為什麼我會這麼相信新聞業？它的標準和道德，新聞業的使命與我作為一個人真正重視的事物有關，它幫助我成為了現在的我。」

可是，長期的戰鬥累人也消耗人，她是否曾有過不想再戰鬥的時刻？或者換句話說，如果可以選擇，她還會想再當瑪麗亞．瑞薩嗎？

她先是自言自語了一番，「所以，如果我有另外一種生活，會是什麼？」

「我的整個職業生涯作為一名記者，關注領導者，無論是一個新聞組、一個俱樂部還是一個國家，我想，我喜歡社會學和一大群人，我們如何能變得更好？成為更好的自己，因為人類有能力做到這兩點，對吧？我們可能會成為最糟糕的人，這就是為什麼我對社交媒體的激勵結構（incentive structure）如此不滿。它獎勵毒素（toxic），它把有毒的汙泥泵入我們所有人的體內。然而，人性的善良也總是讓我在災區時感到震驚。要知道，菲律賓是全球災害最嚴重的國家……」

說到這，她發現自己還沒真正回答問題，「我不知道。我喜歡領導所帶來的挑戰，我喜歡新聞業促使你要把私利放在一邊……好長的答案，但不是你的問題。我不知道。」她再次想了想，「挑戰造就了現在的你，失敗也造就了現在的你，對吧？」

瑞薩還是沒回答到問題，對吧？但答案應該已經顯而易見，她又再次說道：她喜歡她的生活，沒有任何遺憾。至今，她走過的每一步，做的每一個決定，都是再一次向我們證明，這是她為真相所願意做出的犧牲。因此，她也把這一個問題拋給了身為讀者的我們：「為了真相，你願意犧牲到什麼地步？」

【原標題〈「身穿防彈背心，你要如何不恐懼？」專訪諾貝爾和平獎得主 Maria Ressa〉，2023/07/14 周慧儀】

4 死亡煉獄

#緬甸

「身為記者我非常不甘心，但我有責任要向世界傳達真相！」

二〇二一年，緬甸政變百日之後，先前被軍方抓捕的日籍獨立記者北角裕樹已經被軍政府釋放，於同年五月十四日平安回到日本。在關押將近一個月的時間內，北角雖然沒有遭到軍方的肢體暴力，但精神層面受到嚴酷的審訊和壓力；僥倖獲釋的北角回到家鄉的第一時刻，除了感謝日本政府和民間的傾力救援之外，也立即向外界傳達他在緬甸牢獄中的所見所聞：恐怖、暴力、殘酷虐待正在不斷上演。

現年四十五歲的北角裕樹，過去曾為《日本經濟新聞》的記者，也有在緬甸當地媒體工作的經驗，而後轉為獨立自由記者，持續在緬甸採訪。政變爆發之後，北角仍在當地進行新聞採訪，提供第一手目擊給日本相關媒體；二〇二一年四月十八日，北角突然在自宅中被軍方突入抓捕，以「散播假新聞」的罪名將他拘留帶走，同時扣押他的工作資料。

北角被捕的消息曝光後，驚動日本政界和新聞界，雖然日本外務省第一時間就向緬甸抗議、要求放人，但軍方的態度極為強硬，執意認為北角就是製造假新聞、同情抗爭者的反軍政府分子。幾經政府透過各種管道的斡旋、以及日本新聞同業與民間的號召，緬甸軍政府才終於在五月決定釋放北角，並且撤除所有指控罪名。

「咦？要放我走？是開玩笑的嗎？」被關在仰光音山監獄的北角，聽到軍方決定放人的消息時，還覺得是設計的騙局；在完全沒向北角說明的情況下，就讓北角返回住所收拾，令他五月十四日當天返回日本。抵達成田機場後，北角向記者們陳述經歷：「雖然自己沒有遭到暴力相向，但是精神的壓力極大。在監獄裡也有許多針對政治犯的嚴酷審問……」。

根據北角的說法，他單獨住在一間牢房，提供基本的生活所需和飲食，「某種程度上是VIP待遇，可能因為我是日本人吧。」但期間軍方對他審訊不下七、八次，每次施以言語威脅和精神暴力，還多次要求他簽下軍方擬定好的供詞。北角表示，獄中其他類似、甚至更殘酷的凌虐手段多不勝數，「我一直聽到悲慘痛苦的叫聲……」。

因為牢獄中禁止紙筆，苦無工具之下，北角的記錄方式，「就是在心中一遍又一遍回想這些事情，牢牢記在腦海裡。」

然而回到日本的北角固然身體無恙，卻不見有任何喜色。「很感謝大家的救援與付出，但身為記者最後只有自己平安回國，實在很不甘心。我有責任要把在緬甸經歷的一切，向外界真實傳達。」北角說，調整好狀態後就會開始回到新聞崗位，繼續撰寫緬甸新聞、策劃相關活動讓日本社會大眾了解真相。

事實上，北角裕樹的遭遇並非獨特個案。早在三月下旬，波蘭駐緬記者羅伯特（Robert Bociaga）在撣邦報導時也遭軍方逮捕。根據他的說法，士兵在當時用警棍重擊他的頭部和右手臂、砸壞他的機車，並將他扣留在警察局共十三天的時間。警方說他會被逮捕是因為其所持有的旅遊簽證，只能拍攝當地的風景和寶塔，因此違反了規定。

而在被拘留期間，羅伯特目睹一位緬甸青年在一開放的房間裡跪著，雙手交叉放在頭後，此一情境是唯一一次讓他心生「恐懼」的時刻。他在被釋放後表示，「我比緬甸人受到更好的待遇，他們的處境要糟多了。」事實上，舉凡被拘留和逮捕的緬甸人在監獄裡都受到不同程度的惡劣對待，有些甚至已遭受酷刑而死，例如反軍方的緬甸詩人克席（Khet Thi）遭逮捕，其家人發現他的遺體被歸還後，部分器官已經被摘除。

幸運獲釋的二十三歲女性 Hnin 在三月三日於仰光示威而被捕。她形容，和她被關在一起的其他女性，大部分是受傷的示威者，有些則是遭警方夜間突襲被抓走的無辜者。這些被關押的囚犯有些因為害怕而哭泣，有些則接連被拷問和毆打，身心皆受到傷害。

「當我睜開眼睛時，警察就拿著槍站在我們面前。」Hnin 說比男性示威者時常在獄中遭到酷刑與毒打，部分軍官會阻止其同事毆打女性。據不同示威者的說法，警察不會在其他人面前毆打或折磨這些拘留人士，但是只要他們被個別帶走接受審問時，就會帶著傷痕回來。《緬甸前線》（*Frontier Myanmar*）報導，其中一位和外國人在一起的女性示威者被拘留後，被毒打至無法進食與行走的嚴重程度。

而即便獲得釋放，這些示威者也需要簽署一份文件，證明自己在獄中「沒有遭受任何酷刑」。同時，他們也會受到警方的威脅恐嚇，例如：「我知道你住哪裡，再上街的話，小心你和家人都有危險！」「你將會被殺死，即便消失了，也不會有人知道你在哪裡！」

根據緬甸政治犯援助協會（ＡＡＰＰ）統計，自政變後至同年五月十六日，至少有七百九十六位平民遭軍方殺害，三千九百九十八人被逮捕、指控與判刑，當中包括不少親民主派、專業人士如醫生和詩人以及名人等。

緬甸自由攝影記者梭奈（Soe Naing），於二〇二一年十二月十日因拍攝抗議軍政府的行動，被軍方逮捕，並在十四日傳出死亡消息，成為軍事政變後已知第一位在拘留期間死亡的記者。自二〇二一年二月一日政變起，記者便成為軍方針對的對象，目前已知軍方逮捕了約一百位記者，雖然有部分獲釋，但仍有至少一半的記者被拘留，至今未能確認他們的人身安全。

梭奈死亡之時僅約三十幾歲。事情起於十二月十日仰光的無聲罷工（silent strike）——這是當地近幾個月以來最大型的反軍政府示威活動——當時，各區民眾為了抗議軍方於九日在西北部實皆省一座村莊逮捕十一位村民、並開槍射殺焚燒屍體的殘酷行為，而在十日——也是國際人權日當天——發起從早上十點至下午四點的罷工行動。

據現場直擊的照片顯示，當時的仰光街頭空無一人，原本應該營業的商店也緊閉大門。而上街記錄這一些畫面情景的梭奈隨即被軍方逮捕，被帶到仰光的軍事審訊中心。接著，其家屬在十四日便接到他在一家醫院過世、遺體也已被火化處理的消息。

梭奈是第一位在拘留期間死亡的「記者」，但並非是第一位死亡的「拘留者」。儘管目前並沒有拘留者死亡的具體統計數字，但不管是美聯社的調查報導或獲釋拘留者的證詞皆明確指出：相關人士在被逮捕後往往遭遇軍方酷刑，尤其在一些還能看到遺體的案例裡，他們的表面都有明顯外傷。

美聯社在二〇二一年十月的調查報導指出，隨著軍隊政變，緬甸各處出現越來越多的審訊中心，被逮捕者——包括各少數族群、未成年者、僧侶等——往往遭折磨，甚至死亡。

事實上，過去軍方掌權期間也頻頻使用各種酷刑，只是當時的受害者多為少數族群，如今類似的酷刑已經適用於任何被逮捕者——男性拘留者經常遭毒打，女性拘留者則不斷面臨被性侵的恐嚇。根據獲釋囚犯們的描述，常見的酷刑也包括：剝奪睡眠、食物和水，對犯人電擊與棍棒毒打等等。緬甸援助政治犯協會指出：這一次（政變後），軍隊在審訊中心和監獄裡所實施的酷刑是有史以來最嚴重的。

一名獲釋的十七歲囚犯告訴美聯社他從被逮捕到釋放的具體經歷：軍方當時暴力毆打他的頭部，導致其頭部外層傷口裂開。不過軍方並沒有打算為他治療，而是一人一邊繼續毆打他，另一人在沒有止痛藥的情況下縫合其頭部傷口，直到他的身體被鮮血染紅。三天後，軍方把他帶到一處叢林，把他扔進地洞裡，用泥土填埋其脖子下方的身體部位。驚險逃生的他事後回憶：如果軍方下一次試圖再逮捕我，我會自殺。

儘管證詞眾多，但軍方也會遮掩相關證據，例如要求軍醫偽造屍檢報告，或迅速處理遺體等等。這意味著，受害者家屬往往在毫無預警的情況下接到親人死亡消息，或在還未確定死因前，就被迫埋葬或火化遺體。

正如此次梭奈死亡案例，因為遺體已被火化，家屬也就無從得知他生前是否有被毆打、身體是否有明顯外傷，他的實際經歷就此被掩埋。因為擔心人身安危，梭奈的家屬也不願多發言，並要求朋友們刪除社交媒體上有關梭奈死亡的消息。

梭奈的同事和朋友告訴自由亞洲電台，梭奈是一位經驗豐富的攝影師，過去幾個月報導許多關於軍方鎮壓和抗議活動的新聞，但也因為如此讓他惹禍上身。政變後的軍方為了掩蓋人權犯罪紀錄，大動作對付新聞媒體和記者，包括：禁止記者使用政變（coup）、軍政府（junta）等詞、特別射殺穿著印上「press」螢光背心的記者、關閉新聞媒體等。

文字記者尚且能脫掉螢光背心隱身在人群裡，但帶著攝像機的攝影記者卻別無選擇：所有的攝影記者都能拿出軍方鎮壓的確鑿證據……一旦軍方發現他是一名攝影記者，就可以把他帶走，然後殺死他。

記者被視為敵人，不幸被逮捕拘留的記者往往只能自求多福。緬甸民主之聲（Democratic Voice of Burma）的記者昂覺（Aung Kyaw）曾被軍方逮捕，並在九月二十八日獲釋。他描述自己遭審問的經歷：「他們（軍方）讀新聞，不管新聞機構寫什麼，他們都折磨我，並用軍靴踢我。他們說：『你們所有的記者都寫類似的東西！』就算這篇新聞與我無關，他們還是會毆打我。」

巧合的是，梭奈被逮捕的同一天正好也是諾貝爾和平獎頒獎日，二〇二一年的共同得主都是新聞媒體人：菲律賓獨立媒體 Rappler 創辦人瑪麗亞・瑞薩以及俄羅斯獨立媒體《新報》總編穆拉托夫（Dmitry Muratov）。兩人在頒獎典禮上都向所有遭到殺害和囚禁的記者們致敬，這些記者們因捍衛真相而付出巨大代價。

瑞薩在典禮上特別指出幾位備受尊敬的新聞工作者，如：被肢解的《華盛頓郵報》專欄作者哈紹吉（Jamal Khashoggi）、被白俄羅斯劫機逮捕的異議記者波塔塞維奇（Roman Protasevich），以及創辦獨立媒體《緬甸前線》、如今被迫流亡的索尼瑞（Sonny Swe）等等。此外，穆拉托夫也特別為殉職的記者默哀，感慨指出：希望記者們都能夠老死。（I want journalists to die old.）

《無國界記者》統計，二〇二一年被囚禁的記者人數創下新高，其中拘留記者人數增加的國家為：中國（一二七名）、緬甸（五十三名）以及白俄羅斯（三十二名）。此外，該組織也指出過去二十年裡，約有一千六百三十六多名記者遇害，包括二〇二一年遇害的四十六位記者。這一些記者堅持守在前線、堅信捍衛真相的價值，正如二十六歲的緬甸公民攝影記者高昂覺（Ko Aung Kyaw）告訴《紐約時報》：「我知道記錄（軍方鎮壓）非常危險，我可能會被槍殺或被捕。但我必須這麼做，這樣才能有證據來懲罰他們。」某一次，他上街拍攝到軍方在仰光逮捕市民的影片，一名警察隨即將槍口瞄準他。

幸好，發射的子彈正好擊中了他面前的牆壁。

【原標題〈酷刑凌虐「緬甸黑獄」：日本記者逃出生天的駭人目擊〉，2021/05/17 轉角24小時；〈酷刑與記者的壽命：緬甸軍政府之「死因無可疑」〉，2021/12/16 轉角24小時】

5 逃亡

#緬甸

「『如果他們拒絕回答我們的問題，我們就會性侵他們——女人和男人——然後殺了他們。』雖然這可能是隨意的談話，但很明顯士兵們是在威脅我。我讀過很多士兵性侵拘留者的報導，但我從沒想過這會發生在我身上。」

這是緬甸獨立媒體《緬甸前線》的記者葉蒙（Ye Mon）在二〇二二年九月十六日以真名寫下自己被軍方拘留、性侵的經歷。這段痛苦的經歷，讓他想要逃離緬甸，甚至想要結束自己的生命。但他挺過來了。如今，他和妻子、兒子已經到泰國清邁生活，繼續報導緬甸的故事。

緬甸在二〇二一年二月一日政變，那時的葉蒙以為這場政變很快就會結束，卻沒料到這是軍方策劃已久的政變，且翁山蘇姬領導的政府似乎對此毫無準備。軍方很快便祭出《刑法》第五〇五（A）條：任何人只要發表任何有關政變或軍政府不合法（illegitimacy）的評論，都將被視為刑事犯罪。當時，許多記者計畫要離開或已離開緬甸，因為在難以容下質疑、批判的大環境裡，在第一線揭露軍方暴行的記者無疑成為軍方首要針對的對象。

葉蒙解釋，在緬甸，軍方之所以能完全掌握記者的個人資料，除了因為軍方擁有很多線人，也因為他們擁有記者的資料庫。在二〇一一年，緬甸記者必須把詳細的資料交給政府，才能去參加記者會和國會。「我想，這是我們的錯。」他說，記者不該把資料交給政府，而且他們也從沒料到會再度發生政變。

政變發生一個月後，軍方到葉蒙的舊址找他，最後找到了他真正的住處。他意識到情況有些不對勁，透過一些管道發現自己不在機場列管的黑名單上後，申請了泰國簽證，於二〇二一年的十月飛往泰國。但是沒過幾個月，他收到親友病重的消息。儘管知道回去有一定風險，但他認為如果軍方讓他出境，那麼再入境應該就不會有太大問題。

因此，他的飛機在同年十二月十二日從泰國起飛，並於晚上八點降落在緬甸機場。

不料，竟是惡夢的開始，而他日後在《緬甸前線》寫下這段經歷。

機場當時非常安靜。他到櫃檯登記，決定最後要在哪裡隔離。一開始，他和移民官員的互動都很正常，但沒過多久全副武裝的警察走了過來，把他帶到房間的角落，開始質問他：是不是寫過反軍方的文章？是不是和平行政府民族團結政府（NUG）及其人民防衛部隊（PDF）有聯繫？知不知道自己已經違反《刑法》第五〇五（A）？

葉蒙心跳加速。他解釋：記者基於報導需要，需要跟各方交談，包括民族團結政府和人民防衛部隊，以及如果他知道自己被控，那他就不會再回到緬甸了。葉蒙的回答似乎奏效，警察把他帶到了政府的檢疫中心隔離，但沒收了他的筆電、手機和護照。他的心也跟著沉了下去，擔心壞事可能會發生。一個小時後，士兵和警察來到他的房間，對他戴上手銬，用黑布蒙著他的眼睛，把他帶到一個他至今也不知道的地方。他猜測，這可能是軍政府在仰光的其中一個審訊中心。

不知道過了幾個小時，也許是三個小時，有幾個男人走進來，質問葉蒙是不是和民族團結政府有合作，並且想要知道葉蒙聯繫的消息來源。葉蒙表示已經答應要對受訪者的身分保密，他懇求士兵放他走，結果換來一頓拳打腳踢。整個過程當中，葉蒙眼睛始終都被蒙上，黑布並沒有摘下來。

那個晚上，葉蒙被送回了飯店，他以為一切已經結束，但在隔天晚上九點，士兵和警察又重複同樣的流程，對他戴上手銬，用黑布蒙著他的眼睛，又把他帶走了。審問過程中，他們再問了一樣的問題，接著又開始毆打他，最後又再把他送回飯店。第二次回到飯店的晚上，「我痛苦得睡不著覺。」

隔一天，十二月十四日，葉蒙說自己永遠不會忘記這一天——他又被蒙上眼睛，帶到審訊中心，又被問一樣的問題。過程中，他聽到一位女性的尖叫聲，從士兵的話語中，感受到士兵們要自己和那位女性發生性關係，他們再次要求供出受訪者和消息來源，葉蒙再一次拒絕回答，表示自己已經忘記了。也是那一刻開始，士兵們性侵了葉蒙，「我求他們停下來，但他們要我安靜。這持續了大約一個小時。」

當下，葉蒙的想法就是想要活著走出去，他想著如果這一些士兵喪心病狂到可以性侵人，那麼自己隨時都會被殺害，於是他給了假的名字和號碼，以及在盡量減少他人風險的情況下，交出一些電話號碼。絕望中，他也告訴士兵自己曾經在聯合國兒童基金會擔任顧問。後來，不知道什麼原因，葉蒙被送回了飯店。

回到飯店的葉蒙鬆了一口氣，但所經歷的一切揮之不去。他說，十四號對他而言原本別具意義，因為這一天是他和妻子結婚的日子，也是他兒子的生日，但在痛苦的拘留經歷後，十四號變成了好壞參半的日子，「這變成50％和50％，在這（被拘留）之前，是百分之百的快樂。」

軍方到葉蒙的飯店，和他協議，並要求他：對自己經歷的一切保持沉默、不為《緬甸前線》工作、不聯繫民族團結政府和人民防衛部隊、國內國外旅行都要提早通知警察局——只要葉蒙簽署同意，那麼軍方就會撤銷控訴，歸還筆電、手機和護照。葉蒙寫道，儘管他真的很想擺脫軍政府，但要他跟軍政府達成協議，依然讓他感到噁心。不過為了家人的安全，葉蒙簽下了這一份協議。

十二月二十日，葉蒙解除隔離，雖然最終順利回到家，他依然感到痛苦，甚至恐懼。就算身上的傷口慢慢癒合，但他開始害怕黑暗，只要在街上或是社群平台上看到軍警，都讓他崩潰。對於這段經歷，他難以告訴自己的妻子。絕望到谷底時，他甚至想要結束生命。他寫道：「我覺得我沒有未來，沒什麼可以期待的。最重要的是，我感到孤獨。」

所幸，經過幾個月的掙扎後，二〇二二年四月，他還是把這段經歷告訴妻子。這份傾訴雖然讓他狀況稍微好轉，但身心依然備受煎熬，他想要離開緬甸。於是他再一次申請泰國簽證，結果他通過申請了，成功於二〇二二年六月六日降落在泰國，他的家人也跟著他一起到了泰國。

至今他依然不知道為什麼軍方會讓他出國，但至少，他擺脫了獨裁政權。而他所屬的《緬甸前線》也為他準備了定期諮商，幫助恢復。

★

葉蒙抵達泰國後，用真名寫下這段真實經歷，揭露軍方暴行。

當被問到書寫的過程中，自己在想些什麼，葉蒙緩緩回應：「我在二〇二二年六月開始寫，並且在九月完成。我和編輯討論了很多，像是要不要使用真名，因為我不希望兒子知道這一段經歷。但為了證明報導的準確性，以及鼓勵更多人站出來，所以，我最後做了這個決定。」

結果報導上線後，葉蒙妻子的工作受到了影響。他的妻子原本在緬甸的美國非政府機構工作，後來這一個機構以政治敏感為理由，終止了和其妻子的工作合約。這讓葉蒙覺得非常不合理，正考慮是否要寫信申訴。而他自己原本擔心報導上線後，軍方會否認一切、並將之汙衊成謊言，但軍方最後沒有給予任何回應。

身為記者，葉蒙勇敢地揭露了軍政府暴政，但身為一位父親，他也有自己的矛盾，因為他不想讓孩子知道自己的這段經歷，「當他長大後，我不希望因為自己經歷過的壞事，讓他感受不好。」那麼有一天，他有可能會把這段經歷告訴自己的孩子嗎？他回答：「如果可以的話，他會是最後一位知道的人。」

如今，在清邁，葉蒙持續報導緬甸的故事。但因為不在當地，他只能透過電話、通訊軟體如Signal、第二或第三方資源與受訪者聯繫，這有時也會讓查證工作變得困難。雖然如此，但身在國外，讓他覺得比較安全，也相較沒有自我審查的問題。在一切看似慢慢好轉的情況下，葉蒙分享近期讓他最開心的事情是兒子的兩歲生日。他在螢幕那一端露出笑容，說道：「去年（二〇二二年）是我兒子的兩歲生日。在他一歲的時候，因為疫情我們沒辦法和他慶祝，但現在我們在泰國，可以在免於軍政府的恐懼下，好好幫他慶祝生日。」

也是在經歷這一切後，葉蒙坦言他其實有想過要轉換跑道，畢竟記者的工作不容易維持家庭生計，他想過要當一名通訊主任，但最後他還是沒有這麼做，「我的興趣是當記者，還想要繼續寫，所以這是為什麼我沒辦法轉換跑道。」

「那你在走過這一些痛苦的經歷後，在你已經八十歲的將來，有沒有什麼話想對自己說、鼓勵自己呢？」對此問題，葉蒙想了一想，然後回答：「我想，我會對於我在二〇二一年寫下的這段故事感到驕傲。是的，我想這會成為我一生中難以忘記的故事。」

【原標題〈破繭如何重生？緬甸政變兩年……專訪被軍方性侵的記者〉，2023/02/03 周慧儀】

6 只要還是在這個國家，就能見證現場

#緬甸

緬甸記者保羅（化名）至今仍在該國最大的城市仰光。為了在政變後繼續報導，他調整了採訪方式，過去被視為理所當然的新聞裝備，如相機、錄音筆、手機如今成了禁忌，若被軍政府看見，等於自己宣判自己的死刑，「我不認為這是一種誇張的說法，如果安全部隊看到你拿著相機，我很確定你會被拘留。」

相比起政變前，政變後的採訪更具挑戰，也更難以建立與受訪者的信任感。

為了保護自己，保羅不能像以前一樣揭露記者身分，而是換個方式說明自己是某個計畫的研究員，但這有時難以獲得受訪者信任，因為受訪者也必須確認他不是軍方派來的間諜。之中，記者與受訪者可能需要來回互相試探，若最終決定相信對方後，記者也要確認彼此都是在安全的環境下對話，且所有的資料都需要經過加密，才能保護自己和受訪者。最後，保羅也必須銷毀敏感

的資料，確保自己沒有留下任何可以被軍方追蹤的痕跡。

根據國際記者聯盟的報告，在二〇二二年發生政治鎮壓的國家和地區裡——中國、香港、埃及、伊朗、緬甸、土耳其和俄羅斯等國記者是政府鎮壓行動的第一批受害者之一。其中，中國和香港位居榜首，一共有八十四位記者入獄，接下來是一共有六十四位記者入獄的緬甸。

因此，保羅形容「未知的恐懼」無時無刻存在，自己總是害怕走在路上會不會無緣無故被攔下來檢查手機，如果軍方發現手機裡裝有虛擬私人網路（VPN）裝置，會不會逮捕自己？會不會被拘留？他會擔心，「軍方是不是已經知道我是誰了？他們已經在監視我、調查我了嗎？會不會就是今天，他們會跟蹤到我住的地方，然後找到我？我不知道。」

以下是我們和保羅在政變後兩年（二〇二三）的訪談，在不失原意的情況下，經過濃縮和調整，整理了他在緬甸的觀察，談談他選擇不離開緬甸的原因，以及他如何直視內心的恐懼。

★

問：這兩年來，緬甸經歷了什麼？人們的日常生活（normal life）如何呢？

保羅：要談緬甸政變兩週年，就要回到二〇二一年二月一日，那個早上對每個人來說，發生了天翻地覆的變化。但現在，人們慢慢地適應生活、慢慢地回歸生活，回到各自的崗位上工作。人們的生活不容易，全球經歷烏克蘭戰爭、物價變得越來越貴。如果要說二〇二一年和二〇二二年的不同，大概就是在大城市裡，巡邏士兵越來越少，這麼說不代表他們不在了，而是他們已經不在大城市站崗了，我猜他們可能被派駐到前線，因為民地武裝組織和軍方的抗爭也升級了。

但是，當然，生活裡依然有恐懼，人們擔憂自己被搶劫或勒索。人們正在恢復原本的生活和工作，因為他們必須要謀生、要吃飯，你不能責怪他們。

所以我不會說一切生活已經恢復正常（normal）了，因為你永遠不能說這是正常的，因為要做到這一點（恢復正常），就意味著一開始根本不應該發生政變。

我忘了說，直到現在我們還是能聽到爆炸聲，這邊爆炸、那邊爆炸。相比起兩年前，你聽到爆炸聲會害怕，但現在爆炸聲在某種程度上已經成為日常生活的一部分，如果你現在聽到，就像：哦，有東西爆炸了。

問：那對你而言，當初發現是「政變」的那一刻，你是怎麼想的？

保羅：當我發現是政變的那一刻，請原諒我的說法，我想說：該死（shit），又來了！緬甸人對大型民主示威毫不陌生，對他們這一代人來說，這已經是他們第三次目睹類似的民主運動。我們在一九八八年經歷八八八八民主運動、二〇〇七年番紅花革命，現在又來一場政變。所以這是為什麼當我意識到這是一場政變時，我的腦子裡就在想：哦，該死！我們就像要回到過去的生活：停電、賄賂、軍人可以做任何他們想做的事、揮舞著槍枝，這很可悲。而且，在你有生之年又再次目睹政變，這太令人失望。

問：政變兩年後，有些人會認為緬甸已經逐漸被世界淡忘，尤其在俄羅斯入侵烏克蘭之後，關注度也隨之降低，你覺得呢？

保羅：我覺得這取決於你如何看待它。圈子裡的人，例如新聞媒體，其實還是非常關切緬甸，知道緬甸如今的狀況。當然，對於一般人來說，我認為除非是重大事件，例如翁山蘇姬被判刑，否則緬甸就不在他們的視線範圍內，他們不會知道緬甸發生了什麼事。我猜，烏克蘭戰爭或許也是如此，它可能也已經不在一般人的視線範圍內，因為重大事件總是在各處發生。但是，責怪一般人並不公平，要責怪的應該是社群媒體如 Twitter 如何影響人們的注意力，是這一些社群媒體讓新聞的循環變得更快，讓人們的注意力變得越來越短暫。回到你的問題，你說人們已經忘記緬甸了嗎？世界已經忘記了嗎？我覺得它在一定程度上是這樣。因為當人們提到緬甸，就像：「哦，這是哪裡？發生了什麼事？啊對了，是發生政變對嗎？那現在怎麼樣了？」

是的，我們有一場政變，而且我們還在政變當中。而這也不只是一場政變，有多少人的生命被摧毀，經濟受到多大衝擊，但人們實際上並沒有對此給予關注。我認為，與烏克蘭戰爭所引起的關注相比起來，緬甸被遺忘是非常不幸的。

問：你如何看待緬甸的未來？

保羅：我抱持樂觀態度。從某種程度上，我想人們已經達成共識，這會是一場長期的抗爭。二〇二二年政變一週年時，平行政府非常活躍，一切都很有推動力，事情似乎很快就會結束，但現實不是如此，我不是說平行政府如今已經不活躍，而是政變兩年後，我們看實際的狀況：經濟危機、食物價格上漲、天然氣和石油價格也飆升，人們出現疲倦的跡象，他們不能再像之前一樣把革命放在首位，人們必須要吃飯，必須要掙扎生存。當然，這不是他們的錯，如果要歸咎錯誤，那就是發動政變的軍政府的錯。

我這邊說的人們，還是大城市的人，不包括在邊境地區裡被軍政府攻擊的人，他們的生活更加艱辛，他們不得不逃跑，甚至也不知道是否還有可以被稱之為「家」的地方可以回去。

但是，儘管看起來前景黑暗，我們仍然希望民主會取得最終的勝利。

★

問：記者如今已經成為軍方的眼中釘，可否請你談談軍方這兩年來如何打壓媒體和新聞自由？

保羅：這對緬甸來說一點都不陌生。現在如果你走在街上，或者進入一家商店，你只會看到軍方支持或親軍方的報章，你看不到獨立媒體或其他報章。不過，我這邊說的是在緬甸的報章和雜誌，如今許多緬甸獨立媒體轉戰網路，所以就算政府可以審查國內新聞，但難以審查網路媒體。人們現在也變得更加開放，他們不會再相信軍政府餵養的謊言，而是會開始閱讀和搜尋獨立媒體報導的新聞。

我們可以看到，軍方如今也實施緬甸《刑法》第五〇五（A），這不僅成為軍方針對媒體的武器，而是所有被視為反軍方的人都會被對付。

問：《緬甸前線》在二〇二二年的一篇報導提到：社運人士擔心獨立媒體過度聚焦於報導軍政府的暴力行為，以至於很少批評平行政府——民族團結政府（NUG），或是對NUG採取批判的角度，你對此的觀察是什麼？

保羅：這取決你收看哪一個媒體平台，如果你一直關注親NUG的媒體，那當然只會看到一樣的新聞內容。但是還有其他獨立媒體，就像你提到的《緬甸前線》，試著保持公正，並且提出建設性的批評。如果你是一個真正的媒體，你應該要做好你的工作，採取平衡報導的方式。此外，我覺得這個取決於讀者本身，因為我們現在都只沉浸在自己的同溫層裡，如果我朋友贊同這個看法，我也會一起跟隨。在這樣的情況下，我也不會踏出我的同溫層，也就會覺得身邊的人的看法都跟自己一樣，但事實並非如此。

問：身為記者，這兩年下來，有沒有讓你印象最深刻的故事？

保羅：如果要我單獨挑出一個感人的故事，我認為這對許多因為政變而遭受巨大苦難的人來說，是不公平的，儘管我真的很想說：「你知道，這個故事讓我掉下了眼淚。」自從政變以來，很多學生被處決、人們被逮捕和拘留等——這些都是我一直聽到的悲慘故事，因為你看到一個家庭如何失去親人，如何失去他們的兒子和女兒、丈夫和妻子。我們看到這麼多年輕的Z世代，這些孩子應該擁有光明的未來，他們以前過著舒服的生活、睡在有空調的房間裡，但現在他們卻在森林裡（戰鬥）。

所以我很難單獨挑出最深刻的故事，因為二月一日軍方發動政變，我猜這就是緬甸和緬甸人民最悲傷的一天，因為人們的生活已經天翻地覆。就像「這是一次過山車之旅，但突然之間，我們卻再也看不見前方的軌道，然後一切往下墜，我們從懸崖墜入深淵。」

問：政變以來，許多記者被拘留，甚至被殺害。在局勢未見好轉，記者的工作也越來越危險的情況下，你有想過要離開緬甸嗎？

保羅：當然。我認為任何有機會的人都會考慮離開緬甸。但是，當然，對於仍留在緬甸的人來說也存在各種原因，這關乎個人和經濟因素，則無法怪任何人。令人遺憾的也是，我們當初看到在翁山蘇姬的帶領下，緬甸似乎朝著好的方向前進，防疫也逐漸上軌道（以當時的情況而言）。然後二月一號，就發生政變了。我不知道民主力量什麼時候會獲勝，緬甸什麼時候會恢復，是要再花十年、二十年才能回到政變前嗎？我猜吧。

問：如果是這樣，是什麼原因讓你最後選擇留在緬甸呢？

保羅：基於個人原因，我留下來了。身為一名記者。也有同事一直告訴我：「你在幹什麼？你應該離開。」當然，最終的目標是離開，但是你知道，只要你還在這個國家，你就還可以見證現場，這比依靠第二方或第三方的資源來得好多了。

我不想要給予軍方任何的稱讚，說什麼：「哦，情況並不像他們說的那樣糟糕。」但實際情況並不像國際媒體所說的那樣混亂。你知道，在仰光這樣的大城市，並沒有任何搖搖欲墜的建築物、炸彈等，人們還是繼續過生活，這邊也還有夜生活。雖然有些人對此抱持質疑，認為：有些孩子還在森林裡戰鬥，你卻在夜店裡狂歡？

但當然，只要我還在這裡，我就可以見證實際情況。我也必須說我是幸運的人之一，因為如果我身處在那些被軍政府攻擊的地區，我不認為我還可以像這樣，在下午接受你的訪問。

問：在身心都承受巨大壓力的情況下，你怎麼照顧自己的身心健康？

保羅：我想，我的身心在某種程度上變得麻木，就像你已經對城市裡的爆炸聲感到麻木。有時，你就是忙於其他工作，在整體生活上，關於自己會不會被拘留的想法有時會消失一陣，也是這樣短暫的時刻可以讓我繼續前進，你知道，就算是小時刻也好。或者，你讀到好消息，例如NUG政府有一些進展，這些事也可以讓你繼續前進，讓你忘記你其實還生活在一個想要逮捕你的專制政權裡。

問：你有沒有做好最壞的打算了？我指的是：被拘留。

保羅：當然有預備計畫，但你知道，我希望我永遠都不會有面對它的一天。當然，如果你在這裡當記者，你應該總是有一個預備計畫以防萬一。這不是假設性的預備計畫，而是一個（真實的）預備計畫。萬一發生任何事情，A計畫被打亂了，你可以直接跳到B計畫和C計畫，你需要有應急措施。

問：最後，你最近有什麼開心的事可以跟我們分享嗎？或者，可否和我們分享你最近在聽哪一些歌曲呢？

保羅：只是一些小事吧，比如和流浪小狗和小貓玩耍。牠們，非常自由，也非常友好，跟牠們玩耍對我來說就是快樂的時刻。

至於歌曲，我最近在聽 K-Pop（笑）。我在聽 NewJeans 的 Ditto 和 Hype Boy，這首歌非常吸引人，我想是的，緬甸也需要全世界成為它的 Hype Boy。

【原標題〈留下的恐懼與代價：緬甸政變兩年……專訪仍在仰光報導的記者〉，2023/02/01 周慧儀】

四 生命是代價：那些遭到報復的記者

如果是身處在戰地的記者，生命安全面臨的風險是可想而知。但是外界也許很難想像，就算離開了戰爭與衝突的場域，其實也不保證記者的絕對安全。特別是當調查工作與報導可能觸及敏感的利益，記者還有可能會遭到各種手段形式的報復，最嚴重的代價就是付出性命。

二〇一八年沙烏地的異議記者哈紹吉（Jamal Khashoggi），遭到沙烏地政府設局謀殺分屍，是當時震驚全球、針對記者赤裸裸地施行極端暴力的事件。世界各地的記者遭遇暴力、威脅恐嚇等攻擊的案例層出不窮，而且發生的場域不限於最危險的敵對環境，英國BBC亦在二〇二〇年時發布專文討論：為什麼記者時常成為攻擊的目標？甚至身處在一般人認為的自由民主國度，卻仍有記者在抗議衝突現場，被警察壓制或攻擊？對記者的「不友善」似乎已成為伴隨新聞工作職業環境的陰影。

我們揀選了不同國家發生過的案例，從威權專制的沙烏地阿拉伯、情勢複雜混亂的巴西和塞爾維亞，再到新聞業發展良久的美國與瑞典，這些看似相異的事件裡，都有記者在日常工作中遭遇報復和威脅的壓力。

1 入獄二十年

#厄利垂亞

二〇二一年九月二十三日，我來到瑞典南方的大城馬爾默（Malmö），因為聽說市立圖書館大廳將掛上桂民海與另一位被囚禁的瑞典記者達衛特・伊沙克（Dawit Isaak）的肖像。桂民海二〇一五年被中共逮捕的新聞，不論在瑞典或是中文世界都受到相當的關注，也是我來到馬爾默的原因，但這趟採訪卻讓我意外認識了世界坐牢時間最長的記者、劇作家、詩人達衛特・伊沙克的故事。

達衛特・伊沙克一九六四年出生於非洲國家厄利垂亞（Eritrea），家中經營小雜貨店，經濟小康。伊沙克有五個兄弟姊妹，他排行老四。從小，伊沙克就喜歡寫作、足球，他的二哥厄福任（Efrem Isaak）在二〇一一年出品的紀錄片《囚禁——達衛特・伊沙克不為人知的故事》（Imprisoned: The Untold Story of Dawit Isaak）中回憶道，伊沙克總是在晚上熬夜寫作。

伊沙克在一九八五年因為逃避厄利垂亞獨立戰爭的戰火逃難到瑞典之前，已經在厄利垂亞出版數本著作，也曾得過一些文學節的獎項。

到了瑞典之後，他一面做清潔工作，一面繼續創作，閒暇時候跟朋友踢足球。雖離鄉背井，他對厄利垂亞的前途仍非常關心，常參與厄利垂亞同鄉會的活動，討論厄利垂亞的政治問題，參與這些活動的厄利垂亞人大都對祖國抱著民主、自由的嚮往。

位於非洲之角的厄利垂亞，在二次大戰中從義大利殖民地被鄰國衣索比亞併吞，成為衣國的一省，為了脫離衣索比亞的統治，厄利垂亞在一九六〇年代開始了獨立戰爭。戰火延續了三十餘年，由現任總統阿夫瓦基（Isaias Afwerki）帶領的厄利垂亞人民解放軍（Eritrean People's Liberation Front，EPLF）於一九九一年取得厄利垂亞全境控制權；一九九三年，衣索比亞新政府支持厄利垂亞獨立，同年，在聯合國介入下舉辦公投，絕大多數的厄利垂亞人同意獨立，厄利垂亞終於走上獨立之路。

也就是在這個時候，已取得瑞典國籍的伊沙克決定踏上返鄉之路，回到首都阿斯瑪拉（Asmara），投身建立自由民主的厄利垂亞。他在那裡結婚生子，並且跟一群志同道合的記者一起創立了厄利垂亞的第一份獨立報紙 Setit——尼羅河最大分支特克澤河（Tekezé River）在厄利垂亞境內的部分就被稱作 Setit，他們以這條永不乾枯的河為報紙命名，勉勵 Setit 也要永不停息地報導新聞。

獨立後的厄利垂亞並沒有像阿夫瓦基承諾的，成為一個民主自由的國家，反而越來越專制。阿夫瓦基利用厄利垂亞獨立戰爭後高昂的民族主義氛圍以及與衣索比亞間的邊境衝突，慢慢將自己塑造成「偉大領袖」，也開始對媒體、異議分子進行更多控制，並擴大徵兵，把所有不服從的人都關進監獄裡。

二〇〇〇年，伊沙克因為感到厄利垂亞日漸惡化的環境，決定將家人先送回瑞典，他又獨自回到厄利垂亞，誰也沒想到，這一別，就逾二十年。

二〇〇一年五月，十五個對阿夫瓦基不滿的政府官員與政治人物聯名抗議其延後選舉、不實行憲法，伊沙克與 Setit 的其他記者都為這個被稱作G－15的抗議團體做了報導；同年九月二十三日，伊沙克被逮捕入獄，囚禁至今超過二十年，從未得到律師辯護的機會，沒有出庭審判，也不被允許跟家人聯絡，是現今世界紀錄中坐牢最久的記者。

伊沙克被捕之後，其在瑞典的家人開始向瑞典當局求助，但整整兩年的時間，都沒有得到任何協助，瑞典外交部告訴伊沙克的弟弟艾薩亞（Esayas Isaak），伊沙克有雙重國籍，他們無能為力。瑞典媒體當時也是一片沉寂——這個在遙遠的非洲國家被捕的非洲記者，引不起讀者的興趣。

同年稍早在美國發生的九一一事件比伊沙克被捕重要多了。

對於瑞典政府與媒體的冷感，曾參與救援行動的阿達克土森（Lars Adaktusson）與同為厄利垂亞裔的記者埃斯特凡諾（Meron Estefanos）都表示，若伊沙克今天是有傳統瑞典名字的「瑞典人」，外交部跟媒體絕對不會如此冷淡。

艾薩亞也聯絡了宗旨為維護言論自由的非營利組織，只得到把事件發生經過傳真到組織辦公室的回應，再也沒下文。

「無國界記者組織」在〈二〇〇一年入獄至今的良心犯——為何達衛特．伊沙克仍被監禁?〉（Imprisoned since 2001）一文中寫道，艾薩亞並不想指名道姓，但這些曾拒絕報導伊沙克被捕的記者，有很多後來都加入了為「同事」自由請命的行動，有些人甚至曾因為當年的不聞不問向艾薩亞道歉，但艾薩亞說：「他們該道歉的對象不是我，而是伊沙克。」

二〇〇四年，伊沙克被捕入獄的三年後，瑞典新聞界、文化界成立了「釋放達衛特」（Free Dawit）的協力救援組織，開始進行各種倡議行動，瑞典社會總算開始注意到這個事件；而一直未曾跟伊沙克的家人聯絡的瑞典外交部也才開始邀請他的家人到外交部聽救援工作彙報。這舉動固然是正面的，但根據艾薩亞的說法：依舊沒有產生任何改變。

二〇〇五年十一月九日的清晨，伊沙克的妻子蘇菲亞接到伊沙克的來電，他在電話中說自己被釋放了，很快就能回家。蘇菲亞隨後跟救援團隊聯絡，「釋放達衛特」當時的主席厄布林克（Leif Öbrink）便將消息告訴瑞典新聞通訊社（TT），瑞典各大媒體蜂擁而至，厄布林克還將蘇菲亞和孩子接到他家，接受採訪；當時的外交部長也親自打電話向伊沙克的家人恭喜致意。

伊沙克被釋放的消息「傳回」駐厄利垂亞大使館，當時的大使史貝勒（Bengt Sparre）接受瑞典電視台（SVT）訪問時表示，他的方法奏效了。他說：「……當朋友比當敵人好，這個成果來得比我預期的還快。」

然而，當時厄利垂亞的資訊部長阿赫默德（Ali Abdu Ahmed）卻對瑞典媒體表示，伊沙克並不是被釋放，而是因為健康因素，暫時外出就醫。對此，史貝勒強調他對自己的消息來源非常有信心，伊沙克是被釋放了。厄利垂亞方面則是繼續否認史貝勒的說法，並表示他們不知道史貝勒是從哪裡得知這個消息的。

兩天之後，伊沙克就又被抓進牢裡。史貝勒在確保伊沙克安全之前，對媒體大放厥詞的做法受到媒體強烈抗議，但瑞典媒體對於自己在確認伊沙克回到瑞典之前就大肆報導的作為，卻沒有給予同等批評。

在這十六年間，偶有從厄利垂亞出逃的難民提到自己曾在同一個監獄見過伊沙克，並帶出一些伊沙克的消息；厄利垂亞政府從不主動提供消息，他們甚至表示，伊沙克不是瑞典人，瑞典無權過問他的安危或要求當局釋放他。厄利垂亞當局不斷利用與鄰國的各種爭戰作為理由，表示等邊境戰事一旦緩和，他們就有可能釋放伊沙克。在馬爾默的紀念座談會上，艾薩亞無奈地說：他覺得他哥哥的命運漸漸消散在這些區域衝突中。

★

瑞典對厄利垂亞一貫的外交做法就是要「安靜」，用軟實力、補助當地發展作為條件交換，在二〇〇五年伊沙克又被捕之後，瑞典政府更是確定了凡事不張揚、不施壓、當朋友、顧面子等手段，期待厄利垂亞政府會因此對瑞典的要求有所回應。目前瑞典跟厄利垂亞兩國間已無任何雙邊補助計畫，但瑞典仍透過聯合國與歐盟的共同計畫對厄利垂亞有所補助。

「無國界記者組織」在內的救援團隊對瑞典政府的「安靜外交」感到不以為然，艾薩亞說，也許就是在伊沙克被捕的當下瑞典政府毫無動作，讓厄利垂亞認為瑞典不在乎伊沙克，所以才這麼肆無忌憚；他也說，「安靜外交」就是厄利垂亞當局最希望看到的，他們就是希望人人都噤聲。

「無國界記者組織」每年九月二十三日前都會到法院控告厄利垂亞政府違反人權，但他們的案件卻從未被審理，瑞典當局當然也沒有針對厄利垂亞政府違反國際人權法展開調查。部分參與救援的人士認為，瑞典應該採取更強烈的手段，甚至整個歐盟應該關閉所有厄利垂亞的使館，因為厄利垂亞政府透過駐外大使館，監視控制流亡人士，並透過辦理護照，向海外國民收取他們在移居國自一九九二年至今在當地收入的2％，作為政府營運稅收，這是一筆可觀的收入，也讓厄利垂亞政府無視國際制裁。

救援行動進行了二十多年，伊沙克的家人、朋友對救援行動和方式各有各的顧慮和立場，有些人已經為此互不往來；在駐外使館的監視與控管下，許多厄利垂亞人就算在瑞典也不敢批評政府，伊沙克以往的球友也有很多轉為支持厄利垂亞政府。這場漫漫的救援何時才能結束？伊沙克何時能重回家人的懷抱？那個他心心念念的家屆時還存在嗎？

【原標題〈最哀傷的世界紀錄：瑞典記者伊沙克「祖國冤獄」的第二十年〉，2021/10/25 Yongli Ku（辜泳秝）】

2 從分屍案到網路戰

#美國 #沙烏地阿拉伯

「為什麼沙烏地的王子，會想要貝佐斯的裸照？」二〇二〇年一月二十二日晚間聯合國人權委員會獨立調查專家團發出特別報告，內容藉二〇一八年沙烏地異議記者哈紹吉（Jamal Khashoggi）遭沙烏地政府設局謀殺分屍事件的分案調查，指控沙烏地王儲穆罕默德王子（MbS）涉嫌用whatsapp個人帳戶施放惡意軟體，對全球首富——電商Amazon與《華盛頓郵報》的老闆貝佐斯（Jeff Bezos）發動駭客攻擊，除了竊取大量機密情資外，更藉此惡意流出貝佐斯的「婚外情裸照」，試圖報復貝佐斯與《華盛頓郵報》在哈紹吉血案中「死纏不放」的調查報導。

一九六四年生的貝佐斯，是全球電商龍頭Amazon的老闆與創辦人，在二〇一三年收購《華盛頓郵報》後成為該報的最大股東。他的身家估值高達一千一百七十二億美金（折合新臺幣三兆五千一百二十二億元），是二〇一九年富士比富豪排行榜龍頭，也是當時的「全球首富」。

貝佐斯的「裸照醜聞事件」發生在二〇一九年一月分。當時貝佐斯正與結婚二十五年的太太麥肯奇（MacKenzie Bezos）協議離婚。在談判的過程中，美國的八卦小報《國家詢問報》（National Enquirer）不斷取得「內線爆料」，並大肆攻擊「渣男貝佐斯之所以拋棄髮妻，是因為與已婚女主播發生婚外情」。

私人感情遭到小報爆料的糾紛，雖未對貝佐斯與前妻的「和平分手」造成太多困擾，但大量個人資料與生活訊息被曝光的情況，卻讓貝佐斯本人頗為惱怒。貝佐斯找來了徵信業界的權威、曾受聘於雷根總統的資深保安顧問德貝克（Galvin de Becker）擔任私家偵探，負責追查《國家詢問報》的洩密來源究竟是誰？

但《國家訊問報》卻變本加厲對貝佐斯發出「恐嚇信」，直接派出法務代表，要求貝佐斯以老闆的身分「限制私家偵探與《華盛頓郵報》對於貝佐斯洩密案的調查起底」，否則將公開一系列貝佐斯的私密資料——「雖然我們修圖修得很不舒服，但這樣下去，我們真的要公布以下的多張圖片，包括貝佐斯先生的露屌照、貝佐斯先生的下空照、貝佐斯先生與桑切斯主播的事後照、貝佐斯先生帶著與麥肯奇的婚戒的偷情自拍裸照……」在恐嚇電郵中，《國家詢問報》的總編輯毫無遮掩地如此寫道。而這些往來的電郵與通話紀錄，也被貝佐斯記錄了下來，並在二〇一九年二月七日於個人部落格將《國家詢問報》的恐嚇行徑「全盤曝光」。

抓住關鍵對話的貝佐斯，把《國家詢問報》拖入了沉重的官司與司法訴訟之中；美國公眾與新聞輿論亦對《國家詢問報》的失控行為大力譴責，最終甚至強迫涉嫌「主導恐嚇貝佐斯」的報紙大股東佩克（David Pecker）賣出所有持股。但貝佐斯仍對此事極為介意：「究竟是誰偷走了我的裸照？」

在暴擊《國家詢問報》之前，貝佐斯與德貝克就已發現「這批私人訊息的外洩很不尋常」。儘管《國家詢問報》事後主張：「私密照片與偷情簡訊，都是由女主播的眼紅弟弟為了『勒索賣錢』而主動提供」，但貝佐斯的調查團隊仍察覺「事有蹊蹺」，堅決委任資汛安全公司「ＦＴＩ顧問公司」的專家法蘭特（Anthony J Ferrante）追究到底。

隨著ＦＴＩ顧問公司與德貝克的調查日趨深入，他們發現的「真相」也就越顯離譜，因為整起洩密風暴的源頭，確實來自於貝佐斯當時懷疑的嫌疑之一，即與貝佐斯曾有私交、卻涉入《華盛頓郵報》專欄記者哈紹吉分屍案的沙烏地阿拉伯王儲——穆罕默德・本・薩爾曼王子。

根據《華盛頓郵報》、《金融時報》與《衛報》提前取得的調查報告，貝佐斯調查團隊認為：《國家訊問報》的裸照來源以及貝佐斯在二〇一八到二〇一九年間遭遇的網路攻擊，很可能來自於「手機洩密」，因為從二〇一八年五月一日起，貝佐斯的手機就在無授權的狀態下，傳出千倍流量的資料封包。

調查團隊指控，貝佐斯的網路資料之所以會被惡意入侵，是源於手機被植入一套惡意軟體「天馬座3型」（Pegasus-3，以色列NSO集團供應）。而天馬座之所以會入侵貝佐斯的手機，則因為穆罕默德王子透過 whatsapp 傳給貝佐斯的一部影片——影片被植入木馬。

二〇一八年五月一日，曾因前月訪美行程而與貝佐斯搭上線，並積極拉攏 Amazon 參與沙烏地「願景二〇三〇投資倡議」的穆罕默德王子，透過 whatsapp 撥通貝佐斯的電話，針對 Amazon 在沙烏地建置「數據總部」招商案相談甚歡。通話結束後，王子傳給貝佐斯的一部影片，內藏惡意程式碼——不疑有他的貝佐斯開啟後幾小時內，手機就開始祕密上傳非法授權的大量資訊封包。

「天馬座」挖開的資安後門，在往後幾個月裡大量擷取、傳發貝佐斯的私人使用資訊；過程中，貝佐斯與團隊卻毫不知情。直到二〇一八年十月，為《華盛頓郵報》寫專欄的沙烏地異議記者哈紹吉，在土耳其伊斯坦堡的沙烏地領事館內遭王室特務設局「絞殺」分屍，被《華盛頓郵報》指控為殺人主謀的穆罕默德王子，才與支持《華盛頓郵報》新聞自主、深入報導的貝佐斯決裂。而天馬座所帶來的大批個人資訊，這才成為沙烏地暗中對貝佐斯發動「網路戰」的重要來源。

為什麼貝佐斯的團隊，只憑著穆罕默德王子的 whatsapp 影片，就能將整起洩密案指控為「沙烏地陰謀」呢？難道王儲不能是「誤觸木馬」手機中毒，如同一般不擅使用資訊科技的３Ｃ長輩一樣，在不知情的狀態下傳出惡意程式嗎？對此，ＦＴＩ顧問公司則有不同的解釋。

在發現資安破口來自於「王儲影片」之前，貝佐斯的團隊就已高度懷疑：資安事件與《華盛頓郵報》的沙烏地報導方針有關（哈紹吉案後，沙烏地網軍對於《華盛頓郵報》與貝佐斯的策略性攻擊）。因此在破解 whatsapp 線索後，團隊也主動找上了幾名沙烏地的海外異議分子，邀請聯合國人權理事會的特別調查官、負責調查哈紹吉謀殺案的ＵＮ專家凱伊（David Kaye）和卡拉瑪德（Agnes Callamard）一起多方比對，這才確認王儲送過來的「天馬座」，「也同樣不明原因出現在其他『沙烏地公敵』的手機裡」。

《金融時報》報導，「天馬座」這套惡意程式是穆罕默德王子的親信愛將、昔日王儲手下的宣傳大師卡赫塔尼（Saud al-Qahtani，在哈紹吉案後辭職消失於幕後，但並未被沙烏地司法究責定罪），透過管道從義大利與以色列收購的「資安武器」。之所以會見光死，是因為在哈紹吉分屍案中，此套軟體也被認為是沙國特務之所以能定位哈紹吉個人動向、並提前設置「誘殺陷阱」的關鍵之一。在多重比對與逆向回推後，貝佐斯、FTI顧問公司與聯合國專家才會一致認為「穆罕默德王子要不是主謀策畫，也高度可能是共謀者之一。」

對於《華盛頓郵報》與貝佐斯團隊的報告指控，沙烏地政府則是強烈反擊，並堅稱：「以上指控子虛烏有！沙烏地毫無發動惡性資訊戰的動機。」

在各說各話的情況下，中東最有野心的極權統治者，對上全世界最有錢的男人──誰會勝出呢？網路起家的貝佐斯幾乎不可能原諒沙烏地王子的「威脅挑釁」；但假若王儲「真的」動用私人聯絡網來侵犯商業投資人的個人隱私，甚至以此作為恐嚇工具，對於沙烏地的海外招商、長期投資可信度、與政治環境風險評比，都將造成難以彌補的負面衝擊，「畢竟沒人知道除了貝佐斯之外，沙烏地王子手上還偷走了哪些投資人的裸照？」

【原標題〈從分屍記者到報復裸照？沙烏地王儲對全球首富貝佐斯的「私人網戰」〉，2020/01/23 轉角24小時】

3 射向記者的子彈

#美國

這是美國新聞人最黑暗的一天。馬里蘭州（Maryland）首府安納波利斯（Annapolis），於二〇一八年六月二十八日遭遇重大槍擊事件。

馬州的地方報社《首府公報》（*Captial Gazette*），週四下午兩點三十五分，突遭一名三十八歲的白人男性闖入掃射，包括四名記者、一名業務助理在內，至少五人死亡。雖然該名凶嫌隨後遭到逮捕，相關動機、是否共謀仍不明朗，但馬州警方卻已排除本案與「恐怖攻擊」的關聯。

當地警察局長克倫普夫（William Krampf）表示，警方是在當地時間週四下午兩點三十五分接獲通報：一名手持散彈槍的白人男子，突然持械闖入《首府公報》辦公室，並在短暫巡視後，隔著玻璃帷幕朝編輯部大開殺戒，造成四名記者、一名業務助理身亡。

「雖然我們仍不清楚凶手的目標，是報社？還是個別職員？但他的行為，明顯是預謀殺人。」

克倫普夫表示，雖然凶手身上還帶有數枚「煙霧彈」，但在擊斃五人後，便在立刻趕來的警方面前棄械就逮；但在警局內，該嫌不僅拒絕偵訊，還刻意破壞自己的指紋，意圖閃避身分指認。

在槍擊案發五小時後，警方終於確認：嫌犯是三十八歲的白人男性傑洛・拉莫斯（Jarrod W. Ramos）。二〇一二年，《首府公報》曾發文報導拉莫斯對一名女性的長期精神騷擾與恐嚇案，此事令他憤怒並對報社提起妨礙名譽告訴，卻在二〇一五年敗訴，還得到「報社對原告的惡行敘述相當精確」的法院認證。

官司結束之後，拉莫斯仍不斷透過社群網站恐嚇報社，並揚言要「報復假新聞」，但沒人想到他竟會真的動手、向報社開槍。

《首府公報》的前身，是成立於一七二七年、同時也是北美最古老發行報紙的《馬里蘭公報》（*Maryland Gazette*）。過去，《馬里蘭公報》曾是北美殖民地反對英國印花稅、引燃獨立戰爭的重要媒體之一，但在歷經數百年的更迭、併購、公司分割與重整後，目前的《首府公報》已是《巴爾的摩太陽報》（*Baltimore Sun*）旗下的地方報社單位。

路透社指出，在馬里蘭州，《首府公報》長年遭到兩大主流報系——華盛頓特區的《華盛頓郵報》與巴爾的摩的《巴爾的摩太陽報》——夾殺，因此才轉型為「在地型報紙」，並以深植社區、地方新聞為主要賣點，與安納波利斯市民讀者的互動，也相當密切。

雖然馬里蘭警方已將全案定調為「地方恩怨」，排除「恐怖攻擊」的嫌疑；但在《首府公報》遇襲事件後，全美不少媒體也紛紛接到「恐嚇電話」、「下一個出事的就是你們」，《華盛頓郵報》與《紐約時報》……等知名媒體的各地辦公室，也隨即增加維安警力加重戒護。

《首府公報》遇襲事件，不僅是美國自九一一事件以來（一名攝影記者、六名轉播工程師死亡），最嚴重的媒體遇害事件，也是針對新聞記者的首宗大規模槍擊事件。但遭到重創的《首府公報》並不屈服，倖存的編輯部與記者仍不斷更新自家網站，「無論發生什麼事，我們明天一樣會出刊！」

★

馬里蘭《首府公報》遇襲事件令人震驚，但美國記者在工作環境遭到威脅不只這個案例。二〇二〇年五月發生的明尼蘇達州黑人喬治・佛洛伊德（George Floyd）遭到警察暴力壓頸死亡案，國內已從明州的示威抗爭演變為擴散全美的暴動。在鎮暴警察動用催淚瓦斯、橡膠子彈強力驅離過程中，人在現場採訪的新聞記者們，也成為衝突升級中的「被害人」——越來越多記者遭到警察的針對性逮捕和攻擊，讓新聞自由面臨威脅。

儘管身在激烈衝突現場，新聞工作者本就有受傷風險；但是在這場示威衝突中，有許多警察「明知對方是記者」，仍直接逮捕拘留，或是在驅離行動時，將槍頭瞄向新聞記者。截至六月一日，已知至少十五名新聞工作者受傷或被拘捕，其中更有人被橡膠子彈擊中臉部造成失明。

攻擊事件頻傳，也讓美國保護記者委員會發布嚴厲譴責：「新聞工作攸關公眾利益，絕不容許任何對記者的威脅！」然而，隨著暴動的失控，夾在警察和示威者之中的新聞人，該如何面對與日俱增的暴力衝突，以及雙方對新聞業的敵意？社會大眾對新聞工作者的信任，是否越來越走入黑暗？

★

二〇二〇年五月二十九日清晨，一名CNN黑人記者在直播時當場被警察逮捕，讓明州的抗爭情緒再度升溫，公權力直接破壞採訪自由的行徑，也令美國的新聞工作者震驚詫異。事發當時，CNN記者希梅內茲（Omar Jimenez）和其他三名同事正在明尼亞波利斯（Minneapolis）的抗爭現場進行新聞直播報導，連線途中，周遭的警察走向希梅內茲表示「關切」，並且要求他們立刻離開現場。

儘管希梅內茲向警方表明CNN記者的身分，也願意轉移到其他安全區域進行播報，但警察不僅毫不理會，還在攝影機鏡頭前、直播仍在進行的時候，直接把希梅內茲銬上手銬逮捕。過程中希梅內茲不斷詢問：「為什麼要逮捕我？抓我的原因是什麼？」

攝影記者也當場提醒警察：「我們是CNN，還正在直播。」結果卻是在場四名人員全數被捕，而過程也就在連線未關閉的狀態下，全程在電視機前放送。

「這就印證警察對待黑人，根本不需要理由！」希梅內茲被捕事件，讓社群輿論再掀憤怒，質疑警察的逮捕行動是「種族歧視和妨害新聞自由的雙重錯誤」。美國黑人記者協會（NABJ）隨即發布聲明，擔憂現場升高的衝突情勢，恐怕連有色人種的記者也難逃被「不當對待」的窘境。儘管事發幾個小時後，希梅內茲等四人已被釋放，明州州長更為此公開道歉，卻難以平撫一連串抗爭的怒火情緒。

與希梅內茲被捕事件的同一天，即二十九日晚間，位於喬治亞州亞特蘭大的CNN新聞中心，也遭到響應抗爭的示威者包圍，砸破玻璃窗後闖入大樓內部，蓄意損毀和塗鴉。實際上，這些示威者之所以擁向新聞中心大樓，是和大樓外的警察對峙，而警方一路退入到大樓內部而導致包圍情勢加劇。針對這起事件，CNN指出，闖入的示威者中，有人高喊著「反媒體言論」的口號。

「警察對待黑人與白人記者，態度真的不一樣？」CNN記者希梅內茲被捕的當下，另一名同屬CNN的白人記者坎貝爾（Josh Campbell），也在附近進行採訪。根據坎貝爾的說法，他只有被警察勸導要保持距離，受到的待遇與希梅內茲完全不同。雖然坎貝爾把這個差別歸因於膚色問題，但從衝突現場的情況可知，並不是所有記者都會得到「禮遇」——受傷、被捕、被惡意對待的新聞工作者，並不限於黑人而已。

★

從五月二十九日開始到三十一日，短短幾天內示威暴動在各大城市間蔓延，新聞記者在警方的鎮暴驅離過程中受傷的案例也越來越多。

根據路透社報導，在明尼亞波利斯實施宵禁之後，旗下所屬的兩名記者查維茲（Julio-Cesar Chavez）和席瓦德（Rodney Seward，負責路透社安全顧問工作），就在警察驅離行動中遭到「惡意針對性的對待」。三十日當晚，查維茲在拍攝警方施放催淚瓦斯、射擊橡膠子彈的鎮暴過程中，將鏡頭朝向其中一名警察，沒想到該名員警突然將槍口對準有配戴記者證的查維茲，在這混亂的過程中，查維茲的臉部也遭到橡膠子彈擊傷；另一名記者席瓦德也被攻擊受傷。

路透社記者遭到攻擊，該社高層相當惱火，要求明州警方必須正視「嚴重侵犯記者權益」的事件。不過警方目前僅收取了兩名記者遭遇攻擊的影片作為調查事證後，截至目前為止尚未有進一步的公開回應。

同時路透社也表示，類似遭遇不只一樁，包括CNN、CBS以及《哈芬登郵報》（*Huffpost*）的採訪記者，至少已知有十五人在過程裡受傷和被捕。有些人的傷勢甚至相當嚴重，例如一名現年三十七歲的獨立記者提拉多（Linda Tirado），在肯塔基州路易斯市（Louisville）採訪警民衝突時，就被橡膠子彈打中左眼，可能永久性喪失視力。

根據提拉多的說法，當下在暴動場面時有配戴好護目鏡，但躲避催淚彈的途中不慎滑落，拍完照片的瞬間就遭到橡膠子彈命中左眼，當場血流如注。提拉多表示子彈的方向來自警察，當場也呼叫「我是記者！我中槍了！」事後提拉多在個人 Twitter 上表示，左眼已經失明，「但至少還能夠用右眼進行攝影工作。」

和提拉多同在路易斯市採訪的《WAVE 3News》地方電視台記者魯斯特（Kaitlin Rust），於五月二十九日晚間進行連線報導時，也一度發生警察朝向採訪記者發胡椒球彈的驚險畫面，魯斯特當下還高呼：「我要被開槍了！」

人在明州採訪的美國MSNBC電視台主播維爾西（Ali Velshi），雖然沒有受到嚴重傷害，不過他向《華爾街郵報》表示，他和工作人員也遭到警察的射擊，而且當場有向警方表明是「新聞媒體正在採訪」，卻得到如此回應：「我們不在乎。」（We don't care.）

除了警察之外，現場的記者們同時也要面臨來自示威者的暴力威脅。採訪抗爭的路透社攝影記者傑克森（Lucas Jackson）表示，自己除了被警察的橡膠子彈擊中受傷外，相機也被示威者打壞。據其描述，破壞相機的是一名身穿防彈背心的白人男性、胸前畫著紅色的十字標誌，對著傑克森一邊叫囂「滾出去！」一邊進逼。

記者反遭到示威者攻擊的事件，同樣在華盛頓特區越演越烈的抗爭暴動中發生。福斯電視台記者維特（Leland Vittert），採訪途中被人發現是來自親川普的媒體後，遭人跟蹤甚至動手追打；在保守派媒體的強力放送下，這類「暴民毆打記者」就成了檢視暴動的放大鏡。矛盾與仇恨的裂痕依然難以化解。

美國保護記者委員會表示，在明州抗爭之前的過去三年多，只有四十三名新聞工作者在報導示威遊行時，遭到警方的逮捕拘留。對比現今明州事件後短短幾天，就有至少十五名新聞記者受傷、被捕的事件紛紛傳出，「新聞自由」似乎也正被人用膝蓋壓制一般，漸漸感到窒息。五月三十日，保護記者委員會向警察與示威者發出聲明：「在對我們（記者）採取攻擊性行動之前——請深呼吸，再做出正確的決定。請讓我們做好我們的工作。」

「針對記者、媒體工作者和新聞機構的攻擊，顯示這些攻擊者，完全無視新聞工作在涉及公共利益的問題中，所扮演的關鍵重要角色——任何威脅記者的行為，都是不能被接受的。」

除了夾在警察和示威者中間的暴力問題外，全美遍地開花的抗爭也讓因疫情處於窘境的地方新聞媒體更加難堪——新型冠狀病毒（COVID-19）在美國的疫情危機尚未全面解除，而經濟活動的中斷停擺讓許多地方小報、線上媒體都受到嚴重的生存打擊，或是直接收攤關門、或是被迫裁員與減少出勤。

疫情陰影之下爆發的全面抗爭，也讓部分媒體難以應付現場所需的人力需求。美國保護記者委員會的執行董事西蒙（Joel Simo）向《華盛頓郵報》憂心地表示：經濟壓力迫使許多地方型媒體關閉，而警察對於地方新聞媒體的認識也越趨淡薄，可能也造成了衝突場面中，面對現場記者的應對措施失當。

西蒙指出，警察與記者之間關係惡化，背後有著令人極為不安的隱憂；同時在社群媒體、假新聞、以及針對新聞媒體惡意攻訐的推波助瀾下，人們對於新聞工作者的信任程度每況愈下。「我從未見過如此光景。許許多多的規範與準則，都被摧毀了。」

【原標題〈美國新聞人最黑暗的一天：槍手掃射馬里蘭《首府公報》，五死〉，2018/06/29 轉角24小時；〈射向新聞眼的子彈：明尼蘇達抗爭擴散，警暴與示威夾擊下的記者們〉，2020/06/01 轉角說】

4 亞馬遜雨林殺人事件

#巴西

「致力向全世界訴說亞馬遜原住民處境的記者，最終也命喪亞馬遜……」

英國自由記者菲利普斯（Dom Phillips）二〇二二年赴巴西亞馬遜雨林進行採訪，並請當地原住民專家佩雷拉（Bruno Pereira）擔任嚮導，兩人在六月五日失蹤，警方連日搜索後逮捕了兩名涉案的當地漁民，其中一位坦承行凶殺害兩人，遺體隨後也被警方尋獲。一位記者和嚮導，為何會在雨林中遭人殺害？菲利普斯與佩雷拉長年關注亞馬遜雨林保育和原住民權益，在他們遇害事件的背後，又牽連什麼樣的巴西雨林開發和原住民生存問題？

菲利普斯曾是英國音樂雜誌《混音》（*Mixmag*）主編，二〇〇七年到巴西撰寫銳舞（Rave）文化報導之後，愛上了巴西並留下長居，之後陸續為《衛報》、《紐約時報》、《金融時報》、《華盛頓郵報》等知名媒體撰稿，而後關注焦點轉向環境議題，並深入探究亞馬遜地區的開發，以及開發項目對雨林及當地原住民造成的影響。

菲利普斯在二〇一八年一次亞馬遜雨林的探險中，認識了佩雷拉，當時佩雷拉在巴西原民會「ＦＵＮＡＩ」任職，兩人對亞馬遜的熱愛讓他們一拍即合結為好友。當菲利普斯打算撰寫一本關於亞馬遜永續發展的書時，再次找佩雷拉幫忙帶路深入亞馬遜雨林，協助他採訪原住民部落、亞馬遜河沿岸居民及當地環保運動人士。菲利普斯的妻子桑帕約（Alessandra Sampaio）回憶，菲利普斯談到自己在亞馬遜地區的採訪計畫時，說道：「我想在那裡保持中立，我想聽聽人們怎麼說……我想讓那些不被傾聽的人發聲。」

二〇一九年ＦＵＮＡＩ為了避免原住民之間的衝突導致部落滅亡，組成一支探險隊深入亞馬遜雨林，調停與世隔絕的科魯波人（Korubo）和馬提斯人（Matis）之間的紛爭，佩雷拉當時就是ＦＵＮＡＩ探險隊隊長。然而ＦＵＮＡＩ的理念和保護行動，與巴西博索納羅（Jair Bolsonaro）政府高舉的開發政策有所衝突，也因此讓ＦＵＮＡＩ成了巴西政府的必除眼中釘。

二〇二二年六月二日，菲利普斯和佩雷拉兩個人組隊從巴西和祕魯邊界的北阿塔拉亞河鎮（Atalaia do Norte）出發，沿著附近的查瓦利溪谷（Javari Valley）一帶的原住民部落及居民區域進行為期四天的探訪。六月五日，行程的最後一天，兩人返回北阿塔拉亞河鎮路上，在巴西最西邊的伊奎塔河（Itaquaí river）乘船後失蹤。

佩雷拉的朋友在他失聯後報警。除巴西警方和軍方投入搜索外，當地原住民搜索小組也積極尋找兩人，並在六月十一日發現兩人的背包、衣服和其他個人物品。

巴西警方於六月八日拘捕一位名為德奧利維拉（Amarildo da Costa de Oliveira，綽號佩拉多Pelado）的男子。他被目擊者指認五日曾出現在兩人失蹤地點；警方在一週內逮捕他的弟弟奧賽尼（Oseney da Costa de Oliveira），他們都是當地漁民。德奧利維拉於十四日坦承犯案，警方十五日依據供詞，在北阿塔拉亞河鎮數公里外的森林裡發現菲利普斯和佩雷拉的遺體。遺體經牙科紀錄，確認為本人。

警方目前將調查方向鎖定為在北阿塔拉亞河鎮附近的查瓦利溪谷（Javari Valley）保護區非法捕魚的漁民及背後組織；依照法規，只有當地原住民可以在查瓦利溪谷捕魚，過去佩雷拉在巴西原民會「FUNAI」任職時，曾多次帶隊打擊非法捕魚行動，北阿塔拉亞河鎮鎮長派瓦（Denis Paiva）猜測行凶動機可能與此事有關。兩人失蹤的地區過去就頻頻發生盜捕漁民、原住民及政府人員之間的暴力衝突。不過警方也並未排除其他可能性，例如兩人捲入毒販衝突。

《衛報》報導，菲利普斯及佩雷拉之死，凸顯捍衛亞馬遜雨林自然環境和原住民部落的人士處境日益危險，相關運動者在極右翼總統博索納羅上台掌權後，面對前所未有的攻擊。

博索納羅自二〇一九年就任以來，大舉開發亞馬遜雨林資源，而主張將土地劃歸為原住民領域、保護孤立部落的FUNAI就成為博索納羅政府的眼中釘，當局也很快就採取行動對付FUNAI——其工會領袖表示，FUNAI在二〇〇三年擁有兩千五百名職員，到了現在只剩下一千四百五十七名；此外分配到的預算也大幅減少且分配不均，工作人員士氣低落。尤其是敢於批評博索納羅政府領導下，FUNAI工作方向改變的人，更成為被「處理」的目標。

佩雷拉就是其中之一，他在二〇一九年九月帶隊打擊一個在原住民亞諾馬米人保護區的非法採擴行動後，遭到FUNAI解僱。

現任FUNAI主席並未就佩雷拉的不幸、或是員工的指控作出直接回應，但發出聲明宣稱在過去三年中，FUNAI在查瓦利溪谷的預算增加一倍，也增加協助「未被接觸」部落的部門資金，但這個說法被其他原住民運動者駁斥。

FUNAI前任主席波蘇埃洛（Sydney Possuelo）指控博索納羅公開敵視原住民，並痛斥：「FUNAI的成立是為了保護原住民，而如今它顯然背道而馳。」

波蘇埃洛曾在一九八七年獲得原住民功勳獎章以表揚他多年對原住民保護的貢獻，但二〇二二年三月博索納羅竟然也獲得同一獎章，引起原住民運動人士的憤怒，波蘇埃洛更以退還獎項表示抗議。

佩雷拉失蹤後，FUNAI發起罷工抗議政府多年來對原住民的傷害，波蘇埃洛也表示，博索納羅已經從上到下削弱了FUNAI，讓非法採礦者、盜伐者和盜獵者更容易入侵原住民土地。波蘇埃洛說：

你沒有合適的人擔任高層管理FUNAI……很難找到像佩雷拉這樣的人，他很有能力保護土地和原住民，這就是他受到威脅的原因……今時今日，幾乎所有東西都掌握在罪犯手中。

【原標題〈亞馬遜雨林殺人事件：讓記者喪命的巴西部落開發衝突？〉，2022/06/16 轉角24小時】

★菲利普斯的遺孀亞歷珊卓．桑帕約（Alessandra Sampaio）是英國《衛報》記者，於其過世二週年時，為了寫書前往亞馬遜雨林，當時嫌犯仍在等待審判。

5 巴爾幹屠夫刀下的記者魂

#塞爾維亞

「曾經與獨裁者交好的新聞人，良知的呼喚卻令其命喪槍下……」

二〇二二年六月三日甫落幕的國際記者聯盟年會上，塞爾維亞新聞記者協會（UNS）提請大會協助呼籲塞爾維亞政府追查一起發生在二十一年前的記者命案——調查政府貪腐事件的記者潘蒂奇（Milan Pantic）二〇〇一年六月在住家附近遭人槍殺。

潘蒂奇之死並非個案，事實上，一九九〇年代南斯拉夫解體之際，至少有一百五十五名塞爾維亞媒體工作者，在時任塞爾維亞總統的米洛塞維奇（Slobodan Milošević）統治下死於非命。米洛塞維奇後來因其在克羅埃西亞、波士尼亞、科索沃三個國家的獨立戰爭中，犯下數十條種族屠殺和戰爭罪行而被海牙國際法庭起訴並死在獄中，但即使他已離世多年，這些記者命案絕大多數仍真相未明、甚至從未進入司法程序。

當中，曾與米洛塞維奇夫婦保持良好關係的記者斯拉夫科・庫魯維加（Slavko Curuvija）命案是少數起訴凶嫌的案例。庫魯維加是塞爾維亞最知名的記者之一，善於利用與政府高層的關係獲取獨家內幕，米洛塞維奇的妻子也是他的重要消息來源，但在科索沃戰爭期間，他因不願服從政府美化屠殺的說法，公開反對米洛塞維奇，從而成為獨裁政府監控的對象，名下的報社被當局查禁、資產被沒收、生命受到威脅，但他仍高呼塞爾維亞必須改革、威權必須被推翻——最終庫魯維亞命喪國家安全局槍下。

一九九九年遭到謀殺的庫魯維加是一九九〇年代塞爾維亞最出名的記者之一，他出身軍官家庭，曾任職南斯拉夫官方報紙《戰鬥報》（*Borba*），當時《戰鬥報》的編輯風氣自由，在南斯拉夫戰爭其堅持反戰立場，庫魯維加還曾在《戰鬥報》報導過克羅埃西亞政治犯遭南斯拉夫當局監禁的新聞，不過他也與米洛塞維奇政府維持良好關係——一九八七年米洛塞維奇訪問科索沃期間，他是少數獲准隨行記者之一。

庫魯維加在一九九三年成為《戰鬥報》總編輯，但隔年《戰鬥報》被日漸收緊言論管控的政府接管，立場一夕之間變為親米洛塞維奇；原本約兩百人的編採團隊有一百二十人出走，庫魯維加就是其中之一。其後數年，庫魯維加接連創辦日報《Dnevni Telegraf》、雙週刊《Evropljanin》等媒體，立場堅定反對米洛塞維奇，許多知名的塞爾維亞記者都曾為其撰稿；庫魯維加還藉由與米洛塞維奇的妻子米里雅娜（Mirjana Marković）的密切接觸獲取內幕消息，為旗下刊物吸引龐大讀者群並建立穩定收入。

庫魯維加與米洛塞維奇夫婦的關係被他的同事形容為「互不侵犯條約」，庫魯維加的女友普拉帕（Branka Prpa）也表示他與米里雅娜協議不報導米洛塞維奇的兩個成年子女，以換取其他的政治消息。

但是，庫魯維加與執政當局維持在針尖上的和平，隨著科索沃戰爭爆發，雙方關係迅速轉惡。科索沃原本是塞爾維亞境內的自治省，九成以上居民是阿爾巴尼亞族裔，多數政經資源卻掌握在塞爾維亞人手上；隨著巴爾幹半島上四個國家——斯洛維尼亞、克羅埃西亞、馬其頓（後改名北馬其頓）、波士尼亞透過公投及戰爭，在一九九〇至一九九二年間相繼宣布脫離南斯拉夫獨立，原本主導南斯拉夫的塞爾維亞疲於奔命，加上民族主義思潮和受到其他國家的獨立鼓舞，科索沃的阿裔居民趁機組織武裝軍隊對抗塞爾維亞政府，爭取科索沃獨立。

慘烈的科索沃戰爭持續至一九九九年，期間米洛塞維奇對科索沃實施種族清洗，有八十多萬阿裔科索沃人因塞爾維亞軍事鎮壓流離失所，引起西方國家譴責，最終北約盟軍以人道主義為由介入。

庫魯維加也是在這段時期，成為米洛塞維奇政府的眼中釘——他旗下的兩份刊物詳實報導了科索沃戰爭，也報導了塞爾維亞警察和軍隊如何對科索沃人施以暴力；至一九九八年三月五日，塞爾維亞特種警察逮捕科索沃武裝軍發起人之一的賈沙里（Adem Jashari），另外五十八名賈沙里的親屬被殺，此事加劇塞爾維亞與科索沃的衝突，而庫魯維加在事件報導中，稱呼賈沙里家族為「阿爾巴尼亞人」，拒絕使用塞爾維亞官方所稱的「恐怖分子」。

一九九八年三月九日，庫魯維加因相關報導，連同其他《Dnevni Telegraf》的編輯，一起被警方傳喚；在警局，他書面向警方表示，自己「無法稱呼婦女和兒童為恐怖分子」。庫魯維加並不是當時唯一堅持報導科索沃戰爭的新聞人，但他擁有的影響力、對讀者的吸引力，使當局對他格外防備，他被監視、被監聽、被政府處處針對、屢屢被處以鉅額罰款。到了一九九八年底，情況進一步惡化，庫魯維加的資產被沒收、公司破產，《Dnevni Telegraf》和《Evropljanin》被米洛塞維奇政府查禁。

一九九八年十月，塞爾維亞政府通過《公共資訊法》，賦予政府禁止報刊出版、沒收媒體設備、罰款和監禁記者的權力，成為米洛塞維奇打壓異議媒體的利器。於是庫魯維加發表一封致米洛塞維奇的公開信，信中疾呼塞爾維亞必須改革、必須終止專制統治、必須結束對新聞媒體和其他族裔的迫害，他寫道：

總統先生，您的國家、人民和同胞，十年來一直生活在恐懼和瘋狂中，身邊只有死亡、痛苦和絕望。

庫魯維加細數，《公共資訊法》讓塞爾維亞人宛若失去視覺、聽覺和說話的能力，廣播電台和報紙被查禁，政權無限制的擴張且不再負起對國家人民的責任，「這是塞爾維亞的恥辱，但遠不是塞爾維亞及公民所發生最糟糕的事。」最讓庫魯維加憂心的，是塞爾維亞在無法無天的獨裁統治下，失去古老文化、陷入貧困，成為他國眼中的侵略者、種族滅絕者、以及歐洲共產主義的最後堡壘。在米洛塞維奇的統治下，兩百萬塞爾維亞人失業、超過十萬名受過良好教育的塞爾維亞人已經移民，既是為了躲避戰爭，也是因為在自己的國家看不見未來。

庫魯維加更直指米洛塞維奇早已失去大多數塞爾維亞人的支持，由於無法再繼續欺騙大眾，政府便訂立違憲的法律，以專制統治來維護手上的權力。庫魯維加呼籲改革，並表示：合法的政府應為其人民的利益和福祉服務……這封給您的信是我們為反抗恐懼所盡的綿薄之力。

米洛塞維奇政府對這封公開信的回應是：再度對庫魯維加的刊物處以天價罰款，並將連桌椅在內，報社所有的設備沒收，庫魯維加的家也遭到武警持槍突襲，他本人更被官媒批為「叛國賊」，但是庫魯維加即使知道自己面臨死亡威脅，仍堅持不離開塞爾維亞。當普拉帕勸他逃走時，他說：「如果他們認為這樣可以讓我閉嘴，那就讓他們殺了我。」

一九九九年四月十一日，庫魯維加在塞爾維亞首都貝爾格勒市中心住處遭人暗殺，凶嫌連開十七槍。隔年十月，米洛塞維奇在民眾爆發的不滿聲浪下黯然下台，隨即被海牙國際法庭控以戰爭罪。

時隔二十多年，到了二〇二一年，塞爾維亞法院才在二審將庫魯維加命案的四名嫌疑人判刑。這四人都是國家安全局官員，包括前局長馬爾科維奇（Radomir Marković）、貝爾格勒分局負責人拉多尼奇（Milan Radonjic），兩人皆被判刑三十年；而另兩名特務人員羅米奇（Ratko Romic）和庫拉克（Miroslav Kurak）被判二十年監禁。其中庫拉克因仍然在逃而缺席審判，另外三人也拒不認罪，全案至今仍未定讞。

米洛塞維奇早在二〇〇六年等待審判時死在海牙國際法庭的牢房裡，但如今塞爾維亞走向民主的路途卻依然遙遠漫長、也依然拒不承認二〇〇八年宣布獨立的科索沃國家地位，塞爾維亞記者們仍對批評當局感到恐懼，一九九〇年代的一百五十五起記者命案中大多數甚至從未進入法律程序，極權的陰影揮之不去。

無國界記者組織（ＲＳＦ）指出，至今塞爾維亞的記者仍飽受政治壓力和攻擊，假新聞和政府宣傳猖獗，記者經常需自我審查，雖然仍有少數獨立媒體的記者敢於調查政府腐敗，但報導僅能依靠網路曝光。ＲＳＦ在二〇二二年的新聞自由指數資料中，表示至今塞爾維亞記者的人身安全仍然堪慮，針對當地記者的犯罪行為不受公權力懲罰，並以庫魯維加命案作為例證。

【原標題〈記者庫魯維加命案：反抗「巴爾幹屠夫」的良知新聞人〉，2022/06/10 賴昀】

五　黨國的力量：報導真相的人都坐牢

「如果報告真相和事實是一種犯罪，請審判我。如果當一名記者是一種犯罪，請審判我。」中國獨立記者黃雪琴於二〇一九年十月十七日第一次因反送中運動被捕時，寫下的獄中筆記，題名為〈身為記者不是犯罪〉。來自中國廣州的黃雪琴，以記錄和報導真相為己任，將香港反送中運動期間的親身見聞寫成報導，卻遭到中國當局以「挑起事端和製造混亂」的名義抓捕，報導也全數被封禁。黃雪琴因拒絕認罪而被關押，直到二〇二四年的六月，才被中國正式以「煽動顛覆國家政權罪」判刑五年。

黃雪琴只是諸多案例的其中之一。在中國，意圖報導真相的人都有面對牢獄之災的風險——因為揭露真相、批判時政，就是對黨國的挑戰。習近平上任以後，逐步收攏權力於一身，二〇一九年的香港反送中運動爆發，最終採取的是最極端的壓制，爾後透過港版《國安法》的施行，消滅反對者的聲音。二〇二〇年疫情造成的震盪與封鎖，讓中國政府的威權勢力更深入施展，疫情底下的呼救與真相，皆被消音只留下「抗疫成功」的國家敘事。

真相不該被埋葬。在黨國壓制之下，仍有許多新聞人以及憑藉良知行動的普通人挺身而出。真相消亡，是給世人的警鐘；儘管效果微細，但至少還有人願意在黑夜裡點燈。

1 記者被囚的國度

#中國大陸

「世界最大的記者囚禁之國，正在歡慶記者節……？」

十一月八日是中國的記者節，以官媒為首的新聞平台紛紛高調表態，年度例行性地慶賀表揚新聞從業者。但諷刺的是，在新聞自由全球墊底、輿論管控極為嚴峻的中國，新聞記者不是生存空間壓縮窒息，就是得配合黨的意志成為傳聲筒。在每年慣例的節日大拜拜同時，當局對新聞業的箝制手段也逐年更加繁瑣，二〇二一年中國記者節之日，因調查武漢疫情而遭到逮捕的公民記者張展，還在上海獄中絕食抗議。新聞記者的牢獄中，照不進新聞自由的光。

中國記者節訂為十一月八日——這是在二〇〇〇年才由中國國務院正式批准制定的節日。雖然不是國定假日，但中共中央每年都會以官媒為首，包括央視、新華社、《人民日報》與《環球時報》等黨政軍不同體系做為平台，發布慶賀和表揚中國新聞工作者的「正能量訊息」。

矛盾的是，官媒高調為記者喝采的同時，卻至少還有一百二十二位記者被囚禁在中國。燃燒的新聞魂被政治的鐵腕掐熄。

在國務院於二〇〇〇年批准以前，「記者節」三個字只存在於中國共產黨一九四九年取得政權之後，訂立的《全國年節及紀念日放假辦法》，卻是個連幾月幾號都沒有的字詞符號而已。雖然中國現代新聞業發展可以追溯到清末的文人報業興起，不過對於「新聞記者」和新聞工作的專業倫理意識，是進入二十世紀的政治革命、到民國成立以後，隨著新聞業發展的腳步成熟，才漸漸形塑出專業意識。

九月一日是最早明文訂立的記者節日，只是這個節日在「中國」的誕生，卻是起因於國民黨對記者的鎮壓。

受到五四運動的啟蒙，出身江蘇的劉煜生主辦《江聲日報》以針砭時政。他尤其關心農民和工人的權益問題，常替被欺壓的勞工出頭而聞名一時。而《江聲日報》親近農民工的立場，卻為劉煜生惹來殺身之禍——任江蘇省政府主席的國民黨將領顧祝同，認定劉煜生的文章「宣揚階級鬥爭、鼓吹共產黨」將其羅織入罪，最後在一九三三年一月下令處決劉煜生。

劉煜生之死隨即引發當時知識界的強烈不滿，包括胡適在內的學人紛紛聯合抗議，演變成社會各界的聲討浪潮，要求國民黨政府為此負責。迫於輿論壓力，國民黨政府才在同年九月一日發布《保護新聞工作人員及維護輿論機關》的行政命令，好平息眾怒；隔年確立訂定九月一日為記者節紀念，這個節日就一路由國民黨政府承襲，到敗退臺灣之後仍在使用。至於當初槍殺劉煜生的顧祝同，在此案的追究上自然是不了了之。

一九四九年中共建政，並未延續國民黨時期的記者節，一直要到一九九九年國務院提出訂立新的《全國年節及紀念日放假辦法》，才將記者節的日期重新改訂為十一月八日，為的是紀念一九三七年在上海成立的中國青年記者協會——當時協會聚集了許多同情左翼社會運動、批判國民黨政府的知識分子，也是中國共產黨輿論戰的重要盟友。

時至今日，中國記者節成為官媒慣例的全國大表揚，強調新聞記者工作的辛勞、社會責任感與使命，雖然這類辭令擺到新聞工作上都算合理，但是在中國欠缺新聞自由的特殊政治環境下，所謂的新聞專業與價值，於此間顯得諷刺和矛盾。

在二〇二一年的記者節時，央視推出系列報導「原來這樣才是記者」，刻意突顯記者出外跑新聞上山下海的辛苦、及無時無刻又隨時隨地工作的即時性，引領觀眾對記者工作的敬意；但央視報導中所讚賞的新聞工作，卻是必須「早起看《新聞聯播》」、「準確傳遞黨的聲音」，至於到底具體做了什麼衝擊社會、撼動當局的報導，則不在官媒討論之列。

就在記者節前一個月，二〇二一年十月初，中國國家新聞出版署發布《新聞專業技術人員繼續教育暫行規定（徵求意見稿）》，因考量中國核發的記者證要每五年為期更新，要求領有記者證的記者需要參加「繼續教育」至少九十小時，作為換證時的核發依據。規定的目的在於升高政治控制力，所謂的繼續教育內容也是以黨思想為主，確保記者的「政治正確」。

十一月六日適逢官媒新華社的創社九十週年，習近平同時替新華社與即將到來的記者節「向全國廣大新聞工作者致以節日的問候」，向下傳達指示要求：

用心描繪時代畫卷，用力奏響時代強音，更好履行黨的新聞與論工作職責使命，努力創造無愧於黨、無愧於人民、無愧於時代的新業績。

當時，作為官媒「重砲」的《環球時報》主編胡錫進，是每一年記者節借題發揮的作文大賽常客。二〇二一年的記者節，胡錫進在微博上發文：「老胡幹了一輩子新聞，我為自己的職業感到驕傲」，文中自問自答為何中國的新聞媒體不走歐美的方式？

中國的基本現實與美歐不同，我們的媒體怎麼可能按照他們的路數亦步亦趨地走？如果中國媒體都變成西方的媒體那樣，那麼中國肯定就不是今天的中國了。

因為採訪武漢疫情遭到逮捕、判刑四年的「公民記者張展案」，也更凸顯了「中國記者節」的諷刺。一九八三年生的張展原是上海一名執業律師，長期關注中國人權議題，亦曾因批評時政、參與維權行動等，遭吊銷律師證。二〇一九年開始，張展多次對香港反送中運動表示聲援。二〇二〇年初，中國武漢爆發疫情，張展也於二月前往武漢進行採訪，並將第一手報導發表於推特、YouTube 等網路平台；五月，張展遭警方逮捕；十二月二十八日，她被以「尋釁滋事罪」罪名處四年有期徒刑。

入獄後的張展不僅拒絕認罪、也以絕食方式表達抗議，隨後被當局「強制灌食」，身心狀況不斷下降。根據國際NGO組織人權觀察（Human Rights Watch）的說法，二〇二〇年八月，張展才被送醫住院十一天，隨後再度被送返監獄。張展的母親在二〇二〇年十月以視訊方式探監，當時看見女兒已經虛弱到連頭都抬不起來，極需就醫治療。

張展的哥哥張舉也從十月底開始在推特上公布提及妹妹的獄中近況。他表示張展因絕食緣故，健康已岌岌可危，很有可能「撐不過這個冬天」：「張展身高一七七公分，目前體重不足四十公斤。她那麼倔強，我覺得她可能活不了太久了。在即將到來的冷冬，如果她沒有堅持過去，我希望世界能記住她原來的樣子。」

而在十一月六日，負責代理張展案、亦曾經歷過「七〇九維權律師大抓捕」的中國律師謝陽，突然在推特上發文，指自己本來要到上海與張展母親會面，未料卻在前一日，不僅被長沙市公安局兩名警員到家中試圖勸退，隔天自己的防疫健康碼更無預警地由正常通行的「綠碼」，變成請勿通行的「紅碼」，讓他無法成行，健康碼直到再隔一日才恢復原狀。他在推特上寫道：健康碼，它是一個嚴謹的科學問題，我們不能成為中共的打手，充當限制異見人士出行的工具。如果你也有相似的情況，請告知我！我需要在法庭上討回一個說法。

★

張展是二〇二〇年十二月二十八日下午因報導內容犯下「尋釁滋事罪」判刑入獄四年。這不是張展第一次入獄，在二〇一九年九月為了反送中運動，張展在上海南京東路遊街聲援港人，並撐著一把雨傘，寫有「結束社會主義，共產黨下台」的字樣，最後被上海警方以尋釁滋事罪名拘捕兩個月。刑滿後張展被釋放，但隨之而來在年底與二〇二〇年初爆發的疫情，也再度召喚了張展的使命感，在武漢封城（二〇二〇年一月二十三日）後不久，張展於二月一日從上海抵達武漢，隻身進行在地生活的調查與報導。

「武漢這個城市受傷了……這個傷是很深很深的壓抑。」

張展進入武漢期間，四處前往大街小巷進行採訪，也到各個收治確診患者的醫院觀察。在當時封城原因和實際武漢疫情情形都不透明、主要媒體也都無法「正常採訪」的狀況下，張展的第一手實地考察，揭露了許多外界無從得知的封城實態——醫院裡人滿為患的病人、甚至病床被迫只能排到走廊的患者、市民無助又不知如何是好的緊張感……，張展將這些紀錄放上自己的YouTube頻道，輾轉也在中國社群平台上為人所知。

張展的報導中也追查了武漢病毒研究所、方艙醫院、雷神山醫院等敏感區域；吹哨人李文亮醫師病逝之後，張展也在武漢進行民意感受的訪問。她也不斷質疑中國政府的防疫工作務虛不務實，直指中國當局隱瞞真相、罔顧武漢人民的生命。

採訪期間，張展也屢次因為「踩到紅線」而遭到刁難，例如被武漢當地的公安與國保攔阻或上門關切。

二〇二〇年五月，抵達武漢進行採訪已經三個多月的張展，受到官方的壓力卻是有增無減；五月十四日，張展就在武漢警方與上海警方跨省合作之下遭到逮捕，張展被警方從武漢漢口火車站一路帶回到上海，隔日就以「尋釁滋事罪」的罪名再次關押。

張展因為公民記者採訪而被關的消息曝光後，引起國際的關注，保護記者委員會率先發聲呼籲中國政府即刻釋放張展。

張展的辯護律師任全牛、張科科以及戴佩清等人多次探視後向外表示，張展在看守所期間以絕食抗議、堅持不認罪，但也因此導致身心健康狀況極差，讓外界相當擔憂張展的安危。相關絕食抗議的情事隨著《德國之聲》、《南華早報》等多家媒體跟進證實，再次引發海外的關注。

同年十一月中上海法院公布張展的起訴書。起訴書中寫道：

> 多次通過微信、Twitter、YouTube 發布大量虛假訊息，並接受境外媒體自由亞洲電台、《大紀元》的採訪，惡意炒作武漢新型冠狀病毒疫情，受眾眾多，影響惡劣。

檢方以嚴重危害公共秩序混亂為由，用尋釁滋事罪將張展起訴。但相關案件的內情與審訊依舊不明不白。而絕食抗議堅不認罪的張展，後來也由律師證實，張展被院方強迫灌食，只是身體狀況仍不樂觀。

在十二月初時律師張科科前往看守所探視張展，轉達張展的健康近況，因為被強迫灌食的緣故，她的腰間二十四小時被綁上束帶、雙手也被限制，避免張展拔掉灌食的口鼻插管，所有生理行動也都必須由他人協助，入夜更是痛苦難以入睡。儘管如此，律師仍對外轉達了張展的堅定意志。

時至十二月二十八日，張展案要進行宣判，這是中國首次針對武漢肺炎疫情期間公民記者的公開判決。審理宣判當日，院方只有開放張展的家屬入內旁聽，歐美與日本等媒體都在院外等候。雖然名為「公開審理」，實際上過程並沒有任何證據主張和被告答辯的機會，根據律師任全牛的說法，法院也只有口頭講述定罪的證據和罪名，實際上這些構不構成事證？內容是否合理屬實？早已經人治定調之下，沒有任何辯駁的空間。

律師任全牛認為，四年有期徒刑的判決完全不合理、量刑也過重。而這個判決結果，也就隨後成為各大外媒的報導重點，直指中國對於公民記者新聞權利的高壓迫害。聯合國人權辦公室也發布聲明，呼籲中國即刻釋放張展。

對比海外的憤怒與關注議論，在中國本地幾乎沒有相關新聞的追蹤，有關張展的文章、討論文都被壓制網路搜尋的權重，甚或直接消失；少數的微信和微博文章裡或有提及張展案情的，卻也多是對張展的人格汙辱與謾罵——他們跟隨中國政府官方說法，稱她「散布謠言、炒作疫情」，甚至是個勾結境外勢力的中國罪人。

「國家抗擊疫情勝利，現在武漢什麼都好了！」在張展案宣判的前後，中國官方也大力推廣武漢疫情一週年後的生機蓬勃，彷彿一切回春、一切正常；但對比二〇二〇年二月封城之初的各種混亂與對真相的追查，於輿論上的關注也直接逆轉，當初張展等公民記者們對政府封城和防疫政策的質疑，也在「國家領導抗疫」的主旋律之下被噤聲。

除了張展之外，因為武漢疫情追查而失蹤的公民記者，還有律師陳秋實、武漢市民方斌、記者李澤華，目前他們三人也都還是下落不明。

【原標題〈習近平祝您「中國記者節快樂」？獻給新聞人的滅音式嘲諷〉，2021/11/08 轉角24小時；〈消滅武漢封城記憶？灌食冤獄……中國判刑四年的「公民記者張展案」〉，2020/12/29 轉角24小時】

2 新聞即煽動

#香港

「一支筆桿子都容不下，這個政權在害怕什麼？」香港《蘋果日報》於二〇二一年六月二十四日正式停刊之後，港府對壹傳媒集團的全面清算仍無法消停。二十七日晚間，香港蘋果的英文版總編輯馮偉光，在準備從香港國際機場啟程飛往英國之前，遭到港警國安處以「涉嫌勾結外國勢力」拘捕，是壹傳媒五名高層以及社論主筆楊清奇之後，又一位被國安法肅清抓捕的蘋果高層。《國安法》的整治對象，如今已明確地針對編採的新聞工作者，也讓香港記者協會，在案發第一時間譴責港警對新聞自由的壓迫，但警方的態度則是回應：未來不排除會拘捕更多人。

二十七日晚間被警方拘捕的馮偉光（筆名盧峯），為香港《蘋果日報》英文版的總編輯，過去曾擔任過香港蘋果的主筆，早年曾任職於香港《百姓》半月刊——在一九八一年創刊之時是一本以主打香港本位議題的政論新聞刊物；一九八九年在《百姓》任職的馮偉光，因為負責香港民眾聲援天安門學運的相關報導，深受港人的理想熱情、對中國改革的期許感動，這也成了馮偉光從事新聞工作的職涯養分。

而後馮偉光在香港主權移交的關鍵一九九七年，開始替甫創刊不久的《蘋果日報》撰寫社論，亦以筆名「盧峯」活躍於媒體。香港蘋果在二〇二〇年五月開設英文版之後，馮偉光便出任總編輯一職，除了原本中文報導的轉譯之外，也邀請英文外稿和專欄，擴大《蘋果日報》的能見度與影響力，但也因此成了後來港版《國安法》鎖定的對象。

馮偉光原本計畫在六月二十七日晚間從香港國際機場出發、前往英國，未料就在準備搭機的前一刻，被警方國安處派出的人馬，以涉嫌「串謀勾結外國或者境外勢力危害國家安全」之罪名，當場將他拘捕。

馮偉光目前是第七位被拘捕的蘋果高層，也是在社論主筆楊清奇之後，又一位只涉及撰稿編採的新聞工作者，被國安法針對性抓捕。因此香港記者協會聞訊以後，立即發處嚴厲譴責：

一介布衣的筆墨，如何勾結外國勢力？如何危害國家安全？警方一而再、再而三以「國安」二字肆意拘捕新聞工作者，卻又聲稱「無關新聞自由」。但是當傳媒工作者每次提筆，均須再三自問是否能承受可能的後果，如何「無關新聞自由」？

香港記者協會強調「言論自由及新聞自由均是本港的核心價值」，「若連文人的筆桿也容不下，香港將再難被視作國際城市。」儘管聲明疾言厲色、要求警方給出明白交代，但警方的回應卻也是一如往常不為所動，表示「未來不排除會拘捕更多人」。

根據港警說法：馮偉光撰寫的社論文字，「疑似涉及制裁香港之論調」，違反《國安法》的規範。但是是哪一篇社論？那些文字涉嫌？如何證明這些文字確實攸關國安？以人治色彩濃厚的《國安法》來說，判定準則只有掌握法律的港府與中國官方說了算。

無奈的是，今日種種處境，正如十年前馮偉光自己的預測相同——二〇一二年八月，馮偉光以盧峯筆名撰文，曾如此寫道：

在政治變動的關鍵時刻，話語權更是兵家必爭之地。……未來十年北京固然將盡全力控制香港傳媒，以擴大話語權；香港本土政治勢力同樣將努力染指傳媒，以免落後於人。可以預期，現有傳媒大有可能出現重大股權、人事、立場變動……

只是當時馮偉光樂觀地「期待有更多後來者、肯定有更多新變化」，在今日國安法鋪天蓋地之下似乎未能如他所願。諷刺的是，馮偉光該文的最後，談的是當時創刊不久的《主場新聞》，他將未來期盼寄託在主場之上，但主場後來因財政收支問題，又另外改做了《立場新聞》，如今也同樣面臨文字獄的危機。

就在六月二十一日傳出《蘋果日報》可能面臨停刊之際（已於二十四日正式停刊），中國全國人大港區代表兼香港工聯會會長吳秋北，在二十二日於臉書上公開點名《立場新聞》、《香港01》等媒體「反中、反共、亂港」。他批評，《立場新聞》不斷炒作《蘋果日報》因為資金被凍結而無法發薪給員工一事，是在試圖引導輿論其幕後禍首為政府和警方，進而轉移真凶實為壹傳媒和黎智英等人的事實。他又稱，「一國兩制已經進入新時代，如此反中反共亂港的居心怎麼不自取滅亡！」

事實上，在近期停刊事件發生之前，香港的親北京陣營已經不斷放話，點名《蘋果日報》必須馬上關門。因此，吳秋北的「公開點名」，加上從《蘋果日報》停刊到新聞工作者陸續被逮捕一事，也讓外界擔憂下一個被對付的高危媒體就是親民主派媒體《立場新聞》。

《立場新聞》也開始安排其應對政策，於二十七日晚上發布五點公告，稱「文字獄已降臨香港」，因此希望保障支持者、作者、編採人員，減低各方風險。其中，公告聲明將暫時全部下架二〇二一年五月以及之前所刊登的博客文章、轉載文章以及投稿等評論文章，唯與作者確認刊出的意願和風險之後，再考慮合適安排。但《立場新聞》所編採的新聞、特寫、專頁、影像等將繼續更新。

此外，《立場新聞》也聲明將暫停接受贊助以及新會員，並且中止會員月費轉帳的「MyStand 計畫」，以避免「一旦遭遇滅頂之災」之後，浪費支持者的金錢。當時《立場新聞》稱資金足夠應付未來九至十二個月的開支，並呼籲香港人把贊助轉讓給其他同樣自主獨立、堅持新聞自由的各大自由記者和新聞業界組織等。

公告也指出為保障員工，對於入職半年以上的員工，《立場新聞》已在二〇二一年五月終止其僱傭合約、並且以高於法例要求的補償額結算其年資。不過，《立場新聞》同時也重新聘用對方，與其重新簽訂不低於原來條件的合約，當中絕大部分員工都選擇繼續留職。最後，公告也聲明《立場新聞》的六名董事——余家輝、周達智、吳靄儀、何韻詩、方敏生和練乙錚——已接受建議，辭去董事一職，其餘兩位董事——《立場新聞》總編輯鍾沛權和《主場新聞》創辦人蔡東豪——則繼續留任。

《立場新聞》於二〇一四年十二月成立，其前身為香港獨立新聞網站《主場新聞》。當時，《主場新聞》在二〇一四年七月宣稱因收支未能達到平衡，決定結束僅創辦兩年的《主場新聞》，並於幾個月後以新架構、大部分原《主場新聞》編採團隊，在十二月另外成立《立場新聞》，強調編採獨立，透過商業廣告以公眾贊助來營運發展。其中，《立場新聞》與《主場新聞》最大的分別在於：沒有人能實質擁有公司權益，且《立場新聞》的三名發起人透過信託方式重新安排其股權，以確保《立場新聞》不受任何人控制。

針對《立場新聞》此次發布的五點公告，香港記者協會回應指出：《國安法》下，再有媒體緊縮其營運空間，反映了香港新聞業面對的困境日趨嚴峻，促政府必須捍衛港人依《基本法》下所享有的新聞自由和言論自由的權利。此外，讀者也紛紛在臉書上留言鼓勵《立場新聞》，感謝其一直以來堅守崗位以及與香港人風雨同路，「好好保護自己，才能繼續發聲！」也有讀者打氣：我們已經沒有了《蘋果日報》，不可以再沒有《立場新聞》，要加油，撐住呀！

★

「最後被捕的請關燈……香港政府與國安警察總能以不同手段，重複提醒大家：『JMGGJ』。」

香港國安處在二〇二一年十二月二十九日清晨發動突襲，抓捕了包括何韻詩、鍾沛權等人在內，總共六名與《立場新聞》有關的高層與前董事，同時出動將近兩百名國安人員搜查《立場新聞》辦公室。國安處的拘捕理由，是以「涉嫌串謀發布煽動刊物罪」為名，在沒有提出事證之下當場拘捕帶走調查。突襲行動在二〇二一年已有蛛絲馬跡，已被逮捕的黎智英等《蘋果日報》高層，前一天才被追加控訴發布煽動刊物罪名，早前七月分時，創作兒童繪本的香港言語治療師工會，也是因「意圖引起孩童憎恨港府」而以同樣罪名抓捕。

針對《立場新聞》出動百名國安人員的大陣仗，以及模糊定罪的「新聞煽動」罪名，也同時意味著對香港新聞業的強力恫嚇。然而為何港府要選擇在年底的跨年前夕動手突襲？在年節假期和中國準備北京冬奧的政治氛圍下，拘捕後的司法程序與審理恐怕會因此往後推遲，而歐美國際社會正處於假期與疫情復燃之下，也很難在第一時間有所反應與牽制。

香港國安處並非第一次動用《刑事罪行條例》的「串謀發布煽動刊物罪」為緝捕理由。但在《蘋果日報》、《立場新聞》，乃至於出版繪本的言語治療師工會之後，這條「煽動」罪嫌已成為香港全面言論噤聲的最大恐懼。

二十九日早晨六點左右，香港警方以「涉嫌串謀發布煽動刊物罪」為名，抓捕細節如下：派出超過兩百名國安人員（包括便衣與軍裝人員），陸續逮捕《立場新聞》高層與前高層共六人。包括前總編輯鍾沛權、代理總編輯林紹桐、前董事會成員周達智、吳靄儀、方敏生、何韻詩。

此外據《眾新聞》報導，林紹桐即刻辭任總編輯一職，警方並於其住所帶走了一本二〇一九年的《蘋果日報》特刊、以及過期的回鄉證，港警也封鎖並搜查了位於觀塘區的《立場新聞》編輯室，禁止記者進入採訪、以及副採訪主任陳朗昇位於沙田區的住家，並將陳朗昇帶入警局協助調查，暫時未被逮捕。陳朗昇在警方要求搜索期間以手機進行直播，在影片中可見警方在其住家門外出示法庭手令，並表示如果陳朗昇堅持繼續直播，將「有機會干犯阻差辦公」，隨後陳只好關閉畫面，整段影像僅有四十餘秒。

而在逮捕行動發生後，流亡海外的前香港立法會議員羅冠聰在臉書上指出，這一次以「串謀發布煽動刊物罪」為名的逮捕行動，背後法源並非《國安法》，卻如此大陣仗出動大批警力、乃至國安公署，正是對香港新聞傳媒的恐嚇：

> 根據過往判決，即使案件並非《國安法》，有國家安全元素便可出動國安公署，而如此規格亦凸顯今次的拘捕或許只是日後以《國安法》控告的前哨戰。《蘋果日報》高層同樣是被控此

罪，可見「串謀發布煽動刊物罪」已成為針對傳媒、言論自由的殺著。

此次被捕的六人分別是：《立場新聞》現任董事和前總編輯鍾沛權（五十二歲）、《立場新聞》代理總編輯林紹桐（三十四歲），以及《立場新聞》前董事成員：周達智（六十三歲）、吳靄儀（七十三歲）、方敏生（六十三歲）、何韻詩（四十四歲）。

這六人因皆為《立場新聞》前高層和高層，也讓外界擔心《立場新聞》接下來的命運。

事實上，鍾沛權在二〇二一年十一月一日宣布因「家庭原因」而辭去總編輯，相關職務將由副總編輯林紹桐接任（鍾沛權的妻子陳沛敏也為前《蘋果日報》副社長，目前也因被控勾結外國勢力正被還押當中）。而其餘被捕的四人，背景各異：周達智原為《立場新聞》科學版編輯、吳靄儀為香港前立法會議員、方敏生為前香港社會服務聯會行政總裁，以及一向聲援支持香港泛民派人士的創作歌手何韻詩。

當中，何韻詩原訂要在二〇二二年一月二日舉行線上演唱會，如今演唱會有可能被取消。其被捕消息傳出後，粉絲們也紛紛留言，願何韻詩「平安回來」。過去幾個月，何韻詩演唱會一波三折，她最初計畫從九月起在香港連開七場「你尚未成為的」演唱會，但場地卻因「何韻詩已被執法部門密切關注」被無預警取消。當時，何韻詩在臉書上決定讓演唱會轉往線上進行，更稱：「so what? JMGGJ!」

她在九月接受《立場新聞》採訪時說，「JMGGJ 是『做乜咁驚啫』」。此句為粵語拼音縮寫（Jo Mud Gum Gang Jack），意思是「為什麼要這麼怕／不用這樣害怕」。而這一句 #JMGGJ 如今成了粉絲們的關鍵詞，也成為《立場新聞》年末《告別二〇二一》系列報導之一的標題：〈二〇二一禁語：JMGGJ？〉

回到二〇二一年六月，當香港《蘋果日報》遭斷金流而被迫停刊之際，社會便憂心立場鮮明、親民主派的《立場新聞》將成為下一個被對付的對象。尤其，《立場新聞》多次被指控抹黑香港執法單位、報導偏頗且具誤導性，更被保安局局長鄧炳強直接點名煽動仇警情緒。而在言論空間迅速緊縮和《蘋果日版》停刊的效應下，《立場新聞》也在六月二十八日發文指出「文字獄已降臨香港」，開始做出最壞打算，以降低對贊助者、作者、編採人員等風險。

《立場新聞》當時宣布幾點措施，包括：暫停接受贊助、下架五月以前刊登過的轉載和投稿評論文章、六名董事宣布辭去職務等。《立場新聞》原有的八名董事，其中六人在建議下辭去董事職位，如今董事一職只剩下《立場新聞》其中兩名發起人蔡東豪和鍾沛權；而辭職的六人，除了香港學者練乙錚和《立場新聞》另一發起人余家輝之外，其餘四人（周達智、吳靄儀、方敏生、何韻詩）也都在十二月二十九日的突襲中被逮捕。

這一場逮捕是否只是開始？《德國之聲》報導，在鍾沛權於十一月辭去總編後，中國全國港澳研究會副會長劉兆佳曾指出：「隨著一些反華和反政府的媒體停止運作，愛國力量也在追究其他反政府媒體的責任上，發揮了積極作用。」他更強調：鍾沛權做出辭職的決定並不令人驚訝。這也預示著《立場新聞》將走到盡頭。

這一次的清晨突襲，港警是以「涉嫌串謀發布煽動刊物罪」的理由發動拘捕。所謂的「串謀發布煽動刊物罪」是香港《刑事罪行條例》的第九及十條，「串謀刊印、發布、出售、要約出售、分發、展示及／或複製煽動刊物，即屬犯罪」。

首次定罪可處以監禁二年和罰款，再犯則可處三年徒刑。這一條罪其實在二〇二〇年就已經被香港政府用來處置反送中抗爭者和新聞媒體，而該年黎智英和其他壹傳媒與《蘋果日報》高層共七人，就被檢察官提出「串謀發布煽動刊物」的新控罪，指控黎智英等人「具意圖引起憎恨或藐視中國中央或香港特別行政區政府，引起香港居民間的不滿或離叛」。如果真的定罪，黎智英則有可能要再另外加上兩年監禁和五千港幣的罰款。

二〇二一年七月和十一月也分別有兩案被以串謀發布煽動刊物罪控訴——七月二十二日，「香港言語治療師總工會」推出《羊村》系列兒童繪本，因內容隱喻了反對極權的抗爭行動，結果遭到香港國安處上門調查拘捕，以「內容引起他人憎恨香港特別行政區政府」、「意圖引起年幼孩童對特區政府及香港司法的憎恨」等理由，五名工會理事被涉嫌違反《刑事罪行條例》而拘捕，全案目前還在審理中。

另一案則是支持港獨的香港學生組織「學生動源」，在二〇二〇年香港《國安法》上路之後隨即解散，但召集人鍾翰林卻在同年十月被國安處逮捕，相關審理直到二〇二一年十一月二十三日確定，鍾翰林被以「分裂國家」及「洗錢」的罪名判處三年七個月徒刑，同時另外還加控了串謀發布煽動刊物罪。

但什麼樣的內容就能被算是「煽動」？就香港政府的解釋來看範圍相當廣泛，依據《刑事罪行條例》第九條的定義，「引起對香港司法的憎恨、藐視或激起對其離叛」、「引起或加深香港不同階層居民間的惡感及敵意」即可算是涉嫌煽動。

這條「串謀發布煽動刊物」罪可以追溯到港英時期的《一九三八年煽動條例》，但是在香港六七暴動之後，香港司法幾乎再未以這條罪名整治社會。直到港版《國安法》施行，這條罪名也就順理成章變為《國安法》整肅之外的「法律工具」，藉由其模糊而廣泛的定罪解釋，抓捕任何批評港府和中國的異議人士。

而且依據條例內容，不只是發布者和創作者有法律風險，條文中寫明「任何人無合法辯解而管有煽動刊物，即屬犯罪」，換句話說，假設有民眾保管有香港言語治療師總工會出版的《羊村十二勇士》，如無「合法辯解」的話，也有可能算是串謀發布煽動刊物罪。

矛盾的是，同樣就《刑事罪行條例》第九條定義，任何作為、言論或刊物的目的是「在於矯正（司法或政府）該等錯誤或缺點」、「指出在香港不同階層居民間產生或有傾向產生惡感及敵意的事項，而目的在於將其消除」——只要出於改進求好，那麼就可以不算是具有煽動性，並不適用此條罪名。但儘管法律字面如此，實際在當前的中共與港府威權下，能否有公正合理的司法審判又完全是另一回事。

在十二月二十九日被抓捕的何韻詩等六人，目前尚未有後續相關細節。選在年底跨年前的時間發動抓捕，一來有可能因為假期的緣故而拖延相關進程，後續的審理或法律進度因此推遲，二來是當前國際社會也正處於歲末的假期氛圍，加上歐美疫情延燒的困境，對於香港議題的關注程度和反應也就會相對減弱緩慢。

言語治療師總工會在被捕後申請保釋被拒絕。而工會的官方網站上，打上了一片黑幕，寫著「我們自當與無聲者同行」：

幸運的人不會明白，能夠發聲也是一種奢侈，但我們感同身受。假若無聲者們能暢所欲言，可能那位中風的老婆婆就不需受到綁束，那罹患咽喉癌的先生就可親口祝福兒女的婚事，而那位讀障的小朋友，想必亦能展現他的才華吧。然而放眼香港，在街頭上、在馬路上、在窄巷裡的無聲者，你又看見了嗎？

【原標題〈獵殺香港《蘋果日報》殘黨？港府刀光劍影的「新聞文字獄」〉，2021/06/28 轉角24小時；〈新聞即煽動罪：香港突襲《立場新聞》的斬首式國安大捕抓〉，2021/12/29 轉角24小時】

3 危及國家安全

#中國

澳洲外交部於二〇二〇年八月三十一日深夜突發緊急通報，確認中國官媒《中央電視台》的國際外語台《中國環球電視網》（CGTN）英語頻道主播——成蕾（Cheng Lei）已遭北京當局「控制」。

成蕾是已歸化澳洲、舉有該國國籍。而她也是繼華裔澳籍作家「民主小販」楊恆均之後，中國政府在一年半內抓走的第二名澳洲華裔公民。這起撲朔迷離的「戰狼拔舌」事件，也引發了太平洋兩岸的高度注意。

成蕾被抓的消息，是由澳洲外交部長佩恩（Marise Payne）於八月最後一天深夜證實。自從這個月起，成蕾的同事們，就一直無法聯絡上人在北京的成蕾，在擔心她人身安全的狀態下，親友才會選擇向澳洲政府求救，並透過外交管道確認「成蕾確實已遭控制人身自由」。

佩恩表示：澳洲外交部是在八月十四日收到「中國正式拘留成蕾」的通知，澳洲領事館員也在八月二十七日透過視訊電話與成蕾「聯絡過一次」。當時已知成蕾尚未被中國政府起訴罪名，也還沒被正式逮捕；但目前她被軟禁在北京住所，並遭限制對外通訊與聯絡的自由。

成蕾被軟禁的消息證實後，其任職的CGTN也同步刪除她的主播資料、特派專欄，以及所有採訪紀錄。但無論是澳洲政府還是中國，當時都沒有任何解釋，僅透過媒體對外強調：「目前案情相當敏感，不便多提。」

成蕾是中國官媒在英語世界——特別是澳洲的當家主播之一。出生於中國湖南省的她，過往在中國經歷背景較少為人知，外界只知道她後來留學於澳洲的昆士蘭大學，畢業後也一直留在澳洲工作，並曾任職於跨國食品財團 Cadbury Schweppes 與石油巨頭 ExxonMobil，並藉此於二〇〇三年前後申請歸化成為「澳洲公民」。

取得澳洲籍後，成蕾隨即以「海歸身分」返回北京，並投入新聞工作。她先以美國CNBC中國特派員的身分常駐北京九年，直到二〇一二年才轉投入中國官方媒體《央視》的國際傳播單位《中國環球電視網》擔任主播記者。

《中國環球電視網》的前身即是《央視》外語國際頻道，但為了配合中國「大外宣」的全球戰略布局，其單位才於二〇一六年重整升級為CGTN，並以英語為主力，陸續開設了法語、俄語、西班牙語及阿拉伯語頻道。

然而官媒色彩濃厚的CGTN，在國際上往往被視為「北京喉舌」。在二〇二〇年美中關係緊張的當下，報導獨立性素有爭議的CGTN更因「外國代理人」的設定，在這年年初被美國國務院列入外交監管名單——種種新聞爭議，也都鋪陳了國際輿論看這回成蕾被捕事件「官媒自拔舌」的錯愕與霧裡看花。

根據《雪梨前鋒報》的說法，成蕾在CGTN任內左右逢源，是澳中兩國新聞圈的「當權紅人」。於工作內容上，成蕾不僅很受北京長官重用，甚至還能當上新聞主播、更被授予直播採訪中國人大會議的「信任特權」；其澳洲求學、成家、入籍的歸化身分，也讓澳洲政府多有討好，除了屢屢獲頒澳華傑出人士獎項外，澳洲外交部甚至還在二〇一八年邀請成蕾「公關業配」，以中澳兩國「搭橋者」的身分，共同宣傳中國學生留學澳洲的「自由、創新與頂尖教育」。

「留學澳洲的自由風氣，對於我身為記者的工作能力幫助很大——這讓我有獨立思考的自由，除了自我檢驗外，還讓我的思考能挑戰教科書、甚至教授們的知識權威，進而作出屬於我自己的專業判斷，這對於『新聞媒體』來說是至關重要的絕對能力！」

接下了澳洲政府留學業配，但當時已成為中國官媒當家主播、負責英語戰略大外宣的成蕾如此表示——正因如此，成蕾的突發被捕，才會讓中澳政壇與新聞圈措手不及，並感到極為詫異。

儘管成蕾被捕的細節不明，但任職官媒迅速將其除名、消除所有新聞足跡的俐落手段，似乎也暗示成蕾案可能與「國安指控」有所相關。另一方面，成蕾案也是自二〇一九年一月，澳洲華裔作家——以反對中國獨裁專政、煽動民族主義的「民主小販」——楊恆均，在返回中國探親的路上，被中國政府以「間諜罪」逮捕後，近一年半以來第二位「被北京抓走的澳洲公民」。

過去曾任職於中國外交部的楊恆均，是在二〇〇〇年以後才歸化成澳洲公民。長期在海外批評中國時政的楊恆均於二〇一九年一月返中探親時，遭到中國國安人員控制、自此行蹤不明，直到被軟禁半年以後，才於同年八月在不公開的狀態下，被中國政府以「間諜罪」起訴。

至二〇二四年二月，北京法院以間諜罪判處澳洲華裔作家楊恆均死刑，緩期兩年執行。

★

而成蕾案也使得兩名澳洲駐北京特派員，陷入危險，不得不逃離中國。

就在澳洲外交部證實成蕾被北京當局軟禁後一週，在二〇二〇年九月八日清晨證實：澳洲公視ＡＢＣ（Australian Broadcasting Corporation，ＡＢＣ）駐北京特派員博圖斯（Bill Birtles）與《澳洲商業評論》駐上海記者史密斯（Michael Smith），在成蕾案證實並接到澳洲大使館「盡速返國」的安全建議後，竟無預警遭到中國國安部深夜登門，除了無故禁止兩人離開中國，更指示兩人配合「國安調查」。

所幸兩名記者趁隙聯絡澳洲大使館，才讓澳方外交部緊急應變，由大使人員親自護送兩人進入澳洲使館庇護，最終才在「激烈的外交交涉」後取得中國放行，讓兩人於九月七日深夜有驚無險地登上返澳航班。儘管中國國安部並未說明兩名澳洲記者所涉入的案情，但澳方卻認為與「成蕾案」直接有關。

在博圖斯與史密斯離開後，澳洲主流媒體目前在中國境內「已完全沒有」駐地記者，這一方面是因為年初中國本土疫情大流行的緣故，二方面則是中國政府目前正收緊西方媒體的入境許可，並不斷拒發記者簽證。此一衝突結果，是自一九七二年中澳建交、一九七三年ＡＢＣ開設北京辦公室以後「無人駐中」的罕見第一次。

根據ＡＢＣ與《澳洲商業評論》（以下簡稱ＡＦＲ）的公開資料，常駐北京的博圖斯主攻綜合性新聞，近期的報導以疫情為主、香港局勢為輔；以上海為基地的史密斯則是經濟專線記者，近期的報導偶然提到中國科技新創，主要的關注焦點都為澳洲牛肉、紅酒遭被北京抵制進口的「澳中貿易戰」問題——不過博圖斯與史密斯之間並沒有合作關係，兩人的公開報導文章也都未涉及中國國安、政治相關的獨家消息。

ABC總部表示，自從二〇二〇年七月澳洲外交部提升對中旅遊警示、並警告赴中的澳洲公民「或有機會遭到中國政府陷害拘捕的風險」後，特派新聞部就一直與澳洲駐中國大使館保持著密切的聯繫。不料這份謹慎安排卻在上週出現變化，因為在八月三十一日澳洲外交部長確認中國官媒CGTN主播成蕾（Lei Cheng）於北京遭中國國安部「軟禁斷聯」後，澳洲使節團就對仍有記者駐中的ABC與AFR發出緊急安全通報，建議兩家媒體以「最快的速度……讓旗下記者『馬上』離開中國」。

收到消息後，ABC隨即安排博圖斯返國，但由於當前國際航線仍受疫情影響而航班大減，各種結束合作與打包撤離也需要時間，因此直到九月三日，博圖斯都還滯留在北京作收尾準備。

「九月三日深夜，我即將於近日離開北京，臨行之前我邀請了一些在地同事、朋友、同行來宿舍喝酒，作最後的餞別派對。」事後回憶的博圖斯對ABC表示：「突然之間，七名中國官員就敲門闖進。他們現場宣布『因為國安問題……你已即刻被限制出境』，並要求我留在居所，靜待官方的翌日指示，安排後續的『約談調查』。」

雖然這批自稱「國安部來的」的中國官員，並沒有過當舉動或威脅性姿態，但在禁止博圖斯離境的同時，卻也沒有向澳洲記者說明扣人的依據？或者究竟是涉入那樁國安案件？與此同時，ＡＦＲ也收到了人在上海的史密斯，傳回了一樣的「國安部來了」消息。

中國國安部上門的消息，很快就通報到了澳洲外交部，於是澳洲駐北京大使館與上海領事館即刻起動緊急應變，直接派出外交車隊從住所接走了博圖斯與史密斯。之後，兩人就一直窩藏在使館內，並由澳洲大使佛萊徹（Graham Fletcher）直接出面與中國國安部交涉。

由於雙方涉入的外交管道與手段層級頗高，因此澳洲外交部與中國國務院之間究竟是如何談判，外界並不得而知，僅了解中國國安部「亟欲審問兩名澳洲記者」，兩國的接觸氣氛因此頗為緊張。

最終在澳洲政府的全力撐腰下，佛萊徹大使才終於在九月六日與中國政府達成協議——澳洲大使館允許中國國安人員與兩名記者接觸，但調查約談中必須由「佛萊徹大使本人」全程陪同；相對地，中國政府也必須撤回針對兩名記者的出境限制，並同意讓他們於九月七日晚間，平安地搭上從上海返回雪梨的越洋航班。

終於回家的感覺真好，但要以這種緊張而錯愕的方式離開中國，確實令我非常難過。派駐北京的記者生涯是我人生中很重要的一段旅程……但過去一星期發生的種種轉折，是真的太過超現實。

在平安返回雪梨後，博圖斯與ＡＢＣ才終於解除安全緘默，這段詭異而驚悚的「中國驚魂」也才在澳洲新聞圈裡引發軒然大波。

直到九月八日中午為止，博圖斯與史密斯都沒有說明「登門踏戶的中國國安部……究竟想要調查什麼案件」；但根據ＡＦＲ的說法，兩名澳洲記者都是因為「成蕾案」的牽連，這才被中國政府列為「涉案關係人」。

但究竟這宗「國安案件」所謂何事？當時中澳雙方都拒絕說明。＊

【原標題〈大外宣之「戰狼拔舌」？澳洲證實：北京捕抓官媒CGTN主播成蕾〉，2020/09/01 轉角24小時；〈逃出紅色角落：逃離中國「國安抓人」的澳洲記者？中澳外交暗戰搶救〉，2020/09/08 轉角24小時】

＊註：二〇二〇年九月八日，即澳洲外交部稱兩位澳洲記者離開中國那日，中國外交部發言人趙立堅在例行記者會上證實，成蕾因「涉嫌從事危害中國國家安全的犯罪活動」，被採取強制措施。二〇二一年二月八日，成蕾被人民法院決定逮捕。案件於隔年三月在北京市第二中級人民法院閉門審理，直至其於二〇二三年獲釋後，中國國家安全部才首度證實成蕾以「為境外非法提供國家祕密罪」被中國當局判處有期徒刑兩年十一個月。

六

媒體的抵抗：捍衛真相與權利的韓國記者

如同臺灣，韓國（韓國）也經歷過數十年的威權統治，絕大多數媒體為政權服務，既無法傳遞真相，更無法監督政府，只是黨國的喉舌；也和臺灣一樣，有許多新聞工作者或知識分子嘗試爭取言論自由，以各種方式開拓言論空間，甚至與政府抗衡，終於換來民主化到來那天。

然而韓國在民主化後，又經歷過十年以上保守政權執政，在此時期，保守政權再度控制言論自由，嘗試將媒體納為己用。只是韓國在爭取民主過程，乃至民主化初期，已養成一批有理想且具改革意識的新聞工作者。因此，當政治越是想走回頭路，媒體工作者的抗衡力道也加強。

透過駐韓獨立記者楊虔豪的報導，我們不僅可以看見政治與媒體的互生與糾葛，也可以看到韓國媒體人對不正義作為的堅持反抗與強悍立場，對真相的執著，甚至對過去錯誤的反省。儘管韓國因為保守政權執政，在這兩年新聞自由指數降低，但我們希望仍以韓國為例，呈現一些明光；只要媒體堅守原則與立場，錯誤就不容易再發生。媒體是社會的良心。

1 政治與媒體

#韓國

在二〇一六年十一月，「祕線實權」、「國政壟斷」成為韓國家喻戶曉及巷弄小民每天緊跟的關鍵字。自從JTBC電視台取得朴槿惠總統的「密友」——崔順實所使用的電腦，揭發這位親信在背後干政濫權，要求朴槿惠道歉後，各家媒體也紛紛跟進。

要求總統下台的示威規模，因此以倍數規模成長，十一月十二日的示威集會，突破了百萬人，讓人見識到媒體角色的重要性——特別是保守派當政後，「媒體緊縮」與「自我審查」現象越趨嚴重之際，崔順實事件不僅讓韓國新聞媒體版圖重新洗牌，也讓不少同業開始思考：過去稱霸市場與輿論的韓國「老三台」，為何會落得如此窘境？

親信干政後的第一個週六示威，出現如此光景：首爾市中心集會現場，一位MBC電視台記者在清溪廣場前，與攝影記者準備好要連線報導，周遭開始傳來示威民眾喊聲——

「MBC為何來這呢？」「垃圾記者幹嘛過來？」「唉唷丟臉啊，丟臉！」「他們應該感到羞恥啊！」「就是啊！一點記者精神也沒。」「見笑唷，這群狗崽子！」

一旁市民憤怒越來越大，演變成叫囂，攝影記者苦笑地想制止，卻無效果。最後，團隊只好宣告撤守，另尋他處連線。

之後的示威，甚至出現MBC記者刻意把掛有台標的麥克風往自己胸前方向擺，不讓民眾看到，就怕一出現，不僅受訪者難尋，還會成為眾人圍剿的對象。

過去，MBC不僅戲劇、綜藝稱霸天下，新聞也以揭弊與強烈批判權力而風靡一時。JTBC社長兼晚間新聞主播孫石熙，正是MBC多年來的台柱之一。

MBC每晚九點播送的晚間新聞節目《新聞平台》（現為八點播出）與週二晚上十一點的調查報導節目《PD手冊》，是MBC的「金字招牌」，「PD」是「製作人」（Producer）的意思。

《PD手冊》的事蹟如下：二〇〇五年，首爾大學教授黃禹錫宣布成功移植人體細胞，並培育成胚胎幹細胞後，韓國舉國上下沉浸在躍入「生技強國」的喜悅時，《PD手冊》率先揭發研究造假，引發震撼，韓國民眾甚至一度無法接受現實，將氣出在MBC身上。

三年後，李明博總統上台，宣布開放美牛進口，引發風波時，《PD手冊》播出了特別報導，煽動地指出「韓國人基因較易罹患狂牛病」，並播出牛隻行動失常的影片，指責政府刻意隱瞞疑慮，過度對美國讓步，喪失國格。《新聞平台》也以每天狂打的方式，批判政權。

當時《PD手冊》使用的資料影帶查證不足，既無法證明行動失常的牛隻是罹患狂牛病，也因報導方式過於煽動，引來指責。但仍激起民眾對政府的不滿，有高達七十萬人在首爾市中心發動燭光集會。

這是在「親信干政」案之前，韓國最大的示威規模，最後以李明博向國人道歉，並確保進口美牛食安絕無疑慮，同時將確實做好產品標示收場。可以說，近來的反政府示威，媒體都發揮了重要的作用。但沒人料想到，MBC的名聲，竟急速墜落到現在的地步。

事實上，在MBC的報導引發大規模燭光集會後，或許是察覺媒體的影響力，李明博政府開始進一步出手干預媒體。

最常見的方式，就是將親政府派、對媒體工會不友善、甚至是待過執政黨競選團隊的人士，任命為公營媒體（KBS、MBC、韓聯社）社長——這三家公營媒體的理事會的組成方式，讓權力者有機可趁；ＫＢＳ理事會是由朝野議員推薦人選七對四；ＭＢＣ是朝野與青瓦台各推三人；韓聯社則是國會議長、朝野、報紙協會、放送協會各推一人，總統推薦二人。

亦即，誰當權，誰就能壟斷媒體經營，儘管各家媒體都有工會存在。韓國民主化後至盧武鉉執政末期，各家媒體勞資雙方也都已建立定期協商制度。各媒體工會或記者協會等組織，定期發布自家新聞監控報告，同時舉行對後任或新任主管的信任投票，反映記者群對高層是否能充分力行公正報導的角色意見，若投票結果出現不同意，資方也得坐下來同勞方談判，直到雙方皆滿意為止。

但在李明博上任後，親政府人士掌控的公營媒體高層，開始片面揚棄對勞資協議制度。新聞部門裡面，批判政府或揭發元首弊案的報導，開始出現無端「被抽掉」的現象；選舉期間美化執政黨、集中攻擊在野黨的失衡報導現象出現，亦引發記者群不滿。

自此勞資協商機制已失調，理事會又被權力壟斷，導致他們的聲音無法被反應，於是工會就開始展開抗爭。光是在李明博任內，ＭＢＣ工會就發動五次罷工，最後在二〇一二年，更演變成ＫＢＳ、ＹＴＮ與韓聯社也宣布跟進的大規模罷工潮。

當年不只記者群，包括綜藝與戲劇節目等部門人員，也都相繼投入罷工，長達近半年時間，導致MBC招牌藝能節目《無限挑戰》長期停播，許多「韓流粉絲」當下應很難理解，為何心愛節目突然無預警不再上檔，其實是媒體從業人員與政治權力相互衝突之故。

但大規模罷工並未帶來他們所預期的結果。MBC資方在罷工期間，不僅直接將多名工會幹部解僱，同時大量招聘自由工作者、約聘具工作經歷者，填補罷工人力缺陷。

待工會收手後，參與罷工的記者，紛紛被調整路線，特別是工會幹部或積極從事抗爭活動者，直接強制分配到戲劇宣傳、人才與媒體開發等與新聞無關的工作。

當具監督理想與批判力的記者群，被排除在新聞編播的場合外後，親政府人士與執政者，更能毫無成本地操控新聞走向，報導內容就開始變質。這就是為何曾是「批判急先鋒」的MBC，會淪為「政府哈巴狗」的原因。

各公營媒體相繼出現在自家網路留言板批判新聞報導偏頗的記者，無故被發配邊疆或懲戒等事件陸續發生；而朴槿惠上任後，KBS更曾連日將她的各項演說與施政計畫，直接擺在頭條播出，而反政府示威等相關新聞，通常都是乾稿十秒帶過。

另外，理念與政府相近的晚間新聞主播或新聞主管，在朴槿惠任內，大幅被拔擢到青瓦台任職，今晚還在播新聞，幾天後可能就搖身一變，成為「政府化妝師」，這就是典型的「懷柔」、

「摸頭」政策。

「金大中、盧武鉉等進步派的總統在任時，一定也會希望媒體別找政府麻煩，但就算如此，他們還能做到尊重專業，給予新聞工作者最大的自主空間；但從李明博上任後，就是試著干預媒體，整肅異己。」主跑媒體事務多年的《傳媒今日》記者姜成元說道。

另外在一次個人飯局上，一位MBC記者也嘆著氣無奈表示：「抗爭了這麼久，也沒什麼結果。現在只剩下唯一的辦法，就是政黨輪替。」

★

「各位觀眾，JTBC《新聞室》現在開始。」

二〇一六年十月二十四日晚間八點鐘，JTBC社長兼當家主播孫石熙，用他向來低沉與穩重的語氣，一如往常地開場。

近三十年，從MBC到JTBC，他的播報與說話風格，幾乎未顯露出個人情緒，甚至是面無表情，有點冷酷。

「如同在新聞提要時所告訴您，今天《新聞室》要集中報導的內容，是我們取得並確認崔順實的個人電腦中，發現介入修改總統演說文稿的疑雲，這是會引起軒然大波的問題。」

十月二十四日，靠這台獨家取得的崔順實平板電腦，在JTBC連日來驚爆不斷，揭露崔順實干政實態下，終使朴槿惠公開道歉。

但他們並未停下來。「干政案」爆發後至今，新聞團隊還數度取得青瓦台的文件與崔順實周遭人事的證詞，不僅反駁政府謊言，更讓案件被攤在陽光下，供各界檢視。

每晚新聞收尾時，孫石熙又總是平靜地說出他一貫的道別詞：「今晚的《新聞室》就到此結束，我們JTBC記者群，明天也將竭盡全力。感謝各位的收看。」

「真的是每天竭盡全力耶……」「老三台根本沒存在必要啦」這樣的留言，不斷在網上竄出。而且，不誇張，「昨晚有看《新聞室》嗎？」「他們比連續劇還精采耶！」等討論不斷出現在地鐵和公車中。

干政案爆發後，JTBC《新聞室》的收視率首度超越無線台（韓國稱作「地上波」電視台），如此「高空行進」並非曇花一現而已。十一月十四日，《新聞室》的收視率，達到9.3％，創下新高紀錄，連同時段競爭對手MBC和SBS相加都不及，差距逐漸拉開。從干政案發生後，連三週的平均收視率，ＪＴＢＣ已穩坐全國第二。

此前，《新聞室》雖一直獲良好評價，但受限於頻道處於有線綜合頻道最末端，只有出現重大議題或爭端時，《新聞室》收視率才會突起，否則平常大約都在八、九點黃金新聞時段的第四到第六位。

另外，自孫石熙受邀入主後，不只是在電視，還積極開展在 Naver、Daum 等韓國入口網站，及 YouTube 上的直播。

在個體戶或年輕家庭持有電視比率日漸降低，以及韓國行動網路極發達的情況下，ＪＴＢＣ新聞的實際影響力，可能遠高於我們看到的數字。

一名韓國報紙同業評價：「更重要的是，不只是數字，而是以往由無線台引領媒體議題設定的角色，被有線台給搶走。」

ＪＴＢＣ的母公司是由三星集團於一九六五年成立的《中央日報》，當年，三星不只有報紙，還出資成立了東洋放送（ＴＢＣ），收視率遠高於ＫＢＳ，並能與ＭＢＣ平起平坐。

《中央日報》得力於三星，以精湛的財經報導，在韓國享有名號，之後成長為僅次於《朝鮮日報》的第二大報。

「六〇年代，當時各家報紙都對三星不是很友善，常常發報導批評或攻擊三星，於是李秉喆（三星第一代會長）就決定乾脆成立一家報紙，用更好待遇，從他報挖角人手來辦報。」一位《中央日報》開報元老的韓國前輩說道：「起初三星對新聞價值毫不在乎，只是想要有發聲筒，政治新聞受朴正熙箝制，當時三星自己也時常介入報導走向，弄得很多人，連我都受不了，乾脆求去。」

另一方面，當一九七九年全斗煥發動政變上台後，軍政府野心勃勃想操控媒體，強制實行媒體整併，控制媒體數目，並嚴格審批媒體內容。曾作為代表性電視台的TBC，被併入KBS。

二十多年後，李明博執政中後期，強行推動讓保守派大報在有線區塊經營綜合頻道，《中央日報》集團便讓以前風光的招牌TBC，重新以JTBC的名字復活。

但最初，外界仍視其與TV朝鮮（《朝鮮日報》所經營）及A頻道（《東亞日報》經營）為「保守派的溫床」，不少業界與反對派人士都認為，在掌控了KBS與MBC後，李明博會開放保守大報經營電視台，就是要透過媒體宣傳，來擴大執政黨的支持基盤。

沒想到，JTBC這個政府與執政黨親手扶持的綜合頻道，最後竟成為壓垮他們的最後一根稻草。

二〇一三年，JTBC宣布延攬MBC台柱之一的孫石熙，以「報導總括社長」的頭銜，擔任《JTBC九點新聞》（《新聞室》的前身）主播，並統領台內新聞與時事節目。當初鮮少人看好，認為在三星集團與《中央日報》介入下，孫石熙不會撐得了太久。

沒想到，孫石熙坐鎮JTBC才不到兩週，就直接把三星刻意打壓工會的消息放在頭條播出，舉國譁然。就連二〇一六年三星會長李健熙被獨立媒體《打破新聞》揭露買春，「老三台」都刻意放在後半小時的第十五則以後「冷處理」時，JTBC卻放在前半小時的第七條跟進報導。

不僅如此，他們對政權批判也日漸強烈。JTBC的報導，及孫石熙的主播稿頭與評論，通常不會直接抨擊或以煽動言語予以責難，而是調出各政治人物的發言與新聞事件中出現的行為，檢驗是否符合事實或邏輯，把疑惑與不合常理的部分，抽絲剝繭地梳理出來。

在孫石熙的主導與「毫無禁忌」的操作空間下，JTBC不須出言不遜或譁眾取寵，靠著長時間經營，也能獲得多數觀眾支持，甚至是部分保守人士信賴。但這樣的揭弊調查、事實檢驗與深度分析，若無龐大資源挹注，恐難辦到。

而JTBC在與《中央日報》打出區隔，以公正報導贏得口碑，並透過揭弊獲得影響力後，也提升了《中央日報》的信譽。在電視台收視率獲提升後，《中央日報》直接在ＪＴＢＣ投放訂報廣告，連帶提升衰退中的紙媒能見度。

儘管ＪＴＢＣ與《中央日報》集團的操作戰略，有人批評是商業利益下的兩邊討好，或是最終只是用來提振三星名望的道具，但沒人敢否認，他們操作相當成功，且打動人心，因為沒有其他媒體集團有「氣度」做得來。

ＪＴＢＣ的獨家報導，引發韓國震撼，「老三台」不少同業也開始反省，甚至更將強烈要求，受權力箝制的報導編播環境，應該予以突破。

二〇一六年，ＭＢＣ與ＳＢＳ工會，相繼發起集會，力促台方實踐公正報導。十月二十八日，近百位ＳＢＳ記者，在電視台大廳發動示威，要求管理層正視問題。

「搭地鐵時，聽到老人們講說『最近ＪＴＢＣ新聞最讚，ＫＢＳ和ＭＢＣ知道有這些事也不播』，真覺淒涼，他們所認知的無線台，沒有ＳＢＳ存在，我想反駁他們說，若拿到崔順實的電腦，我們也會播，卻講不出來，只能睜著眼睛喝著水，這種狀況，真是心痛。」ＳＢＳ記者朴元京說道。

在ＫＢＳ與ＭＢＣ相繼被政府掌控後，原本ＳＢＳ被認為有更大發揮空間，能「趁勝追擊」，奪取新聞主導地位，但因經營層對新聞的消極應對，最後把機會拱手讓給ＪＴＢＣ。

二〇一六年十一月，百位加入ＭＢＣ工會的記者群，也在電視台大樓前發動燭光集會。

「朴槿惠上台後，《新聞平台》（ＭＢＣ晚間新聞）一貫地擁護政府……ＭＢＣ是徹底地站在青瓦台的立場製作新聞。」ＭＢＣ資深調查記者李鎬燦說道。

李鎬燦現在負責每天監看與對比ＭＢＣ新聞走向的工作。他表示，干政事件爆發後，ＭＢＣ僅刻意把崔順實塑造成「魔女」的形象，將責任都歸咎於她身上，但儘管朴槿惠支持率已跌到剩５％，「朴槿惠」這個名字仍是新聞中不可碰觸的禁忌。

「雖然遲了些，看到新聞部記者有放下麥克風的覺悟，到現在也發出聲音有所行動，每天看到記者的留言，我也稍微有了勇氣。現在起，不能再拖了，我們得為扶正ＭＢＣ新聞而戰。」

長期苦心經營後，作為本次最大贏家的ＪＴＢＣ，在集會現場成為示威群眾擁戴的對象，反倒是無線電視台，已被民眾稱作「朴槿惠的幫凶」。

「ＪＴＢＣ這次以崔順實電腦的獨家報導，聲名大噪；但他們現在扮演的，就是早年ＭＢＣ的角色。」在媒體公信力盡失的現在，一位在ＫＢＳ服務二十年的資深記者Ａ先生對我說道。

在揭發崔順實干政後，孫石熙在台內留言板，對所有新聞部成員發送了訊息。他寫道：

「ＪＴＢＣ再次成為受眾人矚目的電視台。對我們頻道的關心，還擴及到對我們記者成員。我們除了謙卑自重，還是得謙卑自重……就連我自己都不知道能否好好實踐，但作為ＪＴＢＣ的人，現在當然得這麼做。」

「溢出來的眼耳正在關注我們，隨時若有是非口舌，又會引發更大反對聲浪，將我們覆蓋掉。加上這週所準備的獨家報導，內容讓人們感到痛快的同時，也讓我們陷入無法知道究竟有多深的羞愧感中；我們也不自覺地，難癒的失落感投放給觀眾，所以我們的態度，就相當重要。」

短短三週，韓國電視新聞版圖出現物換星移，幾家歡樂幾家愁；外人很少見到的是，至今仍有不少韓國記者，在權力蹂躪下，苟延殘喘地為公正報導的活路奮鬥。

【原標題〈崔順實風暴，南韓第四權洗牌（上）：從美牛抗爭到祕線實權〉，2016/11/18 楊虔豪；〈崔順實風暴，南韓第四權洗牌（下）：驚爆焦點的新聞室〉，2016/11/18 楊虔豪】

2 情治機關的媒體黑名單

#韓國

「國情院的人天天都自由進出我們電視台啊，這已經是很稀鬆平常的事情了啦。不用問，行動鬼鬼祟祟，看到人突然就問東問西的，一看就知道他從哪來的。」二〇一二年朴槿惠上任不到兩個月，一位MBC主播如此對我說。

很難想像，脫離軍事獨裁和當局新聞審查已快三十年的韓國，這種事還持續上演，而且已經到電視台員工們都「見怪不怪」的程度。

韓國兩大電視台MBC和KBS罷工持續中，過去保守派政權和最高情治單位——國家情報院（國情院），在過去九年間，直接介入、干預並操控公共電視台的連串內幕則一一被公開：

尹英旭（二〇一〇地方選舉開票直播計畫團長）：「他是批判政府四大江工程為『伎倆』的

左派分子，作為地方選舉報導計畫團長，將多名激進工會成員拉拔至選舉計畫團內，能否做出『公正報導』，令人質疑。」

朴成宰（記者，二〇一〇地方選舉開票直播計畫團團員）：「由左派分子計畫團長所提拔的激進工會成員。」

鄭日允（當時晉州MBC社長）：「此人唆使弔唁盧武鉉，並策動反對《媒體法》的罷工。」

金正洙（當時原州MBC社長）：「親工會、公然反對（李明博）總統廣播演說。」

這些在保守派掌權時期的國情院內部文件，接連被曝光。文件顯示：對MBC電視台內的記者、製作人、主播，甚至地方台長，依其發言與行動，劃分政治立場，同時擬定詳細的作戰計畫，要讓作為公共媒體的MBC，一步步被「收編」。此前，先讓電視台「脫離工會掌控」，最終促成讓持有公股的MBC得以「民營化」。如：

「誘導將特定藝人所主持的MBC廣播節目被汰換掉。」

「以ＭＢＣ為對象，切斷批判政府的藝人出演節目，並誘導把批判政府的藝人所出演的節目給廢止掉。」

「誘導讓ＭＢＣ的特定文化與演藝界的出演人物退出，讓特定出演人物轉任其他職位或離任，並在電視台規範中，準備加上限制出演的根據準則。」

「要求修改團體協議，對妨礙業務的罷工行為予以嚴懲，推動以積極的司法處理手段，讓主導罷工者永久退出電視台。」

「切斷工會相關營利事業，『將現在的工會予以擊垮』，協助讓『健全』工會的理事長得以當選，並退出全國媒體工會。」

「對曾參與『政治抗爭』、『偏頗編播報導』的前線記者與製作人擴大問責。」

這是近日被披露出來，由國情院在二〇一〇年所撰寫，要讓ＭＢＣ「正常化的戰略與促進方案」。

若是電視台經營層自行擬定，或許還能抨擊資方惡德無良，但這樣的專案文件，卻是由情治單位親自編制，顯示不論節目收聽率多高、廣告賣多好，只要話題「觸及紅線」，就會成為國情院封殺與整肅的對象。

這個揭露讓許多人不寒而慄，畢竟，這些指示方針還有對電視台員工的監控，若不是國情院直接入駐掌握情資，搭配親政府經營層的合作，基本上難以實現。

二〇一〇年，在保守派董事主導下，ＭＢＣ董事會撤換過去與工會維持良好對話關係的社長嚴基泳，換上與李明博總統具有同樣學緣（高麗大學出身）的親政府派金在哲為社長。

上任之初，金在哲就被揭發，他親自前往青瓦台接受李明博指示與訓話，是聽命政府行事的酬庸；另外，早在成為ＭＢＣ社長前，擔任地方台長的金在哲，曾多次現身當時保守派執政黨舉行的相關活動，引發工會激烈反彈，並分別在二〇一〇年與二〇一二年展開罷工，要求金在哲下台，成為電視台勞資陷入緊張對立的開端。

「事實上，我被趕出《ＰＤ手冊》後，就看過國情院在二〇一二年一月十五日撰寫的、名叫『部屬核心成果事項』的內部文件，上面就有『要把崔承浩調離（ＰＤ手冊）』的內容，還標記『本文件是給ＶＩＰ的報告』。」ＭＢＣ前製作人崔承浩說道。

二〇〇五年，首爾大學教授黃禹錫的幹細胞研究造假事件，就是由當時任職ＭＢＣ調查報導節目《ＰＤ手冊》的崔承浩所揭發。他被譽為韓國的殿堂級製作人。但在李明博上台後，崔承浩卻被以「能力優異，但立場偏頗」為由，調離節目，最後在二〇一二年參與MBC罷工期間，遭到電視台解僱。之後他另立爐灶，和其他被解僱的電視台記者，一同組成專門製作影音調查報導的獨立媒體《打破新聞》，成為當家主播。

被趕出MBC後，崔承浩以獨立媒體人的身分，活躍於新聞圈。以他為首的《打破新聞》團隊，先後揭發國情院於大選時干政、栽贓脫北者為間諜等重量級案件。

二〇一七年崔承浩製作的紀錄片《共犯者們》向外公映，其以被解僱的當事人身分，堵訪MBC歷任親政府社長和前總統李明博，指出保守派二〇〇八年掌權後，在李明博與朴槿惠兩任總統執政下，如何一步步掌控兩大公共電視台的黑幕。

時值兩大電視台重啟罷工，《共犯者們》成為繼《計程車司機》後，韓國另一部廣受矚目的電影。

為釐清國情院干預媒體的進一步細節，韓國檢調決定展開調查。崔承浩在九月二十六日以「被害人」身分，前往首爾中央地檢接受詢問調查。他表示：「國情院自己敢這樣肆無忌憚地把持著一個電視台，然後惡猛猛地以完全民營化作為最終目標？這當然是獲總統批准才能做得了的事。」

烏雲籠罩MBC，但另一幢更大的黑幕，還在後頭。

★

韓國最高情治單位——國家情報院，在保守派執政時期所編製的整頓MBC電視台的指示方針，內容一出，引發各界譁然，檢調已陸續傳喚相關人物調查。

隨後，更大的黑幕再度被爆出——不僅在MBC，情治單位更隨時監控各家廣播電台的時事節目，隨時監控主持人與節目來賓的發言，並做出評價。若出現批判政府的內容，就會向各節目單位或經紀公司施壓，封殺這些人以後在其他公營媒體上出現。

MBC《視線集中》——「不顧內外輿論指責，企圖以導向左派的論述，要對政府造成傷害，在早晨上班途中就要玩弄民心。」

KBS《您好，我是洪智明》（時事節目）——「製作人池〇〇是煽動公司職員進行抗爭活動之核心人物。」

KBS《開放討論》——「主持人閔庚旭背離中立，只急著分配來賓發言時間，放任（在野黨傾向出演者）政治攻勢的發言。」

SBS《展望台》與《韓秀貞的今天》——「被中立論調給『牽絆』，迴避支援政府的報導（即幫政府說話），沒有把對政府友好的輿論給反映出來，讓節目的立場均衡性下滑。」

CBS《金賢政的新聞秀》——「只邀請在野黨議員和左派人物上節目，在聽眾接連指責節目報導偏頗的情況下，仍強行播出。」

CBS《楊炳參的時事賽馬師》——「為脫去節目的反政府色彩而換了主持人，結果在左派製作人和編導主導下，扭曲報導依舊持續。」

不僅無線「老三台」旗下的廣播電台節目，被國情院列入監控與考評對象，就連基督教放送（CBS）、佛教放送（BBS）、和平放送（PBC）等民營廣播電台時事節目，都受「老大哥」的眼睛所注意。

當中值得注目的，是當時韓國最具代表性的三大晨間廣播節目——《視線集中》、《您好》和《新聞秀》，都被國情院列為嚴格監控的對象。

這個時段的節目是上班族吃早餐或在通勤路上時常收聽的節目，內容除有時事整理外，也會邀請政治人物或新聞議題主角上節目訪談，而來賓的發言或政治立場表態，通常都會成為媒體爭相報導的焦點，是韓國廣播界廣告競爭激烈、同時也最具影響力的時段。

當中最負盛名的，莫過於MBC每早七點半到九點播送的《視線集中》，MBC出身的王牌主播孫石熙。自二〇〇〇年起，孫石熙便開始主持《視線集中》，因其對各黨派政治人物冷靜沉著又尖銳的提問，廣受韓國閱聽眾喜愛，也成為最受信賴的媒體人。直到朴槿惠上任之初，孫石熙宣布辭去主持人位置，並跳槽到開播兩年的JTBC電視台，擔任新聞報導的總括社長及當家主播，才未繼續主持工作。

孫石熙所領軍的JTBC新聞團隊，在二〇一六年底首先尋獲了朴槿惠總統的「密友」崔順實使用過的平板電腦，揭發崔順實幕後干政與操縱人事案的祕辛，引發民眾憤怒發動燭光示威，最後導致朴槿惠被彈劾下台。

當時擔任《視線集中》的製作人韓載熙說道：「二〇一一年七月，原本別出心裁地計畫好，讓演員金麗珍成為《視線集中》固定欄目的嘉賓，結果開播前五天，公司立下了『阻止公開自己政治立場的人出演台內節目』的規定而告吹。」

曾在韓劇《大長今》中飾演醫女張德的金麗珍，自二〇〇九年，盧武鉉前總統跳崖自殺後，就積極發表反政府的言論，甚至親自投入要求改善大學清潔工待遇，以及大學學費減半的號召運動，而成為國情院眼中釘。

國情院甚至有幹部將金麗珍與另一位進步派色彩鮮明的資深藝人文盛瑾，合成裸體上床的照片，散布於網上，指涉他們有「肉體關係」。

連被封為最具公信力媒體人所主持的節目，也列為情治單位警戒與批判的對象，凸顯出保守派政權面對媒體，只想聽「好話」，一切批判建言都被視為「異端」予以打擊。作為JTBC社長兼當家主播的孫石熙在九月二十一日JTBC晚間新聞直播中評論道：

在電影中，和殭屍接觸的人們，除主角外，大多會被汙染，並成為另一具殭屍。李明博政府時期，國情院文件上就訴說著，被記載在黑名單的電視工作者，他們的存在，就如同在炮製殭屍一樣……連我主持的節目也成為被他們用顯微鏡監察的對象。

面對國情院批判當年孫石熙主持的《視線集中》，以左傾言論來傷害政府，孫石熙認為，在權力的野蠻性格面前，要談合理地為公民社會發聲、並牽制權力的新聞職責，讓他甚感難堪與無力。

孫石熙以電影《靈異第六感》中，最讓人震驚的結尾來評論——由布魯斯威利所飾演的心理醫師克羅，幫助開導具有陰陽眼而飽受亡靈騷擾的孩童，卻出現驚人反轉結局——克羅醫師發現自己早已不是人，而是幽靈的事實。

「在人們上班途中，監控殭屍駭物的國情院職員，會不會像電影裡的反轉劇情一樣，發現如同殭屍般汙染這個世界的，就是他們自己呢？只是，太陽下山的夜晚也就罷了；領照著舒爽陽光，還能跟一般人們見面的殭屍，在任何一部電影都是看不到的。」面對國情院干預媒體黑幕連串揭發，孫石熙如是嘲諷道。

【原標題〈匪諜在身邊（上）：南韓情治單位的封殺手冊〉，2017/09/28 楊虔豪；〈匪諜在身邊（下）：讓南韓總統垮台的王牌主播也難逃〉，2017/09/28 楊虔豪】

3 對抗政治力的抗爭

#韓國

韓國MBC電視台罷工進入第七十一天時，董事會「放送文化振興會」於二〇一七年十一月十三日下午召開臨時會，在前朝推薦的親保守派董事三人缺席的情況下，董事會以五票贊成、一票棄權，通過對MBC社長金張謙的解任案。

自從日前放送文化振興會遞補兩名支持媒改的人士擔任董事後，新任董事長李完基，以金張謙社長「不當調職與懲戒」、「毀損思想與媒體自由」為依據，在兩星期前提出解任案。

儘管遭保守派的自由韓國黨強烈抨擊，還有親前朝的董事抵制並企圖拖延表決，MBC董事會仍在席次優勢的情況下，通過解任案。隨後，MBC的股東大會也召開緊急會議，經過討論後，正式確定並公告拔下金張謙社長的職務。

MBC工會成員自這日中午過後，就聚集在董事會大樓前，搭起舞台全程直播表決過程。一聽到解任案通過，參與罷工的電視台職員熱烈歡呼。ＭＢＣ工會委員長金淵局抱住了在舞台前方主持的主播許日虎，流下眼淚。

金淵局在集會上說道：「金張謙社長最後不能只有被解任，他還要進監獄！我們必須恢復觀眾對ＭＢＣ的信賴，讓ＭＢＣ重返國民的懷抱！」

對因反抗政權介入電視台新聞編播，而遭懲處或解僱的兩百七十七位ＭＢＣ員工來說，這是睽違五年的勝利，也意味著自李明博時期，箝制公共電視台編播自由的「共犯結構」，開始趨向崩解。

「延續自去年由市民怒吼下發起的燭光革命後，ＭＢＣ的抗爭也獲得勝利，真是很開心。金張謙社長從擔任報道局的政治部長、報道局長、報道本部長到電視台社長這七年間，不僅從旁協助，是讓ＭＢＣ沒落的重要幫凶之一。」長期為工會監控新聞走向的ＭＢＣ資深記者李鎬燦在電話中對我如此說道。

二〇一三年，韓國最高情治單位——國家情報院——被揭發於二〇一二年總統大選期間，組織工作團隊於推特及各大留言板散布毀謗文在寅、讚頌朴槿惠的留言，企圖透過「網軍」來主導輿論並影響選舉。

現任工會委員長金淵局，當時曾製作長達三十分鐘的調查報導，卻莫名遭主管施壓而無法播出。與金淵局製作同一節目的李鎬燦，為表達對同事的力挺，獨自一人在電視台大廳手持標語示威，要求主管下台，但兩人之後都遭停職處分。

如今社長金張謙終被解任，但另一方面，同樣因勾結國情院打壓工會及新聞編播，而接受調查的MBC前社長金在哲，韓國檢方原本向法院聲請拘票，上週卻被法院以「證據皆蒐集完備，無逃亡之虞」為由駁回。

對此，李鎬燦說道：「將電視台搞砸的金在哲前社長，肇下箝制報導和逼迫職員不當勞動，把電視台給搞砸，我們認為他有充分被羈押的條件，但法院駁回檢方的拘票申請，我們感到遺憾的同時，只能尊重。儘管未被拘留，但不代表他之後不會無罪，期盼司法能公正審理金在哲前社長的問題。」

而被解任的金張謙，則以「被迫害者」的姿態，發表聲明抨擊文在寅政府意圖掌控媒體，讓進步派有機可乘。

「新政府上任後，共同民主黨就動員指導階層，為拉攏公共電視台的董事和經營群，而施加壓力。工會也跟著煽風點火，進步派公民團體更是助長聲勢……政府等權力機關，正以『掌控電視台的劊子手』自居，勞動部透過勞檢來逼迫，放送通信委員會則是發動對董事們的監察來施壓。」金張謙強調，「之後，權力對公共電視台的掌控和對媒體的箝制，將會更趨嚴重。儘管如此，與其說要讓這種惡性循環反覆下去，我還是希望自己是最後一位『犧牲者』。」

MBC工會表示，會在隔天（二〇一七年十一月十四日）宣布中斷罷工的時間。早先已有電視台職員向我透露，工會已預料董事會將篤定通過將金張謙社長解任案，所以開始討論各部門復歸工作崗位的計畫，目前罷工的電視台職員，有望在十五日回到職場。

如此一來，包括《無限挑戰》、《我一個人住》、《秀！音樂中心》等在海外具高知名度，卻因罷工而停播超過兩個月以上的綜藝與打歌節目，將逐步重啟錄製。但因不少節目還得向藝人發通告、重新錄影剪輯，儘管工會預告將中斷罷工，距離節目播送回歸正軌、常規播送還需要兩、三週以上的時間。

MBC工會在下午向記者發送聲明：「就算罷工停止，MBC仍面臨著殘酷的現實——在當今『積弊勢力』仍掌控經營的體制下，MBC職員要回歸受箝制的環境下工作。」工會認為，儘管金張謙社長遭解任，但旗下管理階層仍把持權力，這場抗爭並未真正結束，接下來的課題，是讓電視台恢復正常化。

ＭＢＣ記者金珉煜認為，「就算罷工結束，短期內還是會喧囂沸騰……接下來要選出新社長，之後還要改編組織和新聞報導，清算『逆賊』和『共犯』們，看起來都不容易。」

金張謙下台後，親前朝派人士仍持掌各部門，要如何處理新一期人事問題，將是新任社長的難題。

另外，二〇一二年大罷工期間，當時的社長金在哲曾大量批准他台記者跳槽進入ＭＢＣ，填補新聞部門職缺。而參與罷工的一百五十七名員工，大多為記者、主播及製作人，在罷工失敗後，被強制編入各項與採訪製作無關的單位，自此無法回到新聞線上。

也因此，工會成員無法認同在罷工期間因金在哲批准而跳槽進入電視台的新成員。電視台內產生極深的矛盾對立。

儘管連跳槽進ＭＢＣ填補職缺的新成員們，此時也一同加入工會響應罷工，但未來新社長要如何同時安置工會成員與後來進入的新成員，維持電視台內部的和諧，將會是嚴峻的挑戰。

【原標題〈《共犯們》OUT！九年奮戰……南韓ＭＢＣ罷工勝利〉，2017/11/13 楊虔豪】

4 歷史真相揭露之路

#韓國

五一八光州民主化運動於二〇二〇年屆滿四十週年。

包括三大無線電視台（KBS、MBC、SBS）與有線的JTBC，皆依照慣例，取消上午原定節目，從十點開始，透過電視與網路，一小時全程轉播在光州全南道廳舉行的追悼儀式。

當晚各台的新聞編輯室，也全移師光州，搭建攝影棚，現場播報。各台皆以亡者家屬或總統文在寅的致詞當作頭條，再來與駐守在前總統全斗煥住宅前的記者連線，報導動靜。隨後則是連串獨家或深度專題報導，回顧並重新挖掘光州事件的真相。

最早登場的是MBC於七點半播出的《新聞平台》。MBC於當晚獨家公開在五一八事件發生前一天，就先遭新軍部以「內亂陰謀」名義逮捕、後來一度遭宣判死刑的反對派領袖金大中（於一九九七年當選韓國總統），在獄中的監視錄影片段。

全斗煥發動政變掌權後，於五月十七日宣布全國戒嚴。各大學停課，所有屋外集會全面禁止，並實施媒體審查管制。出身全羅道的金大中被逮捕後，反而觸發當地出現更激烈的示威。

「搜查官捎來一疊報紙，我看了才知道發生光州抗爭。」金大中在生前接受MBC訪問時說道。

由於在獄中不斷接受審訊，金大中對光州爆發更大規模的反抗運動，並遭新軍部鎮壓的情況並未立刻得知，直到事發五十天後才獲悉噩耗。

在MBC當晚公開的錄影片段中，可見金大中在清州監獄內，頭髮被剃成平頭、身穿囚服，臉色凝重地坐在牢房內；以及他接受探視時，和妻子李姬鎬交談的黑白片段。黑暗歷史中，緊迫且肅殺的一瞬間，都能映入眼簾。當上總統後，金大中在民主墓園內，抱著亡者墓碑痛哭的片段，也廣為人知。

金大中獄中片段公開前，為讓年輕人容易了解光州事件，MBC由週末主播金京浩準備「主播部落格」企劃，帶著自拍棒，在教育放送（EBS）知名歷史講師崔泰成帶領下，一同造訪光州事件最初開火地、當時扭曲報導的光州MBC分部、拷打被逮捕者的軍營和全羅道廳等重要現場，解說當時發生何事與代表的意義。

接在MBC半小時後播出的SBS《八點新聞》，則在報導完紀念儀式後，播出系列追蹤：在一九八〇年五月二十一日，民眾在全南道廳前遊行時，新軍部空輸部隊，朝著手無寸鐵的市民展開射擊，逾五十人死亡，也導致之後民眾決定武裝對抗，但目前仍未得知到底是誰下令開槍。

在一九八八年的聽證會上，第十一空輸旅團六十一隊長安富雄表示此舉是「正當防衛」，而睽違四十年，SBS記者再次找上安富雄，詢問他對當時開火立場有無變化。安富雄說道：「若市民沒武裝，我們是不會射擊的。而且就算沒戰爭經驗，也有戰爭心理。市民中，只要有一個人射擊，其他人有子彈的話，也會跟著射。而原本規定是萬一我們要射擊，只能朝下半身開槍，但怎可能只朝下半身？急都急死了，沒一個人會瞄準射擊啦，我們當然全都是面向射擊啊！」

SBS取得當時一位亡者母親說法，他稱自己的兒子頭部當場被貫穿；也有當時在場記者表示，軍隊在布陣後，前列坐下、後列站立，朝民眾射擊。而前日在光州車站已發生公告發動自衛權前就開槍的案例，隔日更有多位民眾目擊直升機開火，武器與子彈從何而來？又是誰發動？這是SBS指出接下來必須調查的問題。

而因光州事件，前總統全斗煥於一九九七年遭判處無期徒刑，並得繳交兩千兩百零五億韓元（新臺幣六十一．五億元）的罰金，仍未完全履行。全斗煥的大兒子全在國則曾在二〇一三年表示，將捐出自己持有圖書公司「Bookplus」的51%股份與名下房產。

但ＳＢＳ接著以連續兩則報導篇幅，獨家揭發全在國仍實質持掌公司，並在連續四年取得並追蹤 Bookplus 法人信用卡花費紀錄後發現，當中出現六百多筆包括酒店、高爾夫球場、網路購物，甚至包括自己持有的其他公司等，共六百多筆違反國稅廳不當花費原則的消費紀錄，總額超過一億韓元（約新臺幣兩千七百八十萬元）。

此外，ＳＢＳ還採訪當時在不知情下被派往光州的軍人，目睹許多傷亡者的慘狀。他表示，至今仍無法忘懷，在痛苦回憶中度過四十年，還得接受精神科治療。但這樣的前職業軍人是被社會心理關懷所遺忘的一群，並未得到合理支援。

而各界出現要制定針對歧視與惡意扭曲五一八的言論，將立法處罰的呼籲；ＳＢＳ的查核單元「事實是？」，則以德國刑法第一三〇條第三和第四項「讚揚納粹處三年以下徒刑」為例，說明否認歷史的行為會被納入「煽動大眾罪」範疇，在言論造成大屠殺被害者的歧視與嫌惡、並造成暴力行為時，可予以適用並加以處罰。

ＳＢＳ指出，這幾年下來在韓國國會立法議程中，相關條例的制定討論，一直出現「會與言論自由有所衝突」的爭議，目前相關公聽會只召開一兩次，議程就被撤回而陷於停擺。

而最晚播出的ＫＢＳ《九點新聞》，和在全南道廳前直播的其他電視台不一樣的是，選擇在光州自由公園搭建攝影棚。這個位址在四十年前，曾關押、刑求與審判許多示威者，至今建築原型與內部囚禁設施皆有保留，並且增設許多囚犯雕像，是眾多光州事件遺跡中，最能直接體會當時人權侵犯之所。

「五一八民主化運動四十週年的ＫＢＳ《九點新聞》特別報導，我們在一九八〇年、覆蓋著市民血淚的光州這裡，為您轉播。四十年，是能讓剛出生的小孩成長為一個堂堂正正大人的歲月，但也有很多人的時鐘，還停留在四十年前的這天。」

最初下令開火的人是誰？而為何軍隊又要向頌唱國歌的市民開槍，真相釐清仍未落實，犧牲者們還沒得到道歉。我們是為了守護什麼而抗爭、又為何守著這份初心？至今的光州，仍在詢問著。

——ＫＢＳ當家主播李昭政在當晚《九點新聞》的開場中說道

在播報完紀念儀式與連線在全斗煥住家前的記者後，ＫＢＳ首先準備好的企劃報導，以阿根廷將軍魏德拉一九七六年在發動政變後，逮捕與殺害三萬名左派反對人士為例，提供和韓國甚為相似的歷史經驗。

ＫＢＳ駐巴西聖保羅的特派員，視訊連線採訪了一名阿根廷母親，她的兒子在當年政變後參與抗爭而失蹤。在她連續四十四年帶領失蹤者母親出面抗爭、取得輿論認識與支持後，讓魏德拉總統於二〇一二年依照「反人道罪無追溯時限」原則，被追加五十年刑期，最後在監獄度過餘生。

其他原本以《國民和解法》與《服從命令者不可處罰法》獲判無罪的軍人，也接連被宣判有罪。這都是靠當時的受害者和人權團體長久抗爭，才使得轉型正義得以落實。

而在新聞後半，ＫＢＳ還準備兩則光州事件「當事人自白」的報導，全無任何記者描述。首先是一名叫崔美子的中年女性，事發當時還是十九歲高中生，在放學路上撞見五輛裝甲車開進市內，原本躲藏起來，卻被軍人發現，遭上下其手後被刀刺傷。在醫院躺了五天，最後又被抓去讓警察審問。

「五一八一直在我心裡，給我身體留下傷口，我怎麼能忘得了呢？」崔美子說道。儘管她持續接受創傷諮詢與治療，但痛苦仍難以抹滅。最後一幕，崔美子拿著醫師寫好的病例說：「我好冤枉，那狀況對我來說，真是太冤枉了，若所有國民都能知道就好了。我不是暴徒，而是被害者。」

另一則報導，則是事發當時，還在就讀光州須皮亞女高一年級的洪仁華（現為五一八民主化運動紀錄館研究室長），帶著二〇二〇年就讀同所高中三年級的朴敏貞，重回抗爭的指標地點，回憶四十年前的現場，就韓國的民主化歷史展開對話。

接著，ＫＢＳ則回顧自家在光州事件期間、《九點新聞》所播出的報導，並為當時的扭曲與抹黑，向全國民眾致歉。

事實上，包括ＫＢＳ與ＭＢＣ等兩大電視台，在光州事件發生時均受軍政府箝制，報導時皆口徑一致倒向當局。許多光州市民，原本還期待媒體能向全國道出事實，最後卻反過來被指責為「作亂者」，因而被惹怒。兩大電視台的光州分部，都遭到縱火洩憤。

當年，ＫＢＳ報導畫面著重在市民向軍隊丟擲石塊、軍人受傷及縱火衝撞的場面，並將示威者描述為「暴徒」「赤色分子」「受北韓利用」。但對新軍部最先主動攻擊與射殺平民，就刻意忽略，僅強調「政府正苦心讓局勢回復穩定」。

> 暴徒們無視當局呼籲收拾暴力事件所展開的活動，持續威脅與煽動，讓善良市民在不安的情

況下顫抖著……北傀現正激烈煽動著光州市民和學生，讓他們持續反政府抗爭。

——KBS《九點新聞》，一九八〇年五月二十七日

KBS更找來老記者現身說法，帶出當時新軍部箝制新聞自由的景象。「保安司令部負責監控KBS的人，穿著軍服出入報道本部（新聞部）；戒嚴司令部並發出公告，若台內有人敢如實報導（光州事件），就立刻懲處。」一九八〇年代擔任KBS記者張斗元說道。當時他因為企圖報導光州真相而遭解職。

KBS社長梁承東也在報導內公開表示，將痛定思痛反省罪責，並下定決心讓KBS成為歸屬於國民的電視台。

★

光州事件四十年報導篇幅最多的並非老三台，而是以揭發干政案聞名、最後成功迫使朴槿惠總統下台的JTBC《新聞室》。

儘管社長兼當家主播孫石熙於二〇二〇年初退居幕後後，JTBC與他台陷入苦戰，但這回

《新聞室》卻發揮比老三台更驚人的戰力——相較老三台晚間新聞準備的光州事件四十週年特別報導，大概十一至十三則、時長約二十五至三十分鐘，JTBC則以二十二則、超過一小時的篇幅，重新整理與挖掘光州事件的內幕。

當晚《新聞室》特別以一九八〇年代裝甲車開入光州、新軍部逮捕示威者等清晰資料帶，加上現時空拍舊全南道廳，搭配既有品牌音樂作為開場動畫。隨後畫面進入設於全南道廳的特製攝影棚，主播開始報導當天新聞。

主播播報完儀式與致詞後，便搭上光州五一八號公車的JTBC記者連線。這輛五一八號公車，從光州的尚武地區出發，正是民主化運動發生時，新軍部駐屯之地，之後經過當時爆發大規模示威的光州鬧區錦南路，最後開往五一八民主墓園。搭上這條公車，就可藉由路線一覽光州抗爭的歷史。

JTBC記者在這班公車上，採訪了一名中年男性（楊世文），他正要去墓園探望當年一起參與抗爭，最後頭部被子彈擦到、睜眼而死的高中同學。這位男子說道：「我們很親，連示威都一起去。現在能一笑而過，但當時真是相當……對誰都沒法說出來，我當時也該跟他一起死的，卻因沒死而懷著歉意。」

ＪＴＢＣ介紹完五一八號公車後，便開始一系列的獨家報導。他們經過面會採訪，取得當時直屬於全斗煥保安司令部旗下，五〇五保安隊對共搜查科科長徐義男的證詞。在光州事件四十年後，徐義男出面表示：全斗煥事發時，曾搭乘直升機南下光州，並召開了指揮官會議，等同反駁過去全斗煥宣稱並未介入光州事件的主張。

徐前科長更證實，光州事件發生時，確實有軍用直升機射擊一事。

「（全斗煥聲稱）沒發生過直升機射擊呢。」ＪＴＢＣ記者詢問道。

「不，那都是謊言，的確有直升機射擊。我直接看到交戰場面啊。全南道廳對面有個三層還四層樓的建築（即全一大樓），直升機接近那棟建築物，建築物裡面就開槍了，結果直升機也予以射擊。」徐義男回應道。

徐義男表示，直升機是基於自衛而射擊，但全斗煥在回憶錄中，則堅決否認有這種情況發生，書中甚至抨擊生前主張目擊過直升機開火的趙費奧神父，是「無恥的說謊者」。

而當年作為對共搜查科科長的徐義男，也表示光州事件爆發時「北韓軍隊從未介入」，並直指相關說法都是「騙人的」，正面推翻極右派人士宣稱光州事件是「北韓策動的內亂」等主張。

只是，徐義男本人在一九九五年接受檢方調查時，並未如此主張，這次說法等同「翻供」。

因此當JTBC記者於幾天後再度造訪與詢問徐義男時，他卻封口改稱「不知道」。

由於先前JTBC取得徐義男的說法甚為具體，也與近年出面提供新證詞的人士，說法和時間地點都謀合，加上徐義男本人當時就在新軍部體制內，研究五一八的學者與民間團體認為其證詞具相當可信度，有必要進一步釐清細節與為何證詞反覆不一。五一八真相調查委員會也考慮，傳喚徐義男當面調查。

在新出現的證詞報導同時，JTBC也請來研究光州事件多年、並曾直接參與真相調查的全南大學五一八研究所教授金熙松，在攝影棚內解說。

《新聞室》更在直播中，先後連線位在舊全南道廳、出現直升機掃射彈痕的全一大樓，和有市民無辜被射擊而亡的光州監獄，透過現場畫面與事先準備好的遺族和生存者訪談，向閱聽眾陳述抗爭歷程與新軍部的種種殘忍行為。

JTBC還調出自家前身——TBC電視台於一九八〇年光州事件期間所拍攝的黑白影帶，第一幕是亡者家屬在光州基督教醫院確認棺材時的情緒崩潰畫面，另外還有一副棺材，上面手寫著：「全英振，來自光州豐鄉洞，監護人為全繼良。」

金熙松說明：「現在TBC的影帶中出現的這位犧牲者全英振，官方紀錄上，他當年就讀光州大東高中三年級。在五月二十一日戒嚴軍集體開火的五月二十一日下午兩點，他受了槍傷死亡，犧牲者中有很多這樣的學生，甚至還有四歲幼兒也在亡者名單上，檢方的死因報告書則寫著『遭毆打後還被多次刺傷』。」

六〇至八〇年代，韓國的老三台是ＫＢＳ、ＭＢＣ與ＴＢＣ。其中，ＴＢＣ由三星集團成立的《中央日報》兼營。當年作為民營電視台的ＴＢＣ，製作出多部膾炙人口的戲劇和綜藝節目，而晚間新聞「夕刊」更一度超越ＭＢＣ《新聞平台》與ＫＢＳ《九點新聞》，稱霸無線電視台冠軍。

五一八事件爆發時，報導尺度較為開放的ＴＢＣ，在光州現場拍攝到許多珍貴影片保存至今。但光州事件後半年，全斗煥為掌控百家爭鳴的媒體，頒布「言論統廢合」（即「媒體整併」）政策，包括ＴＢＣ在內，多家電台、報紙被強行關閉。而四十年後，ＴＢＣ的珍貴史料，成為檢證全斗煥與新軍部說法的重要依據。

「全斗煥說，戒嚴軍會集體開炮的契機，是因為有空輸隊員死於市民軍裝甲車下。我們來看ＴＢＣ當時影片，繼續討論。看到影像中，當時部署於道廳前的戒嚴軍裝甲車有兩台，從裝甲車下方觀察，是軌道型，再來我們看市民軍的裝甲車，是兩輪型……」ＪＴＢＣ當家主播徐福欽說道。

金熙松解釋：「離世的空輸部隊員，是在現場被悽慘地壓死的。軍方的紀錄稱，是立刻死亡，若是這樣的話，那應該就不是兩輪型，而是被軌道型裝甲車壓到而死亡。JTBC過去也多次報導過，軍方都還保有紀錄說，他是被戒嚴軍自己的裝甲車壓死的。」

而當時新軍部還主張，光州市民襲擊光州監獄，導致軍方向市民開火。全斗煥回憶錄則提到：「武裝示威隊伍固執地攻擊監獄，成為光州事件重要的觀察點，這與北韓軍的介入，密切相關。」但實際上，則是戒嚴軍自行部屬在光州監獄周遭，向路過的無辜行人無差別射擊。只是法院後來確認並宣告，實際上無人因襲擊監獄而遭受處罰，此說法為「虛偽」主張，這也成為後來要求全斗煥回憶錄必須將此文刪除、否則將予以下架的根據。

JTBC也對比多份軍方在一九八八年國會聽證會、與一九九五年向檢方特偵組提交的相關調查報告文件，發現同一份文件中，竟有多處被竄改，並刻意刪除開槍導致民眾死亡的地點與姓名紀錄，顯示當時新軍部有刻意隱匿責任之嫌，但這些問題都還沒被清算。

另一個仍未完全釐清的，是軍方出動直升機掃射的爭議。舊全南道廳附近，原為廣播電台的全一大樓，外圍與內部牆壁及天花板，出現共百道彈痕，也有多位當時經過附近的市民指證，表明自己當時目擊直升機射擊，然而全斗煥前總統則駁斥此番說法。

ＪＴＢＣ自二〇一七年起，就密切尋找及蒐集當事人證詞，並取得國立科學搜查研究院（簡稱「國科搜」）的研究報告與雷射模擬重現射擊的畫面，向閱聽眾解說初步的評估結果。歷經繁複的測試與武器比對，國科搜目前傾向認定，當年極可能是新軍部ＵＨ－１Ｈ直升機的機門上，裝載Ｍ60機關槍，在空中朝大樓掃射，這些都是老三台無法看見的詳細內容。

光州事件發生的短短十天，造成示威者與無辜民眾，遭新軍部殘暴攻擊傷亡，更為光州市民與許多韓國民眾的內心，留下難以抹滅的傷痕，包括主謀、發號施令者和決策過程在內，至今仍有許多謎團未能解開。

四十年前，韓國各家電視台受軍政府控制，難以報導事實真相，甚至得迎合權力扭曲與抹黑，還面臨被關台的命運；四十年後，擺脫干預的電視台，試圖鍥而不捨地在過往的黑暗歷史中，挖掘新的內幕與真相，甚至讓政府與搜查機關跟進調查，這說明轉型正義除被害人抗爭和民眾自覺外，媒體也該能在過程中，擔負起重要角色。

【原標題〈電視裡的光州事件（上）：四十年後……南韓老三台的真相追問〉，2020/05/19 楊虔豪；〈電視裡的光州事件（下）：新軍部的證人……ＪＴＢＣ的獨家再發掘〉，2020/05/19 楊虔豪】

作者簡介

（依姓氏筆畫排序）

阿潑

資深新聞工作者。政大新聞系兼任助理教授、清大人社院兼任講師。

林齊皓

「編輯七號」，輔仁大學歷史學研究所，現任《udn global 轉角國際》的主編、Podcast 節目主持人。與駐韓記者楊虔豪合作的南韓梨泰院萬聖節慘案系列報導，獲得二〇二三年SOPA亞洲卓越新聞獎突發新聞類銀獎、入圍二〇二三年臺灣卓越新聞獎。

周慧儀

前轉角國際編輯之一，現為自由記者。關注東南亞與人權議題，曾獲人權新聞獎與SOPA亞洲卓越新聞獎。

張鎮宏

轉角國際的「上一代」主編，有幸參與過這個新聞平台從起點開始的一路故事。現為《報導者》國際主編。

陳彥婷

獨立多媒體記者，主要關注各國的戰爭與衝突，曾到訪烏克蘭、以色列、巴勒斯坦、亞美尼亞等衝突現場採訪，影像曾在ＢＢＣ、ＣＮＮ、《華爾街日報》等國際媒體刊出，希望以文字與影像，記錄世界不同角落的人與事。

辜泳秝

駐瑞典自由記者，關心國際政治、人權、性別、原住民等議題，現居瑞典南部小城，一面育兒一面寫作，著有《瑞典模式：你不知道的瑞典社會，幸福的15種日常》。

楊虔豪

駐韓獨立記者。畢業於成功大學政治系，從小就常被誤認是韓國人，實際上是土生土長的臺灣人。以個人品牌「韓半島新聞平台」活動，並長期為轉角國際、公視與ＴＶＢＳ供應南北韓採訪報導與評論。和轉角國際主編林齊皓協力的南韓梨泰院慘案的事發報導，獲得二〇二三年ＳＯＰＡ亞洲卓越新聞獎突發報導獎銀獎。

葉家均

前轉角國際「編輯八號」，現為德國之聲駐臺記者、德國之聲中文網臺北辦事處副主任。關注國際人權與政治、性別、離散等議題。有時寫字，有時拍片，盡最大努力追求誠實。

賴昀

現任轉角國際編輯之一，交通大學人文社會學系、英國華威大學國際文化政策碩士；關注國際政治、經濟、文化議題。

PEOPLE 530

新聞記者

本書主編	阿潑
作者	轉角國際編輯、作者群
責任編輯	王育涵
責任企畫	林欣梅
美術設計	謝捲子
內頁排版	張靜怡
總編輯	胡金倫
董事長	趙政岷
出版者	時報文化出版企業股份有限公司 108019 臺北市和平西路三段 240 號 7 樓 發行專線｜ 02-2306-6842 讀者服務專線｜ 0800-231-705 ｜ 02-2304-7103 讀者服務傳真｜ 02-2302-7844 郵撥｜ 1934-4724 時報文化出版公司 信箱｜ 10899 臺北華江橋郵局第 99 信箱
時報悅讀網	www.readingtimes.com.tw
人文科學線臉書	http://www.facebook.com/humanities.science
法律顧問	理律法律事務所｜陳長文律師、李念祖律師
印刷	勁達印刷有限公司
初版一刷	2024 年 8 月 30 日
定價	新臺幣 480 元

ISBN 978-626-396-694-9 ｜ Printed in Taiwan

新聞記者／轉角國際編輯群、轉角國際作者群著．｜ -- 初版．-- 臺北市：時報文化出版企業股份有限公司
2024.08 ｜ 384 面；14.8×21 公分．｜ ISBN 978-626-396-694-9（平裝）
1. CST：新聞記者 2. CST：文集｜ 895.107 ｜ 113012435

時報文化出版公司成立於一九七五年，並於一九九九年股票上櫃公開發行，於二〇〇八年脫離中時集團非屬旺中，以「尊重智慧與創意的文化事業」為信念。